❊❊ 금강예찬 노정도 ❊❊

내금강

영랑봉
비로봉 ▲

강선대 ▲ 수미암 ⌂

태상동

내원통암 ⌂

촉대봉 ▲
마하연암 ⌂

가섭동

백운대 ▲

월출봉 ▲

만폭동

분설암 ⌂
보덕암 ⌂

묘길상

정양사 ⌂

표훈사 ⌂
백화암 ⌂

내수점

망군대

수렴동

백탑동

칠보대 ▲

석가봉 ▲

다보탑

은선대 ▲

업경대

효운동

명경대

영원암 ⌂

지장봉 ▲

천화봉 ▲

⌂ 유점사

장안사 ⌂

염원동

시왕봉 ▲

차일봉 ▲

미륵봉 ▲

※ 이 지도는 실제 지형도를 바탕으로 축소
   제작되었고, 표시된 지명은 본문에서
   언급된 것들이다.

※ 외금강 노정도는 이 책 뒷면지에 실려 있다.

金剛禮讚

금강예찬

최남선 지음

문성환 옮김

景仁文化社

• 목 차 •

일러두기

본 총서는 각 단행본의 특징에 맞추어 구성되었으나, 총서 전체의 일관성을 위해 다음 사항은 통일하였다.

1. 한문 원문은 모두 번역하여 실었다. 이 경우 번역문만 싣고 그 출전을 제시하였다. 단, 의미 전달상 필요한 경우는 원문을 남겨 두었다.

2. 저자의 원주와 옮긴이의 주를 구분하였다. 저자 원주는 본문 중에 ( )와 ※로 표시하였고, 옮긴이 주석은 각주로 두었다.

3. ( )는 저자 원주, 한자 병기, 서력 병기에 한정했다. [ ]는 한자와 한글음이 일치하지 않는 경우와 한자 조어를 풀면서 원래의 한자를 두어야할 경우에 사용했다.

4. 맞춤법과 띄어쓰기는 『표준국어대사전』의 「한글맞춤법」에 따랐다. 다만 시문(詩文)의 경우는 운율과 시각적 효과를 고려하여 예외를 두었다.

5. 외래어 표기는 『표준국어대사전』의 「외래어표기법」에 따랐다. 「외래어표기법」의 기본 원칙은 현지음을 따른다는 것으로, 이에 의거하였다.

   1) 지명: 역사 지명은 우리 한자음으로, 현재 지명은 현지음에 따르는 것을 원칙으로 하였다.

   2) 인명: 중국은 신해혁명을 기준으로 이전의 인명은 우리 한자음으로, 이후의 것은 현지음으로 표기하였고, 일본은 시대에 관계없이 모두 현지음으로 바꾸는 것을 원칙으로 하였다.

6. 원래의 글은 간지 · 왕력 · 연호가 병기되고 여기에 일본 · 중국의 왕력 · 연호가 부기되었으나, 현재 우리에게 익숙한 시간 정보 규준에 따라 서력을 병기하되 우리나라 왕력과 연호 중심으로 표기하였다. 다만, 문맥상 필요한 경우에는 해당 국가의 왕력과 연호를 그대로 두었다.

7. 이 책에 수록된 사진은 모두 새로 작업하여 실은 것들로, 장득진 선생이 사진 작업 일체를 담당하였다.

어느 이방인이 우리에게 "조선에는 무엇이 있느냐."고 묻는다면, 우리는 얼른 대답하기를 "조선에는 금강산이 있다."고 하겠습니다.

조선에도 산천이며 민가의 물건 등 있을 만한 것은 다 있습니다만, 무엇이라고 한정하지 않고 전체를 통틀어 조선을 대표하는 한 물건을 묻는다면, "얼른 이것이 있소."하고 내밀어도 언제든 낭패 없을 것은 금강산입니다.

물론 금강산이 지리적으로 기이하고 절묘하다는 사실은 세계 유일, 세계 공통의 미적 대재산입니다. 금강산 앞에서는 세계의 어느 누가 가지는 국토에 대한 자긍심도 얼굴빛이 부끄러워질 터이므로, 다른 모든 것을 초월하여 금강산으로 조선을 대표시킴이 조금도 부자연스러운 것은 아닙니다. 하지만 그보다 더 나아가 자연계에 있는 금강 현상이 그 자체로 우리 조선의 마음이자 손과 같은 물질적 표상임을 생각해 보면, "조선에는 다른 아무 것도 없고 오직 금강산이 있을 뿐"이라고 하는 말은 우리의 영광된 감격에서 넘쳐나오는 충심(衷心)의 부르짖음인 것입니다.

조선인에게 금강산은 일개 산수 풍경이 아닙니다. 우리의 모든 마음과 뜻에 대한 물질적 표상이자, 아마득히 오랜 빛과 힘으로 우리를 인도해 일깨워주는 정신적 최고 전당인 것입니다. 중간에 잠시 빛을 잃고 가려지기는 했지만, 조선인은 예로부터 이 신비한 뜻과 멋을 가장 현명하게 틀어쥐고, 진작부터 금강산을 신앙의 일대 목표로 삼아 가장 경건한 귀의(歸依)를 바쳤습니다. 가히 '금강적(金剛的)'이라고 일컬을 수 있는 지도 원리 아래 조선적인 몸, 조선적인 마음을 오래오래 발전시키라 함은, 실상 우리 부모들도 태어나기 훨씬 이전부터 있던 약속입니다.

그러므로 금강산은 우리가 구경할 무엇이 아닙니다. 금강산은 자주 몸을 삼가 성찰하며 참배해야 할 성스러운 존재입니다. 그러기 위해서는 다른 무엇보다도 먼저 금강산을 깊이, 똑똑히 알아야 할 것입니다. 다른 어떤 일보다도 일찍 금강 예찬을 소중히, 그리고 정성스럽게 하여야 할 것입니다. 조선에 살면서 금강산을 못 보았다 하는 말과 조선인으로서 금강산을 알지 못한다는 말은, 무엇보다도 일생일대의 자기 모멸이라고 할 것입니다.

예찬의 권두(卷頭)에

금강산은 보고 느낄 대상이지 말로 꾸미거나 본떠 낼 것이 아닙니다. 하느님의 솜씨가 펼쳐진 것들 중에서도 지극히 정교하고 신묘한 것이거늘, 사람의 변변치 못한 재주로 어디에 감히 시험해 볼 수조차 있겠습니까. 그러나 보도록 권유하고 또 길을 잡아 이끌어 주는 데에는 의연히 문자의 힘을 빌지 않을 수 없습니다. 하여 금강산의 냄새와 그림자라도 전하는 일은 금강산 맡은 나라의 붓대 잡은 이들이 가져야 할 고귀한 임무가 아닐 수 없습니다. 금강산은 역시 기록되어야 할 것이며 그려져야 할 것입니다.

나는 금강산에 대하여 세 가지 기록의 작성을 기획하고 있습니다. 첫째는 금강산의 학적(學的) 검토입니다. 금강산을 네 부분으로 나누어 네 가지 학리적 견해를 시험코자 하는 것으로 작년에 『시대일보』에 연재한 「풍악기유」는 그 일부에 해당됩니다. 두 번째는 금강산 유람의 향도기(嚮導記)를 제공하는 것입니다. 금강산 각종 경승(景勝) 지역의 배치·구성·요소·특질·역사적 의의·여행 요건 등을 서술하여 일반 탐승객의 반려로 삼게 하려는 것이니, 본서는 실로 이 사명을 위하여 편찬된 것입니다.

세 번째로는 가까운 장래에 기어이 만들어 보려 하는 것인데, 금강산에 관한 고문헌의 휘찬(彙纂), 즉 총체적 감수 작업입니다. 이것은 금강산의 도로 및 이름의 변천 과정은 물론 각종 생활상의 투영과 감각 측면의 실증 등을 고찰하려는 것입니다.

아마도 금강산이 다른 나라에 있었다면, 그에 관한 문적(文籍)은 따로 도서관을 지을 정도였을 것이고, 예술면에서는 특별 미술원을 만들 정도였을 것입니다. 아무리 해도 알프스산만 못하였겠습니까. 그런데 이만한 실질을 가진 금강산이 아직까지 구체적이고 실질적인 지침서 하나 갖지 못할 만큼 문자 방면에서 빈약한 것은, 금강산 자신에게는 물론 아무 상관이 없을 일입니다마는, 그 임자인 우리 조선인에게 그리 번듯한 일이 아닐 것입니다.

진실로 이 『금강예찬』은 되지 못한 작은 기술입니다마는 어쩌면 금강산 전체의 현황 실정을 소개하는 글로는 처음 탄생하는 것일지 모르겠습니다. 이런 대로 금강산에 대한 저의 지극한 정성을 담은 제사 공물인 동시에 금강산을 알고 보려 하는 분들에게는 작으나마 나침반의 역할이 된다면 큰 영광과 행운이겠습니다. 미비하고 부족한 점은 대방가(大方家)들의 질정을 기다려 증정(增訂)해 가겠습니다.

기고(起稿)한 지 만 삼 년 되는 정묘년(1927) 오월 중순
붉은 등나무 그림자가 유리창을 반 쯤 가린
일람각(一覽閣) 남창(南窓) 아래에서
백운향도(白雲香徒)

서사(序詞)
- 금강산은 세계의 산왕

장소 : 수미산(須彌山)[1] 제석천궁(帝釋天宮)[2]의 광활한 정원. 인간 세계
　　　산왕(山王)을 선발하는 어느 곳.

때 : 석양. 투표가 다 끝나고 투표함 개봉이 시작되려 하여 저절로
　　긴장한 기운이 전체에 서리는 순간.

참석자 : 중국의 곤륜산, 인도의 설산(히말라야), 유럽의 알프스산,
　　　　아메리카의 로키산 등 세계 각처에서 참석해 모인 득실득
　　　　실하는 모든 명산. 다 각기 '산이라면 내가 최고지!' 하는
　　　　얼굴빛이 그득하다가, 눈결에 금강산만 보면 고개들이 금
　　　　세 움츠러드는 꼴.

(턱을 괴고 무엇인지 생각에 잠겨있는 곤륜산에게로, 키도 크거니와 몸집도 뚱뚱
한 설산 히말라야가 다가와서 몸집에 비해서는 가벼운 목소리로)

---

1 불교에서 세계의 한 가운데에 높이 솟아 있다고 하는 산. 동쪽은 은, 서쪽은
　파리, 남쪽은 유리, 북쪽은 황금으로 되어 있다.
2 제석천은 십이천의 하나. 수미산 꼭대기에 있는 도리천의 임금으로, 사천왕과
　삼십이천을 통솔하면서 불법과 불법에 귀의하는 사람을 보호하고 아수라의
　군대를 정벌한다.

히말라야 : 무슨 생각을 골똘히 하나? 왕관을 꿈꾸는 걸세그려?

곤　　륜 : 그럴 기운이 있어 보이니 고마우이. 인제는 오래오래 우려먹던 '산의 시조'라는 말도 쓰레기통에 넣고, 안 하던 절까지 무릎이 닳도록 해야 할 걸 생각하니 먹지 않은 밥까지도 체하는 듯하이.

히말라야 : 옳지, 금강산이 산들의 제왕이 된다 하여 자네 얼굴까지 상하게 되었네그려. 그러나 금강산으로 말하면 자네의 한집안 식구니 집안에서 왕이 난 것을 도리어 경축할 것이 아닌가?

곤　　륜 : 그렇기도 하지마는, 그저 어린 것으로만 치던 것에게 금세 고패를 떼이게 되니까 자연 심사가 편안하지 못하이.

히말라야 : 그야 세상이 예전 같으면 낸들 이렇게 주먹 맞은 감투처럼 그냥 있겠는가마는, 지체나 뼈다귀는 소용 없고 맨몸 맨주먹으로 경쟁하는 마당에야 실질적으로 우월한 놈이 우뚝해지는 것을 무슨 재주로 막나?

곤　　륜 : 그래, 바로 말하면 금강산이 이제야 드러나서 세계에 제일이니 쌍이 없니 하기가 몹시 늦은 것이니, 오래 억울도 퍽 당했지.

히말라야 : 아무렴, 중국·인도·유럽 할 것 없이 다 각기 저 사는 데를 전 세계로 알고, 또 제 것이면 언청이도 일색이라던 시절에야말로 자네가 어떠니 내가 어떠니, 알프스 로키가 어떠니 하고 이불 속에서 활개를 쳤지마는, 자 이렇게 전 세계가 한통을 치고 많은 눈들이 보는 바에 따라 실질을 비교하는 마당에야 바른 입으로 비뚠 말을 하라 한들 금강산 이상의 산악미가 있다 할 용기를 누가 가졌겠나?

곤　　　륜 : 누구누구하고 명산이니 빼어난 승경이니 하는 것이, 통히 말하면 허우대가 좋다든지, 주름살이 잘 잡혔다든지, 살이 쪘다든지, 나룻이 아름답다든지, 어느 무엇 한 가지가 남보다 뛰어난대서 곤댓짓을 하던 것이요, 그중에 두서너 가지만 겸하면, 천하에 쌍이 없다 자처하던 것인데, 지금 금강산이야말로 산악미의 조건치고 어느 무엇이 빠진 게 있나? 부분으로나 전체로나 조물주의 완전한 정성이라고 할 금강산하고 겨루는 장사가 누군가? 가령 말하면 계곡은 요세미티(Yosemitie)가 세계 제일이라 하던 것이지만 금강산의 그것에 비하면 기가 질리지 아니하나? 구름 낀 풍경은 어디, 바위 모양은 어디 등등하여도, 무엇이고 금강보다 나은 데는 아직 없는 것을 어찌하나. 기막히니까, 엄청나니까.

히말라야 : 금강산 광고라도 맡은 것 같으이. 자네니까 말일세만, 나 또한 앙칼진 생각이 없지 아니하여, 금강산에서 무슨 흠이라도 하나 찾으려고 미학 책을 뒤져가며 아직 완전치 않다고 주장할 조건을 성립시키려 퍽 애를 썼네만. 넨장 그 결과는 오히려 금강산을 표준으로 하고 보면 지금까지 성립되어 있는 아름다움에 관한 조건들이 거꾸로 불완전하다는 걸 증명하고 말았네그려. 기막혀. 또 자네만 들어 두게마는, 알프스란 염치없는 친구도 남 모르게 러스킨·라복 등의 논설을 방패로 삼아 금강산에 대항해 보려 했는데, 알고 보니 금강산이 그들의 논설 범주에 들어가기는커녕, 풍경에 관해 그들이 말했던 관점들이 도리어 금강산 원리에 의해 수도 없이 정정되고 보완되어 충족되어야 하는 것임을 깨닫고는, 유럽의 큰 코가 그야말로 민패가 된 일도 있으니.

곤　　　륜 : 그래, 금강산을 못 본 러스킨은 풍경에 대하여 애꾸밖에 못되느니. 만일 금강산으로 그 이론의 기준을 삼았던들 반딧불인 그 논설이 태양일 뻔하였을 것이니. 자연미의 궁극적 저울추도 필경은 금강산에서 나올 것이니.

히말라야 : 개표한 결과야 물을 것 없이 금강산 왕의 출현이지만, 지난 일을 생각하면 우리 얼굴이 번듯할 것은 없어. 자네가 산들의 조상된다는 사실을 내놓고 얼굴이 빠진 것이나, 알프스 군이 생각 없이 금강산을 누르겠다는 외람된 마음을 내는 것도 생각하면 다 그럴 만하여 괴이할 것도 없는 일이야.

곤　　　륜 : 그러니 범강·장달이가 나선 다음에야 난장이가 키 자랑을 하는 재주가 무엇인가?

히말라야 : 원체 풋나물 한두 가지와 산해진미 진수성찬이 겨루는 형국이니까, 우리네가 금강산 밑에 들어야 창피하다 할 건 없어. 우리가 남들보다 자부심을 가졌다 하지만 금강산 앞에서는 고개를 들 수가 있어야지.

(요령이 뎅뎅 울리더니 개표가 시작된다 하여 장내가 와글와글. 이름 부르는 것을 들으매 맨 금강이라는 소리뿐. 혹시 다른 이름이 나오면 비웃는 웃음이 이 구석 저 구석에서 히히히…….)

히말라야 : 투표라고는 해도 죄는 맛, 당기는 재미가 없으니 싱겁기는 그만일세. 마치 세도 당년에 작정된 급제님을 부축하고 있는 셈일세.

곤　　　륜 : 옳은 말일세. 이왕이니 시상하는 것까지만 구경하세.

히말라야 : 그런데 말 탄 신랑인 금강산 군은 어디 있누.

곤　　　륜 : 물을 것 있나. 아무 데고 오색 구름 서린 곳이면 그가 있는 곳이겠지. 점잖다 점잖다 해도 금강산 군 같은 이는 보다가 처음이야. 그 자격을 가지고, 그렇게 오래도록 깊이 닫아두었는데도 억울한 뜻을 둔 적이 있는가 말야, 지금 이렇게 갑자기 확 드러나게 되었다 해서 득의양양하길 하는가 말야. 오늘만 하여도 다른 이들은 갖은 단장을 다하고 갖은 맵시를 다 내었는데, 금강산 군만은 수수한 제 본색대로 와서 저기 가만히 앉아 있네그려.

히말라야 : 그것이 바로 다른 무엇을 기다리지 않고 <u>스스로 충분하다는 것일세. 기름 한 방울 바르지 않고, 명주실 한 오리 걸지 않아도, 바로 메추라기 틈에 선학(仙鶴)이 끼인 것 같으니. 좀 건너다보아! 나는 벌써부터 금강산왕 폐하 만세 소리가 목구멍 속에서 갈강거린다네.

곤   륜 : 금강산은 왕이 되니까 좋겠지만, 그럼 우리는 어찌 되는 거지?

히말라야 : 팔만 사천 털끝까지 꼴딱 집어삼키게 생긴 이도 미인이겠지마는, 눈 하나 코 하나로도 미인 못될 것은 아니니까, 금강산이 아무리 온천지를 떨게 할 미인이라 한들 우리더러 길가 술청도 보지 말라 할 리야 있나. 세계적인 존경과 영광은 마땅히 금강산에게 돌아가겠지만, 우리는 우리 깜냥대로 인도 읍내, 중국 거리, 유럽 면, 아메리카 촌락에서 호랑이 없는 동네 토끼 노릇이나 하세그려.

곤   륜 : 이런 제기, 인제는 우리가 산중에서나 귀한 물건이란 말인가?

(어느덧 검표가 끝나고 금강이 거의 만장일치로 산왕에 추대되었다는 보고가 들린다. '금강산왕 만세' 소리가 시키는 이 없이 우레와 같다. 곤륜이 머리를 긁적거

리면서)

곤　　　륜 : 나는 부르려 하지 않았는데, 금강산 당선이라는 소리를 듣자마자 저절로 만세 소리가 북받쳐 나오니 그 아니 괴상한가?

히말라야 : 글쎄, 내가 할 말일세. 그리고 본즉 겉으로는 이러니 저러니 해도, 다 각기 본심 · 진심으로는 금강산이 산들의 제왕인 것을 작정하고 있었던 것이야. 소원대로 되니까 경축하는 소리가 저절로 나오는 것이지.

곤　　　륜 : 그래 그래. 공적인 마음은 다 있는 법이니까.

(하고 곤륜과 히말라야가 천천히 일어나고, 다른 산도 앞서거니 뒤서거니 퇴장. 한쪽에는 알프스와 로키가, 산도 이제는 유색인을 못 따르겠음을 슬퍼하는 표정으로 둘이 손을 힘없이 잡고 곤륜 · 히말라야의 뒤를 멀리 따르면서)

로　　　키 : 자네도 불렀나?

알 프 스 : 만세 소리가 저절로 나오데.

로　　　키 : 지지는 않았어도 이기지는 못한 셈인가.

알 프 스 : 보고 나니 금강산이 제왕인 것은 당연 이상의 당연이야. 이름도 못 들어보던 조선이란 나라에 있다길래, 이전에 턱없이 반감 가졌던 일이 생각하면 부끄럽네. 우리쯤은 금강산의 신발 끈 풀어 주는 것은 고사하고 밑이라도 열 번 씻어 드려야 원통하다 못하겠데.

로　　　키 : 자네도 이제 퍽 겸손해졌네그려. 그러니 말이어니와, 벌써 아무개한테 들으니까, 원래 금강산은 하느님께서 당신의 뜨락 삼아 지으신 것으로, 일체의 지혜와 모든 솜씨를 다하여 만드신 특별 작품인데, 중간에 무슨 관계로 조선에게 내어준 것이라데. 지금도 천국에서는 금강산을 산이라 부르지 않고, 만미보(萬美譜), 즉 모든 미(아름다움)의 족보라 일컬으며, 무슨 솜씨를 부려 보려 할 때면 금강산에서 본새를 찾아 쓴다 하데.

알 프 스 : 그럼, 별 수 없이 아름다움의 목록·색인·자전 아니 백과전서일세그려.

로 키 : 또 들으니까, 금강산 이상의 다른 이름난 산과 경치 좋은 땅이란 것들은 즉 불과 금강산의 모든 요소, 조건 중에서 한두 가지씩을 떼어서 다만 덩어리만 크게 하여 여기저기 헤쳐 주신 것인데, 그것은 실상 불시에 금강산이 세계에 나오게 되면 아름다움을 곧장 돌진하며 뚫고 나와 분출하는 위력에 놀라, 보는 이들이 정신을 잃을까 보아서 아름다움의 안목을 조절해 길러 두도록 견본품을 보내 두신 것이라데. 이런 말은 인간에 전하는 「창세기」에는 무슨 까닭이 있어 빼었지마는, 천국의 정원일기(政院日記)[3]에 뚜렷하게 적혀 있다 하데.

알 프 스 : 옳구먼 옳구먼. 어쩐지 세계 명산의 요소 치고 금강산에 빠진 것이 없으며, 그뿐 아니라 세계 명산을 전부 합친 것 외에도 허다한 인류를 초월한 욕구의 미적 소용돌이가 금강산에 들어 있는 까닭을 야릇하게 여겼더니, 본디가 금강산은 하느님이 쓸 것으로 만드신 것이더란 말이야. 옳거니, 그러나 그것을 어째 이스라엘 무리들에게 주시지 않고 조선 사람에게 맡기셨다던가?

로 키 : 그것은 나도 몰라. 에덴 낙원도 못 지키는 꼴을 보시고 정이 떨어지신 게지. 그렇지 않으면 진정한 '선민(選民)'은 조선인인 까닭인지도 몰라. 조선이 음부터 'Chosen'

---

3 궁정에서 일어난 모든 사건 등을 기록하는 일지를 말한다.

즉 '초선(抄選)'⁴ 비슷한 것도 특이하다면 특이하여. 허허
허.

(멀리서 울연히 들리던 仙樂이 점점 가까워지고 모든 하늘 대중들의 산왕 금강
찬송가가 호수처럼 밀려 들어온다)

숨기었던 색시가
너울에서 나오매
거룩하신 화관(花冠)이
절로와서 얹쳤네

구원(久遠)의 빛 넘치는
임의 눈을 보아라
해가 아니 뜬대도
어둠 다시 없겠네

(이름도 모를 온갖 향기로운 꽃들이 비처럼 눈처럼 十方으로서 금강산에 와서 덮
인다)

---

4 선택해 뽑아낸다는 뜻이다. 여기서는 조선이라는 나라가 하느님이 특별히 선
택해 뽑아낸 민족이라는 의미로 사용되었다.

금 강 예 찬

금강산 가는 길

1. 조선 정신의 표치(標幟)

조선인으로서 조선의 제일이 무엇임을 모른다면, 어찌됐든 커다란 수치입니다. 그것이 세계의 제일을 겸하는 것이라면, 그를 모르는 수치는 그만큼 더 클 것입니다. 금강산은 어떠한 의미로든지 조선의 제일이요, 또한 세계의 제일입니다. 조선뿐 아니라 세계를 통틀어 다시는 짝이 없고 견줄 데 없는 오직 하나뿐이고 특별하게 아름다운 천지간 기적입니다.

세상에는 산도 많고 명산도 많습니다. 그러나 금강산처럼 온갖 조건이 구비하고, 또한 인류의 바람과 기대감의 한계까지를 미리 펼쳐 놓은 경치란 과연 세계에 둘도 없는 것이어서, 이 하나밖에 없는 조화의 기적이 조선에 있게 된 것은 생각하면 아슬아슬한 우리의 행복인 동시에 알뜰살뜰한 하늘의 은총입니다.

한편 조선인에게 금강산은 그저 풍경이 아름답고 수려할 뿐인 지상의 현상만이 아닙니다. 사실상 조선심(朝鮮心)의 실물적인 표상이자 조선 정신의 구체적인 표상이며 조선인의 생활·문화 및 역사에 장구하게 긴밀한 관계를 갖는 성스러운 존재입니다. 예전에는 생명의 본원(本源)이자 영혼이 돌아가 그치는 곳으로까지 생각되었고, 근세까지도 허다한 예언자들의 전당이 되는 곳입니다.

이렇게 국민 정신 및 민족 신앙의 최고 대상이 된 금강산은 자연히 그 명성에 걸맞는 가장 융숭한 예우와 경건하고 절대적인 의지처로 존중받아 왔습니다. 조선 고대 종교의 종교적 왕이던 '붉'님은 수백 수천의 교도를 데리고 가장 엄숙한 순례(巡禮)를 삼가 때에 맞춰 행하였으며 일반 민중도 기회와 일의 형편이 허락하는 대로 적어도 일생에 한 번은 이 성지 참배를 수행하던 것입니다.

그러므로 금강산에 관한 관념과 지식은 고대일수록 더욱 선명하기도 하고 보편적이기도 하였다 할 만합니다. 아마도 사지 성한 이의 치욕은 금강산 못 본 것이던 시절도 있었을 것입니다.

세대가 이어지면서 옛 신앙이 어둡게 덮이면서부터 금강산 참배 순례가 점차로 국민적 의의를 잃고, 따라서 금강산에 대한 친근함과 이해까지 아주 부족하여지며, 이로 인하여 금강산이 한 구경거리로 의식하게 되었습니다.

지금 우리는 온갖 방면으로 옛 생명의 새로운 발휘, 옛 정신의 새로운 소생을 꾀하여야 할 때이어니와, 금강산 순례 같은 것도 그 중의 중요한 한 건이 아닐 수 없습니다. 그것이 종교적·철학적 이치의 얕고 깊음에 어떠한 내용적 차별이 있든지, 금강산의 조선 그것, 조선심 그것의 표상인 점에 있어서는 옛날과 지금·현생과 내생 할 것 없이 일관적으로 항상 같은 것입니다.

조선으로 하여금 금강산이게 하자. 아무 다른 이론, 다른 목표 할 것 없이 자연계에서의 금강산 정도로 인문상의 표현도 그렇게 될 수 있도록 하는 것이야말로 조선인에게 가장 명쾌하고 적절하며 구체적인 가르침입니다. 이 의미에 있어서 조선인처럼 신기 미묘한 생활 철학 및 지도 원리를 가진 이는 또 없습니다. 가장 또렷한 기호와 힘찬 표현의 모범적 경전인 금강산이 우리에게 있음을 자랑합시다.

홀으로 지식욕만으로 말하든지, 향토심만으로 말하든지, 역사

양심상으로든지, 진리 갈구하는 것으로든지, 아주 줄여서 자연 애호 · 미적 충동으로든지, 어떻게 쳐서나 금강산은 마땅히 조선인의 생활의 중요한 한 부분, 상식의 한 요건이 되어야 할 것입니다. 아니 확실히 그 의무의 하나일 것입니다. 조선인으로서 조선 국토의 정수, 조선 정신의 표지를 인식하는 것보다 더 긴요한 자기 의식이 또 무엇이라 하겠습니까?

본디부터 조선인의 사적 소유물일 수만은 없는 금강산이 이제는 가장 당당한 걸음걸이로 세계적으로 드러나기 시작합니다. 그럴수록 우주적인 이런 보물을 오래 맡아 가졌고 언제까지 수호할 의무가 있는 조선인은 더욱더욱 금강산 인식을 독실히 해야 합니다. 조선인으로 금강산이 어떠한지 또 무엇인지를 모르는 것은 진실로 자연에 대한 모멸, 하늘의 뜻에 대한 모독으로, 수치를 넘어 하나의 죄악이 될 것입니다.

학문적 토론과 탐구로, 미적인 발현과 떨침으로, 물질적인 향유로, 그리고 심적으로 깊이 감화하는 것으로서의 금강산은 과연 우리 생활의 일대 보고입니다. 이에 대한 바르고 깊은 이해 및 이용 활용은 분명 아무것하고도 바꿀 수 없는 행복과 영광으로써 우리에게 응답될 것입니다. 우리는 마땅히 조화옹(造化翁)에게서 받은 이 자연의 기적을 우리의 마음과 손으로 다듬고 단련하여 그보다 더 찬란스러운 문화의 기적을 만들어 냅시다. 그리하는 첫 단계로는 금강산을 알아 봅시다. 눈으로 보지 못하여도 귀로 듣기라도 하며, 발로 밟지는 못할망정 가슴에 그려라도 봅시다.

2. 천제의 석가산

　금강산이 자연의 걸작이며, 아마도 조화옹(조물주)이 다시 하나를 만들려 해도 그리 될 수 없을 만큼 하나의 기적임은 새삼스레 따질 게 없는 일입니다. 또한 조선인에게 금강산은 산수 풍경의 의미 외에 가장 신비롭고 깊고 아득한 심적 지주였다는 사실도, 우리가 다른 기회에 많이 말한 일이니까 다 그만두고, 여기에서는 다만 금강산의 물리적 이치에 뺄 수 없는 몇 가지 준비 지식이나 적겠습니다.

　금강산은 백두산의 큰 줄기가 반도의 동쪽 측면으로 바다를 끼고 내려가는 곳, 요컨대 조선의 척추에 해당하는 태백산맥의 허리에 어쩌다가 생긴 위대한 조화의 흔적입니다. 기운차게 천리를 뻗어 내려온 멀고 먼 산맥들이 철령(鐵嶺)과 설악(雪岳) 사이에서 허리를 한번 꿈틀하는 통에, 두 개의 단층이 좌우로 생기고, 그 등골 부분되는 중앙의 봉우리 능선이 이 단층선을 끼고 계단 모양의 거대한 함몰 형상을 이루는 통에 기기·괴괴하고 울퉁불퉁 뾰족뾰족한 일만이천 봉우리가 서로 뒤섞여 생성되었습니다. 그런데 다시 아마득한 억겁의 세월을 통해 바람과 물결 등이 줄곧 잔 칼질과 잔 끌질을 하여 갈수록 더욱 기이하게 다듬어낸 것이 금강이라는 천제(天帝)의 석가산(石假山) 즉 돌로 쌓아 올린 산입니다.

금강산은 흔히 세 부류로 나눕니다. 이 중앙 봉우리 능선들을 기준으로 서쪽을 내금강(內金剛)이라 하고, 동쪽을 외금강(外金剛)이라 하며, 남쪽으로 산맥이 다시 고성(高城) 지역의 앞바다로 몰입하여 수많은 괴이하고 기이한 섬과 암초들로 이루어진 곳을 따로 바다의 금강 해금강(海金剛)이라 합니다.

서쪽의 단층부는 뭇 산봉우리들이 서로 돌아들고 골짜기들이 깊고 아득하여 자못 은근하고 풍부한 맛을 띠었으나, 그 동쪽은 바로 푸른 바다와 닿아 있어 깎아지른 듯한 암벽을 이루었기 때문에, 산은 웅장하고 우뚝함을 다투고 물은 격렬하고 급박함을 자랑하여 가는 곳마다 웅위장대(雄偉壯大)한 기운을 뽑았으니, 이렇게 한쪽은 남성적이라면 한쪽은 여성적이며, 한쪽이 문인적 기상이라면 다른 한쪽은 무인의 기상으로 서로 다른 의미와 정취를 동시에 겸한 것이 실로 금강산으로 하여금 미의 완성된 품격이 되게 하는 일 조건입니다.

얼른 말하면 금강산은 커다란 바위 한 덩어리, 온갖 기교한 변화를 나타낸 일개 화강암 바위 덩어리입니다. 이것이 바람에 삭고 물에 갈려서 모서리는 기이한 봉우리로, 홈타기는 그윽한 골짜기로, 주름살은 깊은 동굴이 되고, 그 사이사이에 하늘로 솟구치는 폭포와 급격한 여울, 맑은 계곡과 깨끗한 연못이 마침의 마침으로 안배되었으며, 다시 봄과 가을의 꽃과 낙엽, 짙은 그늘과 쌓인 눈들이 철마다 귀신의 솜씨로 말미암는 아름다운 경관과 기묘한 정취를 발보이는 것입니다. 그런데 그것이 심상한 경관에 그치지 아니하고 신묘 황홀하여 일컬을 말이 없고 설명할 말이 없으며 헤아릴 수조차 없는 경계를 지은 것입니다.

3. 예 이래의 영험한 터

금강산이 언제부터 알려졌는가? 다만 역사 이전 아득한 옛날이라는 것밖에 더 자세한 것을 알 수 없습니다. 문헌으로 말하면 『삼국사기』 신라 제사지(祭祀志)에 고성군의 상악(霜岳)이라고 보이는 것이 처음이나, 영동의 땅이 신라 이전에는 예(濊) 또 그 이전부터 주민의 마음을 쥐던 명산이었을 것은 얼른 짐작할 일입니다.

조선에는 오랜 옛날부터 산악 중심의 자연 숭배가 가장 성행하였습니다. 그것이 뒤에 자연교(自然敎)로 혹은 인문교(人文敎)로 진화하여 체계를 갖춘 일대 신앙을 성립할 때에도 산악은 신의 성스런 자리 내지는 신의 본래 모습 자체로서 일상을 초월한 존경과 믿음을 받았습니다. 산신 신앙이 특히 두드러졌던 예(濊)의 국토에 있어, 그 생김새부터 영묘한 금강산은 진작부터 최고 신격의 대접을 받음이 대개 오래된 약조였습니다.

조선의 모든 민족 및 동북아시아 모든 종족을 정신적으로 지배하던 고대 종교는 '붉은'(간략히 하여 '박' 혹은 '불')입니다. 그 종교적 의미는 하늘을 최고 존재를 삼고, 태양을 최고 표현으로 알며, 산악을 인간들이 깃들어 사는 곳으로 생각하는 것입니다. 그리하여 한 지역에 있는 최대·최고의 산악이나 혹은 산악 중 최대·최고의 뾰족한 봉우리를 한없이 신성하게 대접했습니다.

이렇게 신성시되는 산악(산봉우리)을 '붉은'이라 일컫습니다. 또 다른 말로는 '술은' '두들' 등이라고도 합니다. 그러므로 이 종교적 의미가 행하여지는 지역에는 반드시 '붉은' 혹은 '술은'이란 명칭의 산이 있었으며, 또한 마을에는 마을의 그것, 읍에는 읍의 그것, 나라에는 나라의 그것, 우주 안에는 우주 안의 그것이 있어 마치 행정 계통과 같은 계급과 연관을 가졌습니다.

금강산은 실로 예(濊) 이래로 한 지방 또는 한 나라의 신령한 산인 것입니다. 그 숭배가 신라·고려로 내려오면서 형식으로는 차차 교체되고 가려진 혐의가 있으나, 그 실질은 지금까지도 변함이 없습니다. 신라 시절 국선(國仙)의 단체 순례 내지 일반 서민들의 종교적 참관을 지금은 구경[관광]이라는 별개 의식의 아래에서 계속하여 갈 따름입니다.

금강산은 옛날에는 '붉은' 산이라 하고, 바뀌어 '불'·'박' 등의 음이 되었으며, 또 다르게는 '술은' '두글' 기타의 다른 명칭이 있었습니다. '불'산은 신령한 산이라는 뜻이고, '술'산은 성스러운 땅이라는 뜻이며, '두글'산은 하늘의 구역이란 뜻입니다. 세 가지로 불리던 이러한 이름들이 훗날 한자로 교체되어 각각의 글자 형태를 무릅쓰게 되고, 혹은 불교적으로 번역되어 마침내 불교와 특별한 인연이 있는 땅으로까지 생각하게 되었습니다.

4. 삼면, 삼중, 삼태

금강산이 세계의 명산, 조선의 영험한 산악으로 엄청난 구조와 오랜 내력을 가진 것은 저절로 그로 하여금 복잡한 감상의 대상이 되게 하였습니다. 어떠한 의미로든지 금강산 구경은 단지 산수 유람이 아닙니다.

금강산 인식에는 삼면(三面) · 삼중(三重) · 삼태(三態)가 있습니다. 자연 · 전설 · 역사 이것은 평면적으로 금강산의 미를 알아보는 세 방면입니다. 특별한 자연은 양편으로 신비한 전설과 감개한 역사를 지팡이하여 더욱더욱 자기의 미를 가치 있게 하려 하였습니다. 이 세 부류가 맞아서 금강산의 미는 홑미가 아니라 겹미, 아니 숨 둔 미가 되고 아름다운 구슬을 비단 보자기에 싸서 화류갑에 넣은 듯한 미가 되었습니다.

금강산에는 여러 종류와 여러 형식의 아름다운 전설이 있습니다. 뒤에 와서는 많이 종교의 탈을 쓰게 되었지마는, 그 진면목을 헤쳐 보면 이름 없는 원시 시인들의 아름다운 시정(詩情)과 뜨거운 애국심을 드러내는 불구슬이 눈앞에서 바로 댕글댕글 뛰는 듯합니다. 본디가 시인 금강산은 이 전설로 인하여 시중의 시, 만화경 같은 중중무진(重重無盡)한 시가 되었습니다. 금강산과 관련된 한 무리의 전설은 마땅히 조선 전설학(傳說學) 안에서 중요한 부류가 될 것입니다.

금강산은 처음에는 고대 신도(神道)의 영험한 현장으로서, 이후에는 선도(仙道)의 손을 거쳐 마침내 불교의 차지가 된 곳입니다. 지금 와서 보면 금강산이 본디부터 불교를 위하여 생겼고, 불교로 인해 보존·유지하여 가는 것 같이 되었지만, 실상은 그런 것이 아닙니다. 불교는 겉껍질을 벗기면 그 속에는 선도가 들어 있고, 다시 선도의 속 허물을 젖히면 그 밑에는 고대의 신령한 가르침인 고대 신도(神道)의 본연한 꼴이 곱다랗게 들어 있음을 봅니다.

이렇게 불교 모습으로부터 선도(仙道)의 모습으로, 선도의 모습으로부터 다시 신도(神道)의 모습으로 소급해 들어가면, 마치 고기가 씹는 대로 맛이 나는 것처럼, 형언할 수 없는 역사적 흥미를 자아내는 것이 있습니다. 이것은 금강산의 진면목을 수직적으로 탐구하는 것으로, 자칫 주책없이 반쯤 허공에 뜨게 되는 금강산 구경에 두텁고 안정된 기반을 주는 것입니다.

그러니 어떤 구경보다도 금강산은 더욱더 눈으로 볼 것 아니라 마음으로 볼 것입니다. 우리가 가진 감수성과 사고력 전부를 여기에 쏟아 부을 때에, 비로소 성스러운 신(神)으로서 위대한 금강산의 전적인 현시가 비로소 체감으로 얻어지는 것입니다. 금강산은 진실로 감상·묻고 배우기·신앙을 어우른 태도로서 보고 느껴 그 속에 들어있는 정신·생명을 움켜 가진 뒤에 말 것입니다. 금강산을 이와 같은 선(善)의 대상으로까지 알아보지 못한다면, 금강산을 잘 보았다거나 혹은 다 보았다고 할 수 없을 것입니다.

5. 탐승의 이상로

　교통이 편치 못하던 예전에는 금강산 구경이 실로 쉬운 일이 아니었습니다. 그러므로 그 신비한 경치와 만나려면 특별한 인연이 있어야만 가능하다는 식으로 말해지기까지 하던 것입니다. 그러나 지금은 조선 내에서는 대개 하루 이틀 정도로 이 선경(仙境)을 밟을 수 있게 되었습니다. 기차 · 전차 · 자동차 등이 대나무 지팡이에 짚신을 신고 도시락과 표주박을 가지고 다니던 시절의 운치를 빼앗은 것도 사실입니다. 하지만 그 덕분에 금강산 유람이 줄달음으로 진전되어 빠르게 일반화된 것도 마땅히 신문명이 조선인을 행복하게 한 사건의 하나라고 헤아릴 것입니다.

　서울에서 금강산이 대략 반천리(500리), 영평(永平) 계곡의 경관과 철원 들판의 정취를 보면서 간다 하여도, 옛날의 샌님에게는 금강산 갈 엄두가 얼른 나지 아니하는 것이 딱히 괴이한 일은 아닙니다. 그러므로 구름따라 물따라 떠돌아다니는 탁발승이나 벽(癖) 있는 시인이 아니면 사고(史庫) 관리가 서적을 점검하러 행차하거나 관청의 제사 때 향을 피우는 일처럼 임금의 명을 받아 동쪽으로 가야했던 이들 외에는 금강산 구경이 썩 희귀한 일이었습니다.

　서울서 금강산 구경 가는데 지금 흔히 이용되는 여정은 일단 경원선(京元線)으로 철원까지 가고, 다시 전차로 창도(昌道)까지 간 다음, 산의 입구까지는 자동차로 가서, 내금강·외금강·해금강을 차례로 본 다음, 배편을 이용해 장전(長箭)에서 원산(元山)을 경유해 돌아오는 육왕해귀(陸往海歸), 즉 육지로 갔다가 바다로 돌아오는 경로와 이것을 거꾸로 도는 해왕육귀(海往陸歸), 즉 바다 쪽으로 시작해 육지로 돌아오는 경로가 있습니다. 그 밖에 원산과 장전으로 하여 온정리(溫井里)에서 금강산의 덜미인 온정령(溫井嶺)을 끼고 돌아 내외 금강을 더듬고 다시 돌아나오는 해왕해귀(海往海歸), 즉 바다에서 시작해 바닷길로 다시 돌아오는 경로까지 합하면 크게 세 가지 정도가 있습니다.

세 가지 종류의 길에는 각기 장단점이 있습니다. 경비와 시일을 절약하려면 바닷길, 즉 해왕해귀가 편리합니다. 하지만 이 길은 유람하며 감상하는 맛은 가장 적은 것 같습니다. 육왕해귀나 해왕육귀 코스는 똑같은 구경을 순서만 바꾼 것 같지만 실상 양쪽 간에는 펼쳐지는 경관의 본질을 순행하고 역행하는 구별이 있어, 감상하는 재미에는 퍽 큰 차이가 있습니다. 만일 여정을 자유롭게 선택하여 정한다 하면, 우리는 육지로 갔다 바다로 돌아오는 육왕해귀를 권하겠습니다. 부드럽고 아늑한 내금강을 보고, 웅장하고 헤벌어진 외금강을 거쳐서, 그래도 남아 있는 세속의 찌든 때는 동해 먼 바다 끝의 만리 파도에 씻고 돌아옴이 심리적으로 정당하고 지세상으로도 순리에 따르는 것 같기 때문입니다.

이래야 앞으로 나아갈수록 눈이 굵어 가슴이 열려가는 동시에, 길도 오르는 것보다 내려가는 분수가 많아서 다리 수고가 적습니다. 더 한층 이상적으로 하자면 배를 그만두고 온정리에서 자동차로 동해를 끼고 육로로 올라가면서 총석정(叢石亭)·시중대(侍中臺) 등의 절경을 자세히 씹으면서 산과 계곡, 바다와 호수 등의 모든 경관을 한눈에 배불린다면 쩍말이 없을 것입니다.

6. 장연사 고탑

  금강산 전철은 아직 창도(昌道)까지밖에 개통되지 못하였습니다. 여기서부터는 자동차로 갈아타고, 갈수록 협곡이 깊어지고 고갯마루가 높아지는 깊숙한 속으로 무릇 백여 리를 달려 묵파령(墨坡嶺) 높은 고개를 넘습니다. 묵파령 고개에 올라서면 기기묘묘한 금강산이 마치 얼마 멀지 않은 앞에서 둘러서서 있음을 봅니다.

  그러나 보행하는 이는 창도에서 통구(通口)를 거쳐 단발령(斷髮嶺) 고개를 넘는 것이 빠릅니다(묵파령 길은 신작로를 만들면서 90리나 돌아가게 되어 있습니다). 단발령은 속세의 인간이 봉우리에 올라 처음으로 금강산을 바라보게 되면 그 경관에 머리를 깎고 속세를 떠날 생각을 갖게 된다 하여 생긴 이름입니다. 지명의 출처는 어떻든지 보행이면 단발령, 자동차면 묵파령의 꼭대기에서 처음 옥순(玉筍)을 묶어 세운 듯한 금강산의 성스러운 모습을 바라볼 때에는, 미(美)의 위력을 맞아서 일종 이상한 감격이 치밀어 오름을 깨닫지 못함은 사실입니다.

  이 두 길과 온정령(溫井嶺) 넘어오는 길은 다 말휘리(末輝里)라는 곳에서 합쳐지는데 이후 금강천을 건너면서부터 금강산의 승경 관람은 말을 붙이게 됩니다. 금강천은 금강산 북부의 여러 골짜기 물들이 몰려나오는 것으로, 만폭동 물과 어우러져 명연(鳴淵)·송평천(松坪川) 그리고 신연강(新淵江)이 되어 춘천으로 나아가 소양강물과 합하여 한강의 상류가 되는 것입니다.

불과 몇 리 못 가서 철이현(鐵伊峴)을 넘는데, 이 위에서 오는 길을 둘러보면 철령으로부터 뻗쳐나오는 금강산 서쪽 웅장하게 호위하며 선 산봉우리들이 중첩되어 합해진 모양이 또한 크게 볼만합니다. 긴 골짜기로 하여 이 봉우리를 내려서면, 만폭동에서 나오는 동금강천을 끼고 소나무숲 안으로 들어가면서 금강산의 기세가 주는 맛을 걸음걸음 진하게 맛보게 됩니다. 마수걸이로 눈에 들어오는 소나무들 사이의 작은 글자 하나는 조선의 이 태조께서 왜구를

장연사 삼층 석탑(『조선고적도보』)
장연사는 신라 시대에 세워진 사찰로, 필자가 갔을 때는 삼층 석탑만 남아 있었다. 신라 석조 기술의 풍취를 보여준, 전형적인 신라 석탑이다.

토벌하여 평정하고 가시는 길에 활과 화살을 걸고 전쟁의 노고를 푸신 곳이라는 괘궁정(掛弓亭)입니다.

조금 가서 '탑의 거리'가 시작되면 몸이 금강 분위기에 둘러싸이기 시작하는 걸 앙탈할 수 없고, 눈을 들어 관음봉이 엄전하게 앞장 나서신 것을 뵈올 때에는, 길의 지리함과 다리의 고달픔이 단번에 잊어버려집니다. 신라의 옛 사찰인 장연사(長淵寺)는 오른쪽 방면 작은 언덕에 겨우 정교한 조각으로 새긴 석탑 한 기를 남겨서, 당시의 성대함을 말하게 합니다.

장연사 탑은 이성단(二成壇) 위에 얹은 대리석 삼층탑입니다. 높이는 약 15척 정도이고, 상단부의 네 면에는 각각 좌우 양 모서리에 불법을 수호하는 신상(神像)을 새겼는데 수법이 자못 우수합니다. 탑의 전체도 능히 장중한 균형을 발휘하여, 규모는 작으나마 통일기 신라 석조 기술의 풍취와 운치를 푼푼히 표현하였습니다. 아마도 금강산에 있는 돌로 된 물건 중에서는 갑(甲), 즉 으뜸에 속한다는 말이 옳을 것입니다.

7. 신비한 초입 정취

고려 시절에는 금강산의 초입 어귀인 탑거리 안에 도산사(都山寺)란 절이 있어, 안으로는 전체적으로 금강산의 사원을 총괄해 감독하고, 밖으로는 금강산 순례자들의 보호 지도를 이끌었다 하는데, 지금은 그 유적으로 깨진 기왓장과 주춧돌 잔해가 남았을 뿐입니다. 이곡(李穀)에 의하면, 당시에는 금강산을 '인간 정토(人間淨土)'라 하여 사방 천지의 남녀가 먼 길을 마다하지 않고 우마(牛馬)에 짐을 싣거나 들쳐매거나 머리에 이거나 하면서 끊임없이 찾아 들어왔다고 합니다. 심지어 중국 황실에서도 극진하게 제사를 받들어서 천자께서 하사한 향과 폐백 물품 등을 실은 수레가 길 위에 끊이지 않았다고 할 만큼 성대했는데, 도산사는 이 당시 이네들의 숙식을 편케 하기 위하여 특별히 대비해 건설한 곳이었습니다.

소나무 숲이 끝나고 대신 오래된 전나무들이 가로수를 지을 무렵이면 그윽하면서도 웅장하고 깊은 맛이 갑자기 늘면서, 그 사이로 깊다랗게 뚫린 길이 마치 거물의 목구멍처럼 사람을 금강산으로 집어삼킵니다. 향선교(向仙橋)니 남천교(南川橋)니 하는 다리로 금강천을 건너고 되건너 산은 수려하고 역동적인 면모를 더하고 물은 맑디 맑고 깨끗한 면모를 더한 골짜기 입구로 들어갑니다.

그러면 어느 순간 자신도 모르는 동안에 육관(六官)과 칠정(七情)이 함빡 금강산하고만 반응하게 됩니다. 이로부터는 상어 뱃속에 들어간 뮌 하우젠[1]처럼 머리에 이고 발로 밟고, 눈이 닿고 손으로 어루만지는 모든 것이 오직 금강산의 위장 속 길을 뚫고 뱃속 절벽을 헤쳐 나아가는 씨름입니다.

장경봉(長慶峰) 이하의 초입 몇 봉우리가 우뚝우뚝 웅장히 솟아오른 모양들을 내어놓습니다. 잎새마다 태고의 기운을 드리운 거무충충한 전나무들이 짓궂게 가리고 싸건마는, 그대로 비어져 나오는 금강의 향기와 자취는 사람을 취하게 합니다. 못 보던 산 모양, 처음 보는 바위 자태, 다른 데 없는 계곡 물소리, 여기서만 듣는 시내 물의 음향 등 금강산만의 것이라 할 '아름다움의 떼거리'가 부쩍부쩍 사람에게로 달려들 적에는, 어떻게 주체해야 옳을지를 모릅니다.

들리는 것, 보이는 것이 단순한 경치가 아님을 짐작하여, 들어가는 대로 육체의 눈과 귀 외에 다른 눈 다른 귀가 열리는 줄 모르게 조금씩 열려 나갑니다. 이 눈이 귀의 열림을 따라 금강산의 인식이 그만큼씩 참되고 확실한 정도를 더하여, 마침내 우뚝우뚝한 산색과 졸졸 흐르는 계곡 소리가 그대로 여래의 살아 있는 설법인 줄을 명료하게 알아보게 되는 곳에 금강산의 속 맛이 다시 한 겹을 더하게 됩니다. 금강산이 심상히 생긴 것 아님은 여기서부터 이미 아무에게든지 밝히 인식됩니다. 금강산이 수석(水石)의 선율로 표현된 조화로움의 일대 계시·일대 전갈임은 누구라도 언뜻 산을 대하는 순간 문득 생각하게 되는 일입니다. 그 '짓거리'와 그 '사설'이 무엇 무엇이라고 꼬집어 말을 못하여도, 무어랄 수 없이 그럴싸한 감동이 우리의 심금을 울리는 신비극을 대하는 듯합니다.

---

1 타인의 관심을 끌려고 거짓이나 과장 허풍 등을 마구 지어내는 증상을 말한다. 18세기 독일의 군관이자 관료였던 뮌 하우젠 남작에게서 유래되어 뮌 하우젠 증후군이라고 불린다.

내금강

8. 장안사

길을 따라 들어가다 보면 왼쪽 계곡 언덕에 서양식으로 지어진 장안사 호텔과 거기 딸린 건물들이 보입니다. 조금 더 가면 장안사의 산문이 나부죽하게 길을 가로막습니다. 기둥에 쓰인 '한 번 산문에 이르러 만 가지 세상일을 내려놓는다(一到山門萬事休)'는 한 구절이 마치 거대한 끌처럼 유람객들의 가슴에 붙어있는 속세의 티끌들을 긁어냅니다. 산문 앞 부도탑들이 한데 모인 곳에는 작년에 영국인 고든 부인이 모각(模刻)하여 세운 대진경교류행중국비(大秦景教流行中國碑)¹가 있습니다.

백천동 계곡의 장안사 턱 밑에 놓인 다리는 만천(萬川)이라 부릅니다. 그곳에서 자갈 돌무더기들이 있는 개울 바닥에 우렁차게 지껄이는 격류를 밟고 서서 으늑한 삼림 속에 은근히 모습을 숨기며 들어앉은 황금빛 전각 건물과 푸른 단청 건물들을 들여다봄은 마치 한 폭의 그림 같습니다만 사실상 그림으로는 따를 수 없는 미의

---

1 동로마제국 경교가 중국에 흘러 유행된 것을 기념하는 비. 대진(大秦)은 동로마제국을 말하고 경교(景敎)는 기독교 종파의 하나인 네스토리우스교이다. 당나라 태종 때인 635년 중국에 들어와 유행하였고 신라와 일본 등에도 전파되었다.

경관(美觀)입니다. 떠들썩한 가운데서의 고요한 맛, 바로 앞에 있는 것임에도 그대로 퍽 깊어 보이는 뜻, 웅대한 윤곽에 싸인 섬세한 짜임새, 자연과 인공의 어긋한 채로 찰싹 들어맞음 등은 얼마를 보아도 염증나지 아니하는 경관입니다.

장안사는 신라 법흥왕 시대에 창건된 오래된 사찰입니다. 그러나 장안사의 황금시대는 그보다 8세기나 이후인 고려 충혜왕 시대입니다. 당시 고려 여자로 원나라 순제의 황후가 된 기씨(奇氏)는 황제와 태자를 위하여 복리를 기원하는 데 가장 존신 숭봉한 것이 금강산, 그중에서도 장안사이어서, 여러 해를 두고 거액의 내탕금(內帑金)[2]과 다수한 공인(工人)들을 보내어 법당과 불전, 기타 불상 등을 새로 조성하니 오랫동안 사찰의 규모나 배치의 아름다움 및 제작의 정성 등에서 거의 역내(域內)에 가장 뛰어났습니다.

하지만 임진왜란은 금강산에까지 찾아 들어와서, 이 잘나고 거대한 건축과 큰 건물들을 찬 재로 만들었습니다. 지금 있는 육전 칠각 · 사루 일문은 그 뒤 오랜 동안에 조금 조금씩 중흥한 것이요, 그나마 여러 번 성훼의 번복을 치른 것들입니다. 만세루 안으로 우뚝하게 보이는 2층 대웅보전은 오히려 금강산 4대 사찰의 하나요, 산내의 수반인 권위를 표시하기에 부족하지 않습니다.

기 황후가 중창할 당시에는 비로자나 이하로 오삼불, 만오천불 등 어마어마한 많은 불상을 설치해 만들었으나 이럭저럭 없어지고 바뀌어서, 지금은 어느 것이 그때의 유물인지를 변별하기 어렵습니다.

대법당 왼쪽의 지성지전에 봉안한 제위 나한상은 크기도 하려니와 원체 수법이 범상치 않아서 자유자재한 변화와 활동하는 신령스런 뜻이 자못 경탄할 값이 있으니, 필시 명공의 고심에서 나왔을

---

2 왕실의 금고(내탕)에 넣어두고 임금이 개인적으로 사용하던 재산을 말한다.

것입니다.

장경(長慶) · 관음(觀音) · 지장(地藏) 등 여러 봉우리가 죽순처럼 앞에 빼어나고, 그 봉우리마다 봉우리 이름을 그대로 따라 이름지은 암자가 있어 유람하는 정취를 도우니, 대개 조금만 자리를 바꾸고 조금만 시간을 드티어도, 그대로 눈에 들어오는 광경이 달라지는 금강산에서는, 동일한 장안사 구경도 장경암(長慶庵)에서 보는 것과 관음암 · 지장암에서 보는 것이 각각 다른 경관이어서 여러 가지로 장안사 맛을 보입니다.

9. 업경대

장안사 앞으로 흘러나오는 물을 백천(百川)이라 합니다. 속설에
는 내금강 모든 물이 공동으로 흐른다고 하여 백천이란 이름이 붙
여졌다 하지만, 새 탐사 연구에 의하면 백천은 '밝내' 즉 '신성한
물'(神水)을 뜻한다고 합니다. 장안사 옆으로 '금벽봉래도(金碧蓬萊
圖)'[1]에서 본 듯한 평상 같은 푸른 바위 위로 구불구불 아름다운 시
내를 끼고 얼마를 가노라면 백천의 양대 근원인 만폭동(滿瀑洞)과
영원동(靈源洞) 두 지역의 분기점에 이릅니다.

지장봉을 끼고 오른쪽으로 가면 영원동 길입니다. 길이란 것이
도무지 개울 바닥뿐이요, 이것도 발 디딜 형편에 따라 금방 건너왔
다 건너갔다를 되풀이 하여 끊임없는 갈 지(之)자 연쇄를 짓습니다.
그러나 돌이란 돌이 다 하얗게 때를 벗고 생김생김과 놓임놓임이
낱낱이 범상치 않은 까닭에, 지리하게 밟는 징검다리임에도 싫증
은 나지 아니합니다.

가다가 맞은편 바위 절벽에 새처럼 생긴 조그만 돌이 있는데, 이

---

1 금벽 산수화풍으로 그린 금강산 그림. 금벽산수(金碧山水)는 산봉우리, 바위
　따위의 선은 금물을 녹즙(綠汁)과 섞어 쓰고, 산석(山石)은 황금빛으로 화려
　하게 그리는 당나라 화풍의 산수화이다.

업경대(일제 시기)
명경대라고도 하고 옥경대라고도 부른다.

것을 오리봉이라고 합니다. 금강산처럼 이름 짓기 좋아하는 곳은
없으리라 할 만큼, 조금만 비슷하면 무슨 바위 무슨 봉우리 하는
것이 여기저기 널렸지마는, 아닌게 아니라 이 오리봉은 소리만 지
르면 금방 푸드득 날아갈 듯 생겼습니다.

오리봉에서 조금 올라가면(장안사에서 2리쯤 되는 거리인데) 개울 윗
목에 이삼백 척가량 우뚝 솟은 네모 번듯한 높은 바위가 누르퉁퉁
한 큰 연못를 누르고 서 있습니다. 박달나무 · 단풍나무 · 참나무 ·
서나무 등등의 늙은 활엽수가 푸르촘촘하게 둘러쌓인 속에, 깊은
곳은 푸르륵하고 얕은 곳은 누르끼리한 신비한 연못이 엄청스럽게
큰 바위 그림자를 할 수 있는 대로 조용하게 담아 있는데, 기괴한

기운을 한껏 발산하는 우둑우둑한 여러 바위 봉우리가 사방으로 둘러서 사발 바닥같이 우묵한 국면 하나를 만들었습니다.

불교에서 금강산을 네 개 구역으로 말할 때, 영원동은 '시왕원내(十王垣內)'[2] 즉 명부(冥府) 소속이라 하는 것이 있습니다. 이런 이유로 영원동 안에 있는 일체의 것들은 모두 명부에 인연 있는 이름들을 쓰게 됩니다. 지금 이곳은 그 초입이 되는 곳이라 하여 이 연못을 황천강(黃泉江)이라 하고 이 바위를 업경대(業鏡臺)라고 부릅니다. 업경은 저승 초입에 걸려 있어 지나는 이들이 생전에 지은 선악 양업을 여실하게 비추어낸다는 검사국(檢事局) 대용물입니다.

소(沼) 옆에 너부죽한 돌이 재치 있게 놓여서 이 국면 내의 경관을 마음대로 즐기며 감상하게 되었습니다. 앞에 보이는 천진봉 위로 질록하게 놓인 두 개의 깎아지는 듯한 절벽 틈이 지옥문입니다. 그리로부터 뻗어 올라가는 중긋중긋한 봉우리에는 죄인(罪人)·사자(저승사자)·판관(判官)·시왕(十王) 등의 이름을 붙여서, 거기만 보면 미상불 머리끝이 쭈뻣쭈뻣해집니다. 하지만 또 한쪽에서는 미혹된 어리석음을 깨우쳐주는 석가봉(釋迦峰), 고난을 제거해 구해주는 관음봉(觀音峰), 현재와 미래의 사람 및 하늘의 무리들이 온갖 악취에 떨어지지 않게 하는 지장봉(地藏峰)이 늘어 계심을 보면, 가슴이 문득 시원하여집니다.

---

2 시왕(十王)은 저승을 지킨다는 열 명의 대왕을 말한다.

10. 태자성

어느 나라에나 있는 자연물 숭배, 이를테면 암석 숭배, 천담(泉潭) 숭배 등은 우리 고대에도 물론 있었습니다. 그 중에서도 우뚝 선 돌과 산속의 소(沼) 등은 더욱 소중한 대접을 받아서, 인문적 종교가 발달된 후세까지도 그 세력을 유지하였습니다. 지금 이 업경이니 황천이니 하는 것도, 사실은 불교 등 기타 외래 신앙이 들어오기 이전부터 이미 어떠한 의미로든 숭배의 대상이었음은 여러 흔적으로 알 수 있는 일입니다.

그 이름으로만 보더라도 황천강은 이전에 황류담(黃流潭)이었습니다. 업경대는 옥경대(玉鏡臺) 혹은 명경대(明鏡臺)라는 옛 명칭이 있었습니다. 황류니 옥경이니 하는 말이 무슨 의미인가 하는 것은 별문제로 하고, 황천·업경의 칭호가 실상 그다지 오래지도 아니한 속설임을 알 것입니다. 혹시 황류는 '한울', 옥경은 '얼울'을 한자로 옮긴 말일지도 모릅니다.

대(臺)를 끼고 돌아가면, 고목과 푸른 등나무로 뒤얽힌 돌로 쌓은 성곽이 골짜기 입구를 가로막습니다. 지금은 무너져 없어졌지만 드나드는 길목에 문(門)이 있던 자리가 오히려 남겨져 있음을 봅니다. 이것을 태자성이라고 일컫습니다. 신라가 망하자 경순왕(敬順

王)의 태자(마의 태자)[1]가 한편으로는 새 왕조에 대한 치욕감을 안고, 다른 한편으론 옛 국가에 대한 부흥 계획을 품고 금강산에 몸을 숨겼다는 사실은 오랜 문헌에도 적힌 바입니다. 지금 이 성은 그때 그가 외간의 통섭(通涉)을 끊기 위하여 쌓은 것이라 합니다.

성을 지나 우두봉 협곡을 바라보면, 문득 업경대의 덜미가 됩니다. 그 중턱쯤 되는 곳에 대문만큼 구멍이 뚫린 곳을 황사굴(黃蛇窟)이라 하고 그 옆으로 보이는 그보다 좀 작은 또 하나의 구멍을 흑사굴(黑蛇窟)이라 하는데, 황사굴은 극락으로 통하고 흑사굴은 지옥으로 통합니다. 이르기를 지옥문으로 죄인을 잡아들여서 명경대 앞에서 심사를 마치고, 선악을 따라서 이 두 구멍으로 데민다 하는 것입니다.

여기서 단풍나무 위주의 활엽 처녀림 속으로 개울을 두어 번 건너면 길 옆에 동쪽을 향한 네다섯 칸 되는 석대가 있는데 이곳을 태자의 대궐 터라 합니다. 그 앞의 개울목 돌 위에는 누가 지은 글인지 '동경의열(東京義烈) 북지영풍(北地英風)'[2]이라 쓰인 태자의 송찬(頌讚)이 새겨 있고, 그 건너에는 태자의 계마석(繫馬石)[3] · 마구(馬廄) 터 · 윗대궐 터란 것들이 고기고기 늘어 있습니다. 이 근처 한참은 신라 태자의 전설로 한 판을 짰습니다.

물론 태자의 유적이 전설적 감흥을 깊게 해주기는 합니다만, 그것과 역사적 진실은 다른 것입니다. 첫째 세간 만사를 다 끊고, 이 깊은 골짜구니에 들어온 그에게는 성이니 대궐이니 하는 것이 다 소용 있었을 리 없습니다. 대개 영원동은 금강산에서도 오랜 옛날

---

1 신라의 마지막 임금인 경순왕의 아들로 신라의 태자. 경순왕이 항복했을 때 이를 반대했으나 받아들여지지 않자 금강산에 들어가 초막을 짓고 살다 일생을 마쳤다.
2 동경(신라의 수도 서라벌)의 올곧고 의로운 정신이며, 북쪽 땅의 영웅 같은 풍채(英風)라는 뜻이다.
3 말을 매어두는 돌을 말한다.

부터 종교적 근본 지역이던 곳입니다. 그러므로 윗대궐이니 아랫 대궐이니 하는 것은 그 어느 시절의 제단이던 것일 뿐입니다. 계 마석이니 마구 터니 하는 것은 그 희생(犧牲)과 관련된 유적들이고, 성(城)이라 하는 것도 영역 구획의 표시물이던 것을 태자 전설에 갖다 붙여 이렇다 저렇다 하게 된 모양입니다.

11. 영원동

　골은 깊어지는데 속은 도리어 시원하여, 신령스럽고 오묘한 기운이 얼굴에 죽죽 끼얹힙니다. 사나이다운 전나무, 젊은이 같은 잣나무, 눕는 걸 위주로 하는 측백나무, 감는 걸 좋아하는 칡덩굴·다래덩굴들이 심상한 듯 심상치 않은 각종 운치를 만드는 골짜기 속에서 속세 사람들의 발은 신선의 걸음을 짓게 됩니다.

　다시 갈림길이 되어 백탑동을 왼쪽으로 두고 오른쪽으로만 들어가는 것이 영원동입니다. 실오리 같은 길 하나도 내어주기를 아까워하는 밀림과 무성한 나뭇잎들은 봄에는 꽃의 무더기 될 것, 가을에는 단풍의 바다 될 것, 짙은 녹음의 계절에는 그대로 기꺼움을 시위(示威)하며 푸른 물결을 출렁거릴 것들입니다. 그 위로 날아다니는 이름 모를 고운 새와 그 아래로 숨어 흐르는 자지러진 시내가 다투어 환희의 소곡(小曲)을 아룁니다. 이렇듯 소리로 빛으로 기꺼움의 한 세계를 배포하여 가진 영원동은 금강산에서도 특별한 정취를 길어낼 곳입니다.

　업경대로부터 10리쯤 올라가면 적막하고 고요한 영원암(靈源庵)이 지장봉(地藏峰) 밑에 나섭니다. 영원동은 금강산 중에서 가장 깊디 깊은 곳이며 영원암은 영원동 중에서 가장 깊디 깊은 곳이라 합

금강산 중에서도 영원동은 명부, 즉 저승이라 일컬어졌는데, 이는 고대 신앙 즉 불함 문화의 영향인 것으로 필자는 추론했다.

니다. 그런 까닭에 이 땅이 태고 이래로 특수한 종교적 사명을 띠면서 오래토록 국선(國仙)들이 순례하는 이름난 유적지가 되었고, 최근까지도 신교(神敎)나 선교(仙敎)의 기도처로 혹은 수련의 영지(靈地)로 쓰였습니다. 불교에서는 고래로 참선 수행의 명소라 하여 선승(禪僧)들의 결가부좌가 끊이지 아니합니다.

한편 영원암은 영원동을 명부, 즉 저승으로 비유하는 전설적 지주(支柱)로 유명합니다. 이르기를 신라 시절에 영원 조사란 이가 여기서 초당을 짓고 수행을 하여 묘리(妙理)와 신통력을 얻었는데, 하루는 앉아 듣자니 그 은사인 명학(明學)이란 이가 이리로 잡혀 들어와서, 생전의 인색함에 대한 업보로 인해 이무기의 몸이 되어 흑사굴에 갇힌 것을 알게 되었습니다. 이에 영원 조사가 스승에 대한 의리로 달려가 구제할 도리를 베풀었다 하는데, 이것이 아마도 영원동이 불교의 지옥으로 수렴된 발단일 것입니다. 지금도 하늘에서 비가 내리고 음습한 한밤중에는 명부의 죄인 닥달하는 소리가 들린다 합니다.

하지만 영원동을 명부라 일컫는 것은 불교에서 비롯된 것이 아닙니다. 이것은 사실상 고대로부터 이어진 신도(神道)의 오랜 전승을 불교 역시 물려받은 것에 불과합니다. 조선과 아울러 동북아시아 제민족을 연결하는 불함 문화 계통의 고대 신도에서는 사람이 죽으면 혼령이 났던 본래 자리로 돌아간다는 신앙이 있었는데, 그 지점은 대개 동방 해변의 높고 거대한 산악이라 하였습니다. 오환인(烏丸人)의 적산(赤山), 중국인의 태산처럼 조선에서는 금강산이 그것이 되니, 영원동은 실로 이 생명의 주권자의 신령한 자리라 하여, 예로부터 끔찍한 숭앙과 받듦을 받던 곳입니다. 이것이 도교를 끼고 불교로 들어가, 오늘날 보는 것 같은 지옥 배치를 이룬 것입니다.

12. 옥초대

　영원암에서 오른쪽 방면으로 뻗은 등성이에 수십 척 우뚝한 석
대(石臺)가 있어, 영원암의 전경을 모조리 봅니다. 아울러 여기를 중
심으로 뒤로는 지장·관음·우두·석가와 앞으로는 죄인·사자·
시왕·판관 등의 봉우리들이 이루는 용의 행렬 같은 형세를 꼬박
이 살피게 되니 이것을 옥초대(玉焦臺)라 일컫습니다. 옥초 역시 지
옥에 관계된 명칭입니다. 이르기를, 영원 조사가 좌선 참구하던 곳
이라 하며, 앞에 놓인 반듯한 돌은 그가 경전을 놓고 보던 책상 바
위라 합니다.

　옥초대에서 내려다보는 영원동의 경관은 또한 무어랄 수 없는
일종의 특별한 아름다움입니다. 그 기분의 작은 한 모서리를 잡아
말하면, '그윽한 시원함'의 극치라고나 하겠습니다. 앞에 보이는 한
폭 경계가 꽃과 잎과 구름과 눈으로 다 희한한 구경을 이루는 것이
지마는, 단풍 한철의 오색 금수 바다는 더욱 신묘 황홀하여 에누리
없는 천하 일품의 장관입니다. 단풍으로써 표현되는 풍광미(風光美)
의 극치는 금강산, 그 중에서도 영원동, 그 중에서도 옥초대에서 보
는 그것입니다.

　암자에서 왼편으로 내려가면 지장봉을 똑바로 올려다보는 곳에

배석(拜石)이란 것이 있습니다. 수십 명이 앉을 너부죽한 돌이 한가운데 금이 났는데, 갈라졌던 것이 수년 전에 다시 달라붙은 자리라 합니다. 이후에는 참회(懺悔) 수행하는 승려의 고행(苦行)하는 터가 되었지만, 본디는 고대 신도 시절의 제단이던 것입니다. 배석이라는 이름도 들추어 보면 신성한 돌이라는 뜻입니다.

영원동의 주인공을 오늘날엔 지장봉이라 부르는데 그것은 오래지 않은 이전까지 미륵봉이라 부르던 것이었습니다. 그런데 골짜기의 초입 지장암 뒤편 봉우리도 이미 지장봉입니다. 지장(地藏)이 아무리 좋은 이름이라 해도 한 지역에 두 곳이 될 수는 없겠는데, 무슨 생각에선지 본디 미륵봉이던 영원동의 핵심 봉우리가 근래에는 지장봉이 되고 말았습니다.

조선 고대 신도에서 신에 대한 의례로서 숭배하는 산악(혹 峰巒)의 명칭이 훗날 불교적으로 변환될 때에 여러 가지 이름을 무릅쓰게 되었습니다만, 미륵은 그 중에서 많이 쓰인 하나입니다. '붉'을 번역한 말인 풍류(風流)·풍월(風月) 등이 주로 미륵으로 대신하게 되었습니다. 지금 지장봉의 이전 이름인 미륵도 물론 본래는 신산(神山)이란 뜻의 '붉뫼'였던 것일 테니, 이 배석은 곧 이 신산을 향해 치성과 기도를 올리던 곳입니다.

단발령(斷髮嶺)으로부터 장안사 덜미로 금강산 들어오는 길에 배재[拜岾], 즉 절고개라는 고개가 있는데, 이르기를 세조 대왕이 여기서 금강산을 보고 생각지 않게 절을 하신 까닭에 이렇게 이름한 것이라 합니다. 하지만 사실은 여기 배석처럼 이곳 또한 금강산에 망제(望祭)를 지내던 터의 하나였던 것을 훗날 그 진짜 의미는 잊어버리고 그럴싸하게 설명을 붙인 것일 따름입니다.

13. 시왕백천동

영원동 구경은 영원암으로 종점을 삼습니다마는, 영원동의 깊고 그윽한 맛을 참으로 맛보려 한다면 암자에서 시작하여 다시 골짜기를 들어가야 합니다. 지장봉과 시왕봉이 그 안에 있는 백마봉과 어울려 삼태극(三太極)을 이룬 길목에서 다시 동북쪽으로 깊이 뚫린 골짜기를 옛날에는 시왕백천동(十王百川洞) 이라 일컬어 흔히 들고나던 곳이었으나, 벌써 백 년 이상 길이 막혀 버리고, 지금은 백천동이란 이름만이 부질없이 장안사 앞으로 밀려 내려와 있습니다. 그러나 영원동의 으늑함과 고요함은 시왕백천동을 기다려 비로소 진의를 밝혀 보이는 것입니다.

한 굽이만 돌아서도 문득 딴 세계로 들어온 듯합니다. 물은 흐를수록 한가하고, 바람은 불수록 조용하여, 아무리 들떠서 허푸하던 마음이라도 여기만 들어서면 고자누룩하게 잠이 듭니다. 영원동의 정적은 겉탕 정적, 백천동이 정적은 알짬 정적인 것을 깊이 깨닫습니다.

길은 더욱 까다로워서 개울 바닥의 뭉우리돌을 이것에서 저것으로 징검징검 뛰는 것이 걸음입니다. 그러나 가기가 까장스러운 대로 느는 것은 피로가 아니라 흥치요, 나무 한 가지 돌 한 덩어리 다닥뜨리는 것은 도무지 싸고 쌌던 처녀의 살을 손대는 것 같아서, 닿는 대로 뼈가 노그라질 듯합니다. 마면봉(馬面峰)이 똑바로 쳐다보이는 곳에서 특별히 빛이 넓게 되비치는 바위 연못은 과연 얼른 보고 지나갈 수 없는 경관입니다.

얼마를 들어가다 보면 백마봉 골짜기와 또 다른 골짜기의 갈림길이 나섭니다. 어디를 어떻다 할 수는 없으나 두 군데를 모두 보기 어렵다면 왼쪽의 골짜기를 보라고 권하겠습니다. 그러나 백마봉이 내외 금강을 연락하는 중요한 지점이요 또 어느 한 시기에는 고대 신도의 신령한 산으로 극진한 대접을 받던 곳임은 알아둘 일입니다. 백마란 말도 '박말', 즉 신산(神山)을 번역한 말입니다. 아마 지장봉(본명 미륵)과 대립 혹은 선후하던 신산이 이 백마봉인가 합니다.

왼편 골짜기는 햇빛을 막는다는 차일봉(遮日峰) 밑, 지장봉 뒤로 백탑동에 연결됩니다. 길이 점점 좁아져서 올라가기가 힘듭니다만 그 대신 금강산의 잔잔한 재미를 갖추어 볼 수 있으므로, 금강산의 표본이라는 의미로 금강초(金剛草)란 이름을 지은 일이 있습니다.

가다가 또 길이 둘로 나뉘어 왼쪽을 좇으면 백탑동 중턱으로 넘어나가게 되는데, 그 중간에 천연적으로 이룬 탑 모양의 바위가 무수히 기괴함을 내보입니다. 오른쪽을 좇으면 두 뿔 같이 솟은 바위 봉우리 틈으로 백탑동 깊은 속의 기이한 바위 봉우리를 넘겨다보게 됩니다. 영원동에서 여기까지 15리 길은 폭포만 제외하고 금강산 구성의 모든 분자를 골고루 볼 수 있음이 특색입니다. 이 백천동 탐승은 기어이 부흥시키고 싶은 것입니다.

14. 수렴동

돌아 나와서 아까 갈림길의 왼편으로 들어서면, 얼마 가지 아니하여 금강산 등반의 고난을 체감하며 교육받는 곳을 만납니다. 개울 바닥으로부터 비탈을 기어올라야 하는데, 바위 밑으로 약간 붙어 있는 흙 위에 엉클어진 나무뿌리나 칡덩굴 등이 겨우 발붙이는 자리입니다. 쳐다보면 천 길 솟은 절벽이고 내리 굽어보면 백 길 깊은 골짜기입니다. 발로 디디는 것보다 손으로 붙드는 것이 더 많은, 실처럼 좁은 길로 큰 바위 벼랑 하나를 돕니다. 이 비탈을 '된불재'라 이르고 이 석각(石角)을 반야대(般若臺)라 합니다. 이런 데서 손을 뗄 수 있어야 '모든 것이 공(空)하다'는 불교의 진리를 깨닫는 것이라면 아닌게 아니라 진리를 깨닫는다는 게 쉬운 일이 아니란 생각이 납니다.

똑같이 아득하고 고요한 곳일지라도 영원동의 그것하고는 저절로 다른 의미와 정취를 띤 것이 이 골짜기의 그윽함과 조용함입니다. 영원은 오히려 사는 기운이 있는 조용함이지만, 이곳의 조용함은 늙은 선승처럼 지극한 고담(枯淡)입니다. 환하고 넓직하여 글이라도 짓고 싶은 것이 영원동의 정취였다면, 텅 비고 호탕하여 공안(公案)[1]이 절로 들리는 것이 이곳 수렴동(水簾洞)의 그윽함입니다.

갈림길에서 10리나 됨직한 곳에서는 멀리 보아도 묏부리와 바윗돌이 무슨 굿이라도 한 거리 할 것처럼 차린 속으로, 편편히 흐르는 소리도 아니요 곤두 떨어지는 소리도 아닌, 들어 보지 못하던 물소리가 울려 나옵니다. 평탄한 흐름이라 하기엔 너무 수선스럽고, 폭포라 하기엔 너무 얌전합니다. 무엇인가 하여 걸음이 저절로 바빠집니다.

한 굽이를 돌자 하늘과 잇닿은 골짜기가 열리는 곳에는 대령하고 있던 기이한 경관이 문득 사람의 눈을 놀래어 '된불' 받던 수고를 돌연히 잊어버리게 합니다. 꼭대기로부터 200척이나 됨직한 크기에 숫돌 바닥처럼 반질반질한 거대한 바위가 40도 가량 기울어진 채 10여 칸 넓이로 골짜기 입구를 가로막았는데, 햇빛을 받아 거울같이 어른거리는 바위면을 뒤덮어서 두텁지도 엷지도 않은 하얀 비단이 넓다랗게 가로로 펼쳐진 듯한 물이 느리지도 급하지도 않게 수월하게 죽죽죽 흘러 내려갑니다. 이것이 유명한 수렴(水簾) 즉 폭포수 주렴입니다.

떨어지는 곳에는 금세 깡충 뛰려는 두꺼비 같은 바위가 앞을 가로 막아서, 일종 기이한 바들 폭포를 짓고, 그 때문에 색시같이 내려간 수렴이 별안간 사자의 호통을 지르는 것이 또한 기이한 장관입니다. 바위면의 위쪽에 절구확처럼 우묵하게 패인 곳이 있어, 겨냥하여 돌을 물에 던지면, 그리로 퐁당 들어갔다가 얼마 만에 다시 솟아나와서 아래로 떨어지면서 꽝 소리를 치는 것이 또한 재미있습니다.

대수렴의 위에는 석담(石潭)이 지고, 그 위에는 다시 소수렴 한 채가 걸렸습니다. 두 중간에는 3척쯤 턱이 져서 물이 넘는 데가 있

---

1 선불교에서 수행의 과제로 삼는 화두(話頭). 여기서는 '진리의 깨달음'이란 의미이다.

습니다. 반드러운 바닥에 물때마저 묻어서 위태하기는 하지만 뛰어 건너가 보면 서북 방면으로 망군대(望軍臺) 연봉(連峰)들이 푸르고 또 희게 서로 이어지는 뼈대와 살집의 아름다움이 바라보일 뿐 아니라 머리 위에서 내려오는 수렴 위쪽의 깊고 멀고 맑고 수려한 아름다움을 배불리 들이마시며 한없는 상쾌를 느끼게 됩니다.

15.백탑동

수렴 위에서 길은 다시 갈라져 백탑(百塔)과 망군(望軍)으로 나뉘었습니다. 오른쪽으로 수렴의 본원을 찾아 들어가는 것이 백탑동(百塔洞)입니다. 얼마 들어가지 않아서 길이 흔적조차 없어지고, 층층걸이진 계곡물의 받침돌들을 밟아 들어가는데, 오래 쏟치는 물에 갈린 바닥이라 마치 유리를 디디는 것 같습니다.

금강산 구경도 시대를 따라 한참 쇠퇴하였었기 때문에, 백탑동(百塔洞) 같은 곳도 최근 약 1세기쯤은 슬며시 가라앉아 덮여 버렸습니다. 아마 양반 탐승객들의 가마를 메고 가기가 괴로워서 길 안내자인 승려들이 고의로 말살한 결과인 듯합니다. 그러므로 지금 승려들은 대개 백탑은 험준하고 길이 끊겨 못가는 데라는 것을 전통적으로 엄살하여 무의식적으로 남의 탐승심을 저해합니다.

설사 흙바닥이라도 심마니꾼의 발자취 밖에는 길이랄 것이 조금도 없습니다만, 그렇다고 결코 더듬어 들어가기 어려운 곳은 아닙니다. 장마통에 물이나 많으면 혹시 불어난 물과 급류를 제압하지 못할 법하지만, 그밖에는 돌바닥을 밟고 사작사작 올라가는 것이 영원동·수렴동 같은 데서 뭉우리돌을 징검거리던 것보다 오히려 부드러운 맛이 있습니다.

얼마 들어가면 물이 굽이를 칩니다. 어마어마하게 유착한 전탑 (磚塔)[1] 형태의 바위 벽이 좌우로 우뚝 솟아서 위엄 있는 골짜기 대문을 이루었는데, 여기서부터는 군데군데 곧장 하늘을 향해 뻗은 많은 적석(積石)들이 탑의 체제를 갖추고 있어서 백탑동 이름이 헛되지 아니함을 알게 합니다. 그러나 무심한 비바람이 유심한 인간의 손길보다 놀라운 기교를 드러내 보였으니, 문탑(門塔)이라는 것에서부터 더욱 찬탄하게 됩니다.

아무리 보아도 일부러 만든 듯한 탑 모양의 바위 기둥이 쌍으로 섰음도 기이하거니와, 줄기차게 뻗어나오는 석상(石床), 맵시 있게 드리운 폭포, 울창하고 빽빽한 삼림, 이 온 국면을 온통으로 덮고 서리어 있는 강렬하고도 유연한 측백의 향기, 이 모든 구성 분자들을 뭉쳐서 뭉싯한 채로 뚜렷하게 성립된 백탑동 특유의 풍광미(風光美)는 이쯤서부터 더욱 두드러지게 솜씨를 부립니다. 돌로만 이루어진 개울 바닥은 천번 만번 이리저리 뒤채이고 깎인 탓에 나아갈수록 더욱 기이합니다. 그리로 흘러나오는 물을 가지고 그대로 갖가지 굵고 자잘한 재주를 부리는 것이 백탑동 정취의 핵심이라 할 것입니다. 만폭동·옥류동을 어울려서 금강산의 대표적인 삼대 바위 연못이라 하고 싶습니다. 셋 중에서도 앙바틈하고 가스러진 백탑동에서는 저절로 다른 어떤 것들의 추종도 허락하지 않는 별미가 있습니다.

고우려고만 한 만폭동, 기걸스러우려고 든 옥류동은 물론 누가 보든지 갸륵하다 할 것입니다. 그러나 맵시도 내려 하지 아니하고, 잘난 체도 하지 아니하고, 소복 같은 담백한 치장으로 수수하기만 할 듯하여도 청초(淸楚)함과 유한(幽閑)함이 지극한 백탑동입니다. 이곳에서 만폭동이나 옥류동과는 다른 어떠한 재미를 깊이

---

1 벽돌을 쌓아 올린 탑을 말한다.

맛보지 못하는 이는 바위 연못의 심오한 경지에 들었다고 할 수가 없습니다.

16. 다보탑

   산을 형용하는 말에 옥순(玉筍)이라는 것이 있거니와, 이 말이 가장 적절하기는 아마 백탑동의 탑림(塔林)들일 것입니다. 들어가면서 백옥을 묶어 세운 듯한 곳곳의 입석(立石) 숲은 산 전체가 입석 숲인 금강산 안에서도 특히 일종의 신비한 감흥을 끌어냅니다. 그 이유는 아마도 '이것이 도무지 하늘이 공양(供養)한 탑이려니' 하는 종교적 정조가 가미되었기 때문일 것입니다.

   폭포 지나 또 폭포, 돌계단 너머 또 돌계단, 이루 보내고 맞이하기 어려운 천연의 아름다움은 갈수록 사람의 마음을 얼떨떨하게 합니다. 그러다가 폭포가 가장 다붙고 돌계단이 가장 앵토라져 기이한 경관 중에 더욱 기이한 경관을 이룬 한 길목을 지나가면, 문탑보다 훨씬 규모가 크고 제작 솜씨가 교묘한 한 쌍의 대자연탑을 만납니다. 이끼를 헤치면 증명탑(證明塔)이라 새겨진 이름이 드러납니다. 아무리 보아도 저절로 생겼다고 할 수 없는 솜씨 있는 탑입니다.

   이쯤에서 사방을 둘러보면, 여기도 한 무더기, 저기도 한 떨기, 눈에 뜨이는 것이 도무지 탑림인데, 형체의 차등과 솜씨의 변화가 하늘의 교묘한 솜씨가 아니고서는 저리 풍부할 수 없으리라 생각

다보탑

백탑동은 기암괴석이 마치 탑처럼 쌓여 있다 해서 지어진 이름이다. 백탑동에 '다보탑'이라 글자가 새겨진 바위가 있다.

됩니다. 아마도 아육왕(阿育王)[1]의 팔만사천 탑이 탑마다 양식을 달리하였을지라도 탑으로 만들 수 있는 모든 양식을 휘몰이한 이곳의 저 본새를 다 써 보지는 못하였을 것입니다. 빽빽한 향나무 숲을 끼고 다시 더듬더듬 들어가면, 백탑동이 거의 맞닿는 곳에 지금까지의 다른 탑들은 아무것도 아니라 하는 듯한 놀라운 거탑 하나가 둥그렇게 산이 뚫린 골짜기 바닥에 구름을 찔러 보기 좋게 솟았음을 봅니다. 조각을 떼어도 고르게 떼고, 귀를 맞춰도 잔지러지게 맞추고, 가늠을 띄워도 알맞춰 띄워서, 균형과 조화에 쩍말 없는 장중하고 엄격한 오층 거탑입니다. 그 선, 그 안배, 그 표현된 정신은 오직 갸륵하고 놀라울 뿐입니다. 비바람의 예술적 기교도 이쯤 되면 그 심각함이 도리어 밉게 느껴질 정도입니다.

---

1 아소카 왕을 말한다. 기원전 3세기 인도 마가다국 마우리아 왕조의 3대 왕으로 불교를 신봉하고 불교를 전파하는 데 공헌했다.

탑의 북쪽면 아래 귀퉁이에 '다보탑(多寶塔)' 세 글자가 큰 글씨로 새겨져 있습니다. 다보탑이란 부처가 법화(法華)의 지극한 이치를 설파하실 때 청중에게 부처 말씀의 진실을 증명하기 위하여 지하로부터 솟아난 다보여래(多寶如來)의 전신 사리(舍利)를 봉안한 탑이니, 다보탑을 그 솟아난 목적으로 일컬으면 증명탑이라고 하는 것입니다.

그런데 지금 백탑동에 증명과 다보가 둘로 나뉜 것은 맹랑한 일입니다. 성벽 무너진 것 같은 뒷면을 통해 절정으로 올라가 보면, 먼 것은 백학의 현란한 춤사위 같고, 가까운 것은 당간 지주의 깃대들이 빽빽히 둘러싼 것 같은 탑림이 일단의 광휘를 발하여 기이한 경관이 이를 길 없습니다. 생긴 것부터 범상치 않은 이 입석들은, 실상 범상치 아니한 역사의 소유자들입니다. 선돌들을 조화의 방망이로 관념한 고대 신도가 이 모든 위대한 선돌들을 신성한 것으로 우러러 받들었을 것은 쉽게 짐작할 일입니다. 불교에서 탑이라 하여 신성한 뜻을 붙이는 것도 실상은 전통 신앙을 물려 가진 것일 따름입니다. 백탑의 백(百)도 대개 수의 표시가 아니라 본디 '붉'에 대응한 문자로 백탑(百塔)→붉달→신악(神岳)이라고 짐작해 볼 수 있습니다.

17. 도솔암

　백탑동으로부터 돌아와 송라동(松蘿洞)으로 들어서면 나무는 더욱 빽빽해지지만 시냇물은 갈수록 줄어들어 가뭄에는 물이 끊기는 곳도 있습니다. 걸음걸음 까장스러워지는 길이 마침내 사람들을 코 닿는 비탈에 매달고 맙니다. 가다 보면 이름 모르는 그윽한 새가 '얼마나 숨이 가쁠까' 하는 듯한 다정한 조잘거림이 끊이지 아니하는 덕에 사실 숨만 헐떡일 뿐 가슴까지 답답하지는 않습니다.

　그러나 금강이 산이요, 산은 오르는 것이라 하면, 이때까지 골짜기로 들어 다니기만 한 것은, 입산은 될지언정 등산이랄 수는 없습니다. 발과 한가지 무릎과 이마가 다 흙에 닿는 대로, 발과 한가지 궁둥이와 손을 다 땅에 붙여야 하는 망군대(望軍臺) 오름이야말로 금강 등산의 제일착이라 할 것입니다. 벼슬길에 처음 나아간 이가 일을 고되게 느끼는 것에 비유할 수 있겠는데, 그저 올라가는 것만이 아니라 한 발짝마다 다만 이 산을 오르는 중에서만 얻을 수 있는 옹심한 갈비탕을 계속 마시는 것이기 때문에 꽤 견딜 만합니다.

　얼른 말하면 '된불재'를 스무 개 남짓 이어서 곤두세워 놓은 것이 망군대 이르는 길입니다. 나무뿌리가 발걸이요 나뭇가지가 손잡이가 되어, 조금씩 조금씩 우리가 선 곳을 높여 줍니다. 그러나 낭떠러지 같은 것이 있지 아니하여 미끄러는 질지언정 떨어질 걱정은 없으므로, 차근차근하게만 하면 도리어 이 길이 금강산에서 가장 안전한 길이라 할 수도 있습니다.

흘러내리는 흙에 반드러워진 지상의 칡덩굴을 길 막은 뱀으로 여겨, 가슴을 선뜻선뜻하여 가면서 이러한 험한 길로만 6-7리, 수렴동에서부터 합하면 10여 리를 오르니, 비로소 나서는 평지에 도솔암(兜率庵)이란 작은 암자가 있습니다. 물이라도 먹이고 괴로운 사람을 쉬게라도 하는 의미만으로도 이 집이 하나 꼭 있어야 할 듯하지마는, 이 꼭대기에 이 집이 있고 이 집이 쌀과 소금을 날라다 먹다니, 과연 과연 불력(佛力)이 아니고는 될 수 없으리란 생각이 납니다(재재작년 산불에 이 암자가 소실되었다 합니다).

암자에서 남쪽으로 나아가면 수렴동에서 올려다보던 옥순(玉筍) 무더기의 정상입니다. 그 위에 서서 화의(畵意)가 흐무러진 수석(水石)과 선(禪)의 기상이 서려 있는 삼림 골짜기를 내려다보기만 하여도, 이미 여기까지 애쓰고 오른 값은 넉넉히 됩니다. 사시사철 풍경의 어느 구경이든 범연할 것은 아닙니다마는, 특별히 여름 같은 때에 땀을 동이로 흘리고 올라와서 여기만 썩 나서면, 물초 된 옷도 채 벗지 아니하고 땀 씻을 수건도 미처 꺼내지 않아도 수렴동 저 깊은 속으로부터 느지막하게 뽑는 매미 한 소리가 산더미 같은 서늘한 바람을 불어 보내어, 어느덧 이마와 겨드랑이를 보송보송하게 해주고, 금세 몸과 마음을 청량한 세계로 적시어 줍니다. 이 맛이란 어이쿠 말로 할 수 없습니다.

18. 망군대

　도솔암에서 북쪽으로 쳐다보는 높다란 흰 바위 절벽이 망군대 (望軍臺)입니다. 엉클어진 나무 숲을 헤치고 그 밑까지 올라가면, 까 마아득한 석벽이 이마에 맞닿는 곳에 100여 척 쇠사슬이 바위 틈 에 늘어졌음을 봅니다. 마치 길을 일러주는 듯한 나무뿌리에게 끌 려서 여기까지 와서는 다시 쇠사슬 구세주를 믿고 정상으로 올라 가는 판입니다. 이놈을 매달려 맞추고도 다시 쇠줄 30척을 붙들고 올라가야 5천 척 망군대의 정상입니다.

　정상에는 천만년 비바람에 다듬어져서 울퉁불퉁한 채 수십 명이 앉을 만한 바닥이 생겼습니다. 둘러 있는 수두룩한 바위 뾰두라지 에는 고강한 바람에 앙당그러진 전나무 · 측백나무들이 틈을 메웠 으며, 또 그 사이사이에는 두견화와 단풍이 섞여 봄 · 가을에는 비 단마라기 쓰기를 잊어버리지 아니합니다.

　그러나 망군대가 망군대인 까닭은 꽃가지나 단풍 포기 등의 바 깥에 있습니다. 첫째 시원합니다. 인생의 밀린 체증이 단번에 쑥 내 려갑니다. 금강산 내 전부를 한눈에 바라보며 그 참모습을 살피고 그 참가치를 따지는 자리입니다. 단발령에서 멀리 바라보던 것, 가 로 건너다 보던 것을 망군대에서 가까이 보고 위에서 내려다보는 것입니다. 이루 헤아릴 수 없이 불가사의한 선의 변화를 손으로 만지듯 참된 맛을 느끼며 감상하고, 금강산의 예술적 성립에 감격의 눈물이 펑펑 쏟아지는 곳입니다. 지긋지긋하도록 용하게 된 금강산을 발가벗겨 놓고 꼭뒤로부터 참빗질식으로 구경하는 곳이 이 망군대입니다.

멀리로는 비로봉의 불쑥 내민 팔뚝이 월출(月出)·일출(日出)·차일(遮日)·백마(白馬) 등 허다히 크고 작은 힘줄들이 되어 벌떡거리는 근육적 남성미를 드러내는 걸 보거나, 가깝게는 국망(國望)·오선(五仙)·법기(法起)·향로(香爐) 내지 마면(馬面)·세존(世尊) 등 여러 봉우리들 사이 사이로 삼림 골짜기와 온갖 샘 및 바위들을 누각 마루에서 석가산(石假山) 내려다보듯 하는 그 맛은 또 한번 기나 막힌다 할 뿐이지, 과연 말로 표현 못할 것 중에 더욱 말로 표현 못할 것입니다. 웅대함 속에 섬세한 기교가 들고, 깊고 미세한 것 안에 광활하고 아득한 것이 풍기고, 이것저것 할 것 없이 모든 것이 그것 하나가 된 일대의 시계(視界)는 비록 장님일지라도 그 기운만으로 쾌재를 부르게 할 정도입니다.

이곳에는 가로타고 앉아서 양편 계곡의 미관(美觀)을 한꺼번에 껴안는 사자목, 천연하게도 고개를 숙이고 날개를 벌리고 발을 굴러 금세 아홉 겹 깊은 하늘로 비상할 듯한 봉황대·자라바위·매바위 등 하늘이 만든 기괴한 바위들이 적지 아니합니다. 또 동쪽 끝 턱밑의 불쑥 솟은 장군봉 같은 것도 장관이 아니랄 수 없습니다만, 망군대 같은 데서는 이 따위 조각 구경은 원체 수에도 들지 아닙니다.

이르기를 신라의 경순왕 아들이 조국을 다시 일으키려 하여, 본영(本營)은 영원동에 두고, 군사는 산 바깥의 한 골짜기에 주둔시켜, 척후병을 이 위에 두어 항상 적군의 동정을 살피게 하니, 삼억동(三億洞) 골짜기(산 바깥에 있다)와 망군대란 이름이 다 이 때문에 생긴 것이라 합니다. 그러나 사실 망(望)자를 '발'로 훈독(訓讀)하면 망군(望軍)이 곧 '붉은'의 번역된 문자인 것이니, 망군대도 또한 고대 신도의 한 신령한 장소인 곳을 후에 망군이라는 문자의 의미를 더듬어서 이러쿵저러쿵 설들이 생긴 것입니다. 예전에는 문자 또한 달라서 망고대(望高臺)라 하였습니다. 장군봉(將軍峰)과 송라암(松蘿庵) 쪽으로 있는 또 하나의 태자성(太子城)도 다 고대 신도와 관계된 유적의 일부입니다.

19. 명연

송라동(松蘿洞)에는 망군대 저편으로 송라봉 일명 방장봉(方丈峰)이 있습니다. 일찍이 옛날에는 쇠줄을 사방에 늘어놓을 만큼 등반을 편하게 하였다 하며, 봉하에는 대형과 소형의 두 송라암이 있어, 후방으로서 망군대 오르는 객차(客次)였다는데, 이제는 빈터만 남았습니다. 방장과 송라는 '불'과 '슬'에 대응하는 문자로, 고대 신도(神道)와 연관 있는 말임은 두말 할 것 없는 일입니다.

송라암에서 나와서 만폭동 본류로 돌아와 장안사에서 약 10정(町)쯤 거슬러 올라가면, 기운차게 뻗어난 가파른 담벽이 머리를 구름 속에 감추고 있는 것을 보게 되는데 이것이 이름조차 아찔한 하늘 기둥 천주봉(天柱峰)이란 것입니다. 그 밑에 안양암(安養庵)이 있는데 마애석불(磨崖石佛)을 덮어서 법당을 지었으니, 고승 회정 선사(懷正禪師)[1]의 작품이라 합니다. 부근에 일곱 봉우리가 뒤섞여 늘어선 것이 칠성대(七星臺)이고, 칠성대 아래에는 신라 경순왕 비(敬順王妃)가 출가해 머문 곳이라는 돈도암(頓道庵)이 있습니다. 돈도는

---

1 고려 중기의 승려. 보덕굴과 장안사를 중창하고, 강화도의 정수사를 창건하였다.

왕비의 법명이라 합니다.

안양암으로부터 개울녘으로 내려오면 문득 깎아지를 듯한 봉우리가 앞을 막고 위험해 보이는 바위가 비탈을 이룬 곳에 깊이를 헤아릴 수 없는 시커먼 한 못이 구슬픈 소리를 지르고 있습니다. 이것이 울소, 즉 명연(鳴淵)인데, 옛 문헌에는 울연(鬱淵)이라 하던 곳입니다. 봉우리고 벽이고 쪼개어진 흔적이 모두 굵고 높고 울창한 나무들이 또한 다 굵직굵직하고, 연못도 말하자면 굵게 생기고, 이리저리 기울어 비끼어 있는 괴이한 암석들이 또한 다 기름굵직하여 모든 것이 굵고 성큼스럽게 한번 솜씨를 뽑았습니다. 깎아지는 듯한 거대한 바위 벼랑으로 빠져나가는 물에 소린들 굵지 아니하겠습니까.

이르기를 고려 시대에 외지(外地)에서 온 김동(金同)이란 거사가 이곳에 와서 정사(精舍)를 짓고 지냈는데, 항상 나옹 대사(懶翁大師)[2]의 덕망을 시기하여 어떻게든지 대사의 명성을 실추시키려 기회를 엿보았으나 번번이 실패하였습니다. 나중에는 김동이 나옹 대사에게 불상 조각 솜씨를 겨루자고 조르면서, 승부에서 지면 하늘로부터 벌을 받자고 하였습니다. 나옹 대사는 졸리다 못하여 그러면 솜씨 없으나마 불상을 하나 새기마 하시고, 하룻밤 동안에 일대 암면에 아름답고 기묘한 삼존상을 새겨 완성하였는데, 금동은 오래 고심하여 그 배면에 오삼불(五三佛)을 새겼으나 수법이 비교가 아니 될 만큼 졸렬하였습니다.

그날 밤에 과연 천둥 번개와 함께 크게 비가 내려 김동이 머무는 정사와 각종 기구들, 그리고 금동의 몸까지 이 심연으로 함몰되어 버렸습니다. 지금 연못의 중간에 가로놓인 이십 척 길이나 되는 네

2 고려 후기의 승려. 중국의 지공(指空)·평산처림(平山處林)에게 인가를 받고 무학(無學)에게 법을 전하여 조선 시대 불교의 초석을 세웠다.

모진 돌이 바로 김동이 죽어 바위가 된 것인데, 그의 세 아들이 이 소식을 듣고 달려와서 밤낮으로 통곡하다가 그대로 시진하여 죽은 것이 연못의 왼편에 있는 삼형제 바위라 합니다.

추강(秋江) 남효온(南孝溫)의 「유금강산기(遊金剛山記)」에는 지공(指空) 대사[3]와 김동이 도(道)의 정사(正邪)를 다투다가 그리된 줄로 적혀 있습니다. 대체 두 종교간의 갈등 설화의 오랜 등걸이 이 사람 저 사람에게 기대어 덧붙여진 것입니다. 가만히 데미다 보면 어째 우는지는 몰라도 흑흑 흐느끼는 소리가 귀보다는 눈으로 더 들림은 사실입니다.

3 인도 출신의 승려로 중국을 거쳐 고려 시대에 금강산을 다녀갔다 한다.

20. 백화암

명연을 옆으로 두고 바위 기슭으로 나무 등걸을 의지하여 놓은 잔도(棧道)는 보기에도 위태롭습니다. 명색이라도 이 난간이 있기에 망정이지, 그렇지 아니하면 한 발을 그르치기가 무섭게 김동과 한 식구가 될 것입니다. 그러나 산이고 물이고 험하지 아니하면 기이하지 못하고, 기이하다 보면 저절로 험할 밖에 없는 것이매, 명연을 지나는 길목이 이렇도록 위태로운 것은 틀림없이 명연의 경치가 그만큼 기이한 절경이란 것을 광고하는 것이라 볼 수 있습니다.

목장이만 넘어서면 울창한 소나무 숲 속으로 길이 점점 평탄하고 편안해지기 시작합니다. 영선교(迎仙橋) 건너 삼선암(三仙岩) 근처에 와서는 커다란 자동차로 한번 달리고 싶은 좋은 길이 됩니다. 삼선암은 명연 전설에 나오는 나옹 대사와 김동의 조각을 실은 것이니 높이 너댓 길 되는 큰 바위의 중간이 끊어져 직각 삼각형의 한 덩어리를 지었는데, 그 단면에 새긴 세 길 가량의 입불(立佛) 세 몸체는 나옹 대사의 작품이요, 그 덜미로 돌아가서 큰 형상 두 분을 좌우로 모시고 그 사이로 작은 형상 열다섯 몸체씩 4열, 합하면 예순두 개를 새긴 것이 김동의 작품이라 합니다. 아닌게 아니라 앞과 뒤 양자 간에는 섞일 수 없는 수법의 차이가 보입니다. 예전에는 삼선암에 기대어 당우(堂宇)를 지었다고 합니다.

삼선암 갈라진 쪽이 마치 돌문처럼 양측에 대립하여 서 있는 속으로 빠져 나가면, 곧 백화암(白華庵)입니다. 수려한 봉우리와 깎아지른 산악이 에두른 가운데 비교적 평평한 지면을 획득하여 얼마라도 큰 절이 들어앉을 만합니다. 예로부터 꽤 굉장한 당우를 가진 암자이지만, 무슨 까닭인지 화재가 잦아서 십수년 전에 새로 지은 집도 채 몇 해가 지나기도 전에 또 화재를 당하고, 지금은 수충영각(酬忠影閣) 한 채만 우뚝하게 남아 있습니다. 이 건물은 서산(西山)·사명(四溟) 등 임진왜란 때 공훈(功勳)이 있는 스님들과 지공·나옹 등 이 산과 큰 인연이 있는 스님들을 배향한 곳입니다.

백화암은 서산 대사의 수행처이던 것을 스님의 열반 이후 그 제자인 편양당(鞭羊堂) 언기(彦機) 스님이 확장 조성한 것입니다. 지금 풀 거친 뜰에 우뚝우뚝한 비석은 이정구(李廷龜)가 짓고 신익성(申翊聖)이 쓴 휴정대사비(休靜大師碑)입니다. 이를 위시하여, 이명한(李明漢)이 짓고 의창군(義昌君)[1]이 쓴 편양당비(鞭羊堂碑), 이경석(李景奭)이 짓고 오준(吳竣)이 쓴 허백당비(虛白堂碑), 이단상(李端相)이 짓고 윤(尹) 아무개가 쓴 풍담당비(楓潭堂碑) 등은 모두 서산 대사 계통 명승들의 것입니다. 비를 둘러서 석종(石鐘) 두 개와 난탑(卵塔) 다섯 개가 있어, 그 진기한 형상이 외지인들에게 많이 칭송되어 전해집니다.

조선 왕조 오백 년을 통틀어 무엇으로든 대표될 만한 승려는 서산 대사 휴정입니다. 그런데 서산으로 하여금 서산이 되게 한 것이 바로 금강산 법기보살(法起菩薩)[2]의 진신설법이었습니다. 서산 대사도 30세까지는 출가한 몸이면서도 오히려 속세의 때를 벗지 못하

---

1 선조의 여덟번째 서자이다. 허균의 반역 사건에 연루되어 유배되었다가 후에 인조 반정으로 풀려났다.
2 금강산의 주불(主佛)을 말한다. 화엄경의 1,200불 가운데 주장되는 부처이다.

여 선과(禪科)³를 본다느니, 선계(禪階)⁴를 받는다느니 하였었습니다. 하지만 금강의 벼락 같은 기운을 쏘이고서야 비로소 신묘한 공(空)의 이치를 여실하게 깨달아 「삼몽사(三夢詞)」⁵를 잠꼬대하고, "만국(萬國)의 도성(都城)은 개미집 같고, 천가(千家)의 호걸들은 초파리들 같은데, 창문 하나에 들이닥치는 밝은 달빛은 청허(淸虛)한 베개가 되고, 소나무를 스치는 바람소리는 다양한 운치로 끝없이 불어오는구나"라며 유유자적하는 도인(道人)이 되었는데, 백화암은 실로 그가 이 신묘한 선기(禪機)를 주무르던 자리입니다.

---

3 조선 시대에 예조에서 승려에게 도첩(度牒)을 내려 줄 때에 실시하던 과거이다.
4 승려들이 받는 품계를 말한다.
5 내용은 다음과 같다. "주인은 손님에게 꿈 이야기를 하고 손님은 주인에게 꿈 이야기를 하네. 지금 두 사람 꿈을 이야기 하는 저 나그네. 이 또한 꿈속의 사람이라네(主人夢說客, 客夢說主人, 今說二夢客, 亦是夢中人)".

21. 표훈사

여기서부터 한참 동안은 바닥이 평정하고 숲이 자욱하여, 바로 야취(野趣)가 넘칠 듯합니다. 다른 곳에 비하면 여기도 무서운 협곡임이 말할 것도 없지만, 암석 골짜기와 바위 협곡으로 판을 짠 금강산에서는 이만하여도 큰 벌판에나 이른 것 같습니다. 중향성(衆香城)이 그림자를 잠근다는 함영교(涵影橋)를 건너는데, 그 또한 계곡물로는 매우 조신합니다. 데미다 보매 산도 비치고 산 보는 사람도 비치고, 산 보는 사람 실은 다리도 비치어, 하늘빛과 구름 그림자가 고요한 듯 어른거리는 속에 제가 무엇이며, 내가 누구인지를 온통 잊어버리게 하기는 하나, 아무리 뒤져도 금강산의 송곳 끝 하나만큼도 비쳐지는 걸 모르겠으니, 함영이란 이름에 있는 영(影)자는 애초에 금강산을 비춘다는 뜻이 아니었던 건가 하는 생각이 듭니다.

이어서 4대 사찰의 하나인 표훈사(表訓寺)입니다. 표훈사는 신라 승려 능인(能仁) · 신림(神林) · 표훈(表訓) 스님 등이 개창했다 합니다. 금강산의 안가슴이요 산야(山野)의 정취(趣)를 둘 다 가진 이곳에 청학봉(青鶴峰)을 등에 지고 법기봉(法起峰)을 곁에 끼고 태상동(太上洞) · 만폭동(萬瀑洞)의 모든 승경을 한 손아귀에 휘어잡은 것을

표훈사(일제 시기)
금강산의 4대 사찰 중 하나이다. 금강산 4대 사찰로는 장안사, 유점사, 신계사, 표훈사를 꼽
는다.

보면, 그네들이 불법에 대한 안목뿐 아니라 산수에 대한 안목도 갸
륵하심을 알겠습니다. 특별히 뛰어나지도 않고 그렇다고 평범하지
도 않으며, 치우친 곳에 있는 것도 아니면서 한눈에 띄는 것도 아
닌 중도적 도량 터를 말한다면, 아무라도 금강산에서는 표훈사를
들 것입니다.

　다리를 건너면 능파루(凌波樓), 능파루 들어서면 개풍영빈관(開
楓迎賓館), 본당은 반야보전(般若寶殿)이라 하여 그 뒤에 있는데, 법
기보살의 장륙상(丈六像)을 모셨습니다. 『화엄경』에는 "동북방(東北
方)…해중(海中)에 금강산이 있는데, 예로부터 여러 보살들이 그곳
에 거주했다. 지금은 법기(法起)라는 보살이 있는데 그 무리 1,200
인과 함께 상주하면서 설법을 펴고 있다."고 했습니다. 불가에서
금강산은 부처님의 입으로 법기보살이 머무는 곳이라 증언하신 곳
이라 하여 법기보살에 대한 존숭이 대단합니다. 표훈사에서는 동
북으로 가장 우뚝하게 보이는 사람 형상의 봉우리를 법기의 진신
(眞身)이라 하여, 여러 가지 종교적 설화가 그 둘레에 얽혀 있습니

다. 그런데 표훈사는 지세(地勢) 때문이기도 하지마는, 역사적 인연도 겸한 듯하여, 예로부터 이 신앙의 대표로 법기보살을 주벽(主壁)으로 하는 본당을 가지고 있습니다. 이것은 이 절에만 있는 특수한 사태로, 자못 주의할 가치가 있습니다.

전(殿)의 앞과 좌우에는 요사채와 같은 건물들이 벌여 있습니다. 표훈사는 여러 가지 면에서 역대의 왕실과 깊은 인연을 맺어 왔습니다. 그러므로 궁중과 인연된 유물이 지금도 적지 아니합니다. 더욱이 원나라 황실의 비호를 많이 입어, 그 찌꺼기인 지정(至正)[1] 연호가 박힌 은문동로(銀文銅爐) 향합(香盒) 등이 지금까지도 전해지고 있습니다. 전에는 원나라 제실(帝室)에서 승려들에게 시주로 내린 각종 물건들과 식량에 관한 일을 기록한 지원(至元) 4년의 비(碑)와 원나라 조정 사람인 양재(梁載)가 편찬한 「상주분량기(常住分粮記)」를 새긴 바위가 있었다는데, 지금은 어찌된 줄을 모릅니다.

옛 기록에 보이는 몽산 화상(蒙山和尙) 사리(舍利) 등 귀중한 보물은 다 어디로 떨어져 버렸는지 모르게 되었고, 정란종(鄭蘭宗)이라 새겨진 오백 근짜리 거대한 놋쇠 시루는 지금도 반야전(般若殿) 안에 놓여 있는데, 한꺼번에 40말의 밥을 쪄낼 수 있다 합니다. 오래 전래하던 오삼불(五三佛)을 담은 철탑은 의병(義兵) 시절에 일본군이 가져갔다 합니다.

---

1 원나라 순제 때의 연호이다.

22. 정양사

표훈사에는 예로부터 의례와 관련된 특수한 관습이 있습니다. 다른 데와 같이 불상을 문을 향해 바로 모시지 않고, 이 절에서는 유독 동쪽 가장자리로 몰아 붙였음이 그 한 가지입니다. 여기 관하여 중들은 여러 가지 기괴한 설명을 붙이지만, 대개는 억측이 아니면 견강부회(牽强附會)뿐입니다.

불교가 금강산을 섭화(攝化)한 근본점은 법기보살이니, 금강산의 모든 불교적 명상(名相)은 모두 이것으로서 우러나왔습니다. 그런데 이 법기(法起)는 무슨 인연으로 끌어온 것이냐 하면, 고대 신도(神道)의 '붉'(혹 '벌그')과 소리가 비슷한 데서 말미암습니다. 금강산이 고대 신도 시절에는 전체로도 '붉' 산이었지마는, 동시에 그 주요한 봉우리들이 또한 '붉' 계통에서 파생된 이름들을 가졌었습니다. '붉'의 와전된 형태인 '벌그' 혹 '벅'은 첫째 소리가 유사하기 때문에 화엄경의 법기와 결탁하여 고대 신도의 '붉' 봉우리는 불교에서는 법기봉(기타 종종)이 되었습니다.

법기봉은 금강산에 있는 여러 신악(神岳) 중에서도 무슨 특수한 지위를 가졌었는데, 그에 대한 제사 의례를 이전에는 아마 시방 표훈사 터에서 거행하였던 모양입니다. 그런데 아무리 신교(新敎)가

정양사(일제 시기)
표훈사의 말사로, 정양(正陽)은 산의 정맥이란 뜻이다. 고려 태조가 창건했다는 연기 설화가
전해진다.

구신앙(舊信仰)을 삼켰다 해도 오랜 관념과 의식은 어떠한 형식으로든지 변환되어 새로운 대리자에게 이어지는 것이 통례입니다. 지금 표훈사에서처럼 동쪽 방면에 불상을 안치한 것은 사실 불교에 근거가 없습니다. 이것은 태양을 거룩한 무엇으로 삼아 동쪽 방면을 존숭했던 고신도(古神道)에서 중시하던 것이 모르는 중에 표훈사에서 전승되어 내려온 것입니다.

표훈사는 부근에 여러 말사를 가졌습니다. 그중 경순왕 비가 개창했다는 돈도암(頓道庵)과 신라의 옛탑들로 주위를 둘러싼 신림암(神林庵) 등은 다 유명한 곳입니다. 하지만 아무 데보다도 드러난 곳은 정양사(正陽寺)입니다. 정양사는 정양사 그것으로 드러났다기보다는 헐성루(歇惺樓)가 있는 곳으로 더욱 이름이 드러나게 된 곳입니다.

표훈사의 뒤뜰로 나아가 금강산 내에서는 희한하다 할 흙바닥의 길, 그러면서도 발딱 자빠진 구불구불하고 험준한 길로 나무 덤불을 헤치면서 한 5리쯤 올라서면, 신통하게도 활이 한 번 날아가 닿을만한 거리 정도의 넓다란 평지가 생기고, 작으나마 탄탄한 여러

73
금강예찬

건물들이 소담스럽게 모여있으니, 이곳이 정양사입니다. 정양(正陽)이란 산의 정맥(正脈)이란 의미입니다. 고려 태조가 여기 올라왔을 때 법기보살이 현신하여 바위 위에 빛을 부리자 태조가 신료들을 데리고 정례(頂禮)하고 이 절을 이룩했습니다. 뒤편 산언덕을 방광대(放光臺)라 하고, 앞쪽 봉우리를 배재(拜岾)라 하게 되었다는 전설이 『여지승람(輿地勝覽)』에도 적혀 있습니다. 그러나 '방광(放光)'이니 '배(拜)'니 하는 것은, 실상 '붉' 또는 '붉은'의 다른 형태로서 모두 고대 신도의 신앙상 유적일 따름이니, 이러쿵저러쿵은 다 전설(傳說) 작자의 소리입니다.

본당은 또한 반야전(般若殿)이라 하여 법기보살의 주벽(主壁)에 고대에 간행된 장경(藏經) 백여 궤(櫃)를 소복하게 쌓았습니다. 뜰 안의 약사전(藥師殿)은 들보를 쓰지 않은 육각 건물로 지어졌으며, 그 벽화는 당나라의 화가 오도자(吳道子)를 모사(模寫)한 것이라 하여 예로부터 떠받드는 것인데, 안에는 정중앙에 신라 때 조성된 약사 석상을 모셨습니다. 그 앞에는 신라 말기에 속할 듯한 이층 기단, 삼층 탑신의 석탑(石塔)과 그보다 연대가 떨어지는 고대 양식의 석등(石燈)이 섰습니다. 탑은 탑거리(塔巨里)·신림사(神林寺) 등의 탑과 함께 금강산 삼대 고탑(古塔)의 하나입니다. 정상의 노반(露盤)[1]·복발(覆鉢)[2]·수화륜(受華輪)[3] 등의 상륜(相輪)[4]까지 잘 갖추어진 것이 희한합니다.

1 탑 위에 있는 상륜(相輪)의 한 부분. 네모난 기와집 지붕 모양으로 되어 있고 보통 그 위에 복발(覆鉢)이 있다.
2 탑의 노반(露盤) 위에 바리때를 엎어 놓은 것처럼 만든 부분이다.
3 탑 위의 노반 위에 있는 높은 기둥에 9개의 바퀴 모양의 테로 된 장식. 보륜(寶輪) 혹은 구륜(九輪)이라고도 한다.
4 탑 제일 꼭대기에 있는, 쇠붙이로 이루어진 높은 기둥 모양의 장식. 아래로부터 위로 노반(露盤), 구륜(九輪), 수연(水煙), 보주(寶珠) 따위가 차례로 놓여 있다.

23. 헐성루

헐성루(歇惺樓)는 절의 구역 내에 들어서면 맨 먼저 오른쪽으로 보이는 작은 누각입니다. 헐성루는 금강산 만이천 봉우리를 한꺼번에 구경한다 하여, 어느 의미로는 금강산보다도 이름난 집입니다. 정양사(正陽寺)는 비록 해발 2,700척밖에 아니 되는 비교적 낮은 곳이지만, 위치 하나를 마땅하게 차지한 까닭에 천하의 독특한 경승(景勝)을 주관하는 관령자(管領者)가 되었으니, 이는 인간 세계를 비추는 일종의 암시인 것 같습니다. 요새는 난간 밖에 지봉대(指峰臺)란 것을 만들어서 여기 놓인 원추형의 목제 모형 끝에 가늠을 대고 그리로 똑바로 내다보이는 것이 무슨 봉우리임을 얼른 알게 하였습니다.

지봉대에는 적힌 이름만 40여 가지가 됩니다. 여하간 내금강 쪽의 주요한 봉우리들치고 다만 어깨 너머로라도 고개를 내어놓지 않은 것이 하나도 없습니다. 혹은 전신, 혹은 반신, 정면, 측면, 칠분·삼분 등등 가지각색으로 동·남·서 삼방에 둘러선 것이 마치 헐성루 점고(點考)에 빠졌다가는 큰 낭패라는 것 같습니다. 금강산이 왜 생겼느냐 하면, 헐성루의 장관 하나를 만들기 위함이라 하고 싶을 정도의 광경입니다. 조화가 금강산을 구경으로도 최대 완전을 만드시려 하여 주도한 용의가 여기까지 미친 것을 위연히 탄식하지 않을 수 없습니다.

천하의 산이 만 개라 하면, 산의 경관도 물론 만 가지 혹은 그 이상일 것입니다. 그런데 산의 온갖 전형물색(典型物色)을 앉은 자리에 말끔히 볼 수 있는 것이 헐성루가 가진 특권입니다. 아마도 헐성루 밖에서는 다시 얻을 수 없는 일일 것입니다. 왜 그러냐 하면, 금강산 같은 산이 본디 둘이 없는데, 금강산에서는 헐성루 같은 위치가 다시 있지 아니하기 때문입니다.

하나하나의 신령한 수려함, 만 가지 각각의 신령한 수려함을 한 가지 신령한 수려함, 전적인 신령한 수려함으로 일람하는 헐성루의 흥치는 태산의 공자, 남악의 주문공(朱文公)도 채 몰랐을 것입니다. 러스킨의 눈과 두보의 입도 여기서는 다물어질 수밖에 없을 것입니다.

큰 것은 큰 대로, 작은 것은 작은 대로, 먼 것은 먼 대로, 가까운 것은 가까운 대로, 아침에는 아침, 낮 저녁에는 낮 저녁, 봄에는 봄, 여름 · 가을 · 겨울에는 여름 · 가을 · 겨울, 개어서는 갠 채, 흐려서는 흐린 채, 온통은 온통 대로, 하나는 하나만큼 언제 아무렇게 보아도 완전히 참되게 충족한 산악 경관의 집성인 헐성루의 구경은 무슨 최고급의 형용어를 쓴다 해도 역시 부족합니다. 더욱 시시각각으로 변화하는 광선의 조화와 주름들마다 독립한 선의 활동은 인류의 말이 생긴 뒤에 이것을 형언할 명구는 아직 씨도 품기지 않았습니다.

망군대에서 내려다보던 것을 헐성루에서는 건너다 보는 것뿐이라 하면 그도 되지 않는 말은 아니지마는, 원체 여기저기하고 이리저리 비교해 말할 것이 아닙니다. 헐성루의 대장관은 오직 헐성루만의 대장관이라 할 따름이리니, 그 무엇이 어떠한 것은 말로 들을 것이 아니라, 가서 보시라 하겠습니다. 만일 그와 흡사한 무엇이 있다 하면 또 하나 누(樓)에서 조금 앞으로 나와 있는 천일대(天一臺)에서 좀 다른 정취로써 같은 화면을 대하는 그것이라고나 하겠습니다.

24. 만폭동

　표훈사로 돌아와 동쪽 문으로 나가면, 즉시 금강문(金剛門)으로 빠져나갑니다. 오륙 길이 되는 모과 덩어리 같은 자연석 돌이 이마를 마주대고 서 있는데 그 밑으로 구멍이 난 것을 금강문이라 합니다. 무릇 여기서부터를 알짜배기 금강산의 시작이라 합니다. 금강산에는 이러한 돌구멍을 금강문이라 일컫는 곳이 세 곳인데 그 중 이곳이 가장 풍치(風致) 없게 생겼습니다.

　그러나 대문이야 어쨌든간에 속집이 좋지 않아야 걱정이겠는데, 실상 금강문이란 터울에서 지극히 사치 · 화려 · 수려 · 장엄한 집채가 바로 이 무미한 문 안에 들어가 있습니다. 바라보는 방향부터 씩씩한 청학대(靑鶴臺) 밑으로 소나무 숲을 헤치고 나가다 보면, 경상도의 어느 아홉 살 난 아이가 기운을 다해 새겼다는 '금강(金剛)' 두 글자가 길가에 있습니다. 고개를 들면 시야가 번쩍 열리면서 우뚝한 봉우리와 주춤한 바위, 길길이 늘어진 석벽과 야단야단 소리지르는 폭포수가 한데 어우러집니다. 누구를 꺼리겠는가라는 듯 모양 · 소리 · 동작 셋이 합쳐진 아름다움 열두 거리를 한고작 노는 것이 만폭동(萬瀑洞) 어귀입니다.

　보이고 들리는 것마다 기걸(奇傑)차고 기승(氣勝)스러우며 활발하

수많은 폭포가 모여 있다 하여 만폭동이라 이름하였다. 우뚝한 봉우리와 각종 석벽이 절경을 이루고 있다.

고 세찹니다. 가득가득 생기가 도는 것이 만폭동 어귀의 기분입니다. 세상에 난 듯하고, 사는 듯하고, 사바 세계 그대로가 극락인 듯한 생각이 슬며시 머릿속에 도는 것이 만폭동의 정조(情調)입니다. 노래만의 세계일 뿐, 신음이니 탄식이니 울음이니 하는 것들은 애당초 있을 리 없을 것 같은 만폭동 어귀는 진실로 진실로 나른한 인생을 단번에 일으켜 세우는 아득히 오래된 묘약(妙藥)입니다.

온 국면(局面)의 매니저처럼 정중앙에 우뚝 선 것은 향로봉입니다. 서산 대사가 만국(萬國)의 도성을 개미집으로 보던 호기 또한 실로 이 위에서 생긴 것입니다. 향로봉을 쐐기 삼아 골짜기를 둘로 나누어 멀리서부터 각각 벼르고 나온 험한 바위와 급한 여울이 경쟁적으로 우레 같은 방아를 찧으니, 제아무리 귀머거리라도 소리 세계를 알아볼 수밖에 없습니다.

북으로 뚫린 것은 태상동(太上洞)인데, 만폭동을 향하여 영랑봉(永郞峰)까지 들어가는 30리 긴 골짜기입니다. 동으로 뚫린 것은 금강산의 심장을 뚫고 나가는 동맥 같은 간선(幹線)인 만폭동입니다.

이 두 골짜기의 물들이 모여 장안사 앞으로 나가는 것을 만천강(萬川江)이라 합니다.

양쪽의 깎아지른 듯한 벼랑이 서로 덤비고 양 골짜기의 세찬 물살이 마주 떼밀면서, 도리어 서글픈 기운이 사람을 엄습하는 곳에 만폭동 어귀를 막는 듯한 대궐만한 바위가 놓여 있습니다. 이 바위는 늘 달 밝고 바람 시원한 때가 되면 이웃한 오선봉(五仙峰)에서 신선들이 내려와 노니는 곳이라 하여 강선대(降仙臺)라고 일컫습니다. 맞은편 학서대(鶴棲臺) 아래의 반석 위에는 그들이 졸음을 깨고자 두었던 삼선국(三仙局)이라는 바둑판이 새겨져 있습니다. 그 옆에는 양사언(楊士彦)의 '봉래풍악원화동천(蓬萊楓岳元化洞天)'[1]이 새겨져 있는데, 마치 용이 꿈틀꿈틀거리는 듯 날아갈 듯합니다. 또 그 옆에는 양사언의 글씨를 모방하여 '만폭동(萬瀑洞)'이라 새긴 것이 있고, 또 그 앞으로 나아가면 나옹 화상이 새겼다는 '천하제일강산(天下第一江山)'이란 여섯 자도 있습니다.

---

1 봉래 · 풍악은 으뜸의 조화를 이룬 경관처라는 뜻이다.

25. 태상동

　만폭동을 먼저 보고 태상동(太上洞)을 나중에 보든, 태상동을 둘러나와 만폭동으로 들어가든 편리한 대로 할 것이지만, 하나 알아두어야 할 일은 가능한 한 태상동 탐승을 빼놓지 마시라는 것입니다. 속성과 지레짐작을 좋아하는 현대인의 특징이 금강산 구경에서도 드러나, 흔히 만폭동을 속성으로 둘러보고 태상동 같은 데는 거의 잊어버리는 경향이 있는데, 이는 태상동을 위해서라기보다도 그 사람의 금강산 구경을 위하여 말아야 할 일입니다.

　향로봉과 청학대 사이로 만천강의 서북쪽 수원(水源)을 더듬어 들어가는 것이 태상동이니, 골짜기 입구로부터 내원통암(內圓通庵)에 이르는 길에는 별도로 원통동(圓通洞)이라는 속칭(俗稱)이 있습니다. 억만 마력이나 내는 큰 발동기가 도는 듯한 만폭동의 물방아 소리를 뒤로 두고, 자칫하면 미끄러질 듯한 돌비탈을 더위잡아 올라가면, 바위틈을 가로 건너 놓은 쪽나무 다리가 우리를 서슬 있는 천석미(泉石美)로 당기어 들입니다.

　맨 먼저 통쾌함을 부르짖게 하는 것은 청호연(靑壺淵)입니다. 넓적한 바위로 흘러가기가 재미없다는 듯이, 연방 바위틈을 뼈갤 양으로 여러 번 기를 씁니다. 그러다 마침내 낭떠러지를 만나는 사품에 큰물이 좌우로 버쩍 쪼개지고, 이어 밑이 보이지 않는 갸름한 소가 되어 쪽빛보다도 더 파란 물을 담고 있습니다. 빠게 시작하여 길다랗게 널브러졌으니, 다른 병이라고 하기보다는 브랜디병이라고 하고 싶습니다.

덮어놓고 신룡(神龍)이 사는 굴인 듯한 용곡담(龍谷潭), 담보다 폭포, 폭포보다는 암석이 더 좋아 보이는 용상담(龍象潭), 그리고 또 용추(龍湫)와 구룡연(九龍淵) 등은 층층마다 기이한 절경이고 굽이마다 장관입니다. 깔린 돌만이 아니라 쌓인 돌, 몸부림치는 물뿐이 아니라 가만히 누워 있는 물, 이것들이 생각나는 대로 제멋을 부렸는데, 만상(萬象)을 온통 기쁨으로 물들이는 새파란 활엽 숲이 아늑하게 그 위를 덮으면서 드러내는 태고의 정적과 처녀다운 단정함은 진실로 금강산에서도 제일입니다. 높은 산의 평야미, 석간(石澗)의 진흙미를 겸한 태상동은 과연 또 하나의 특별한 경계(境界)입니다.

골짜기 입구에서 대략 10리, 전체적으로는 이 골짜기의 절반쯤 되는 곳에 내원통암(內圓通庵)이 있는데, 이는 외산에 있는 같은 이름의 암자와 구별하기 위하여 내(內)자를 덧씌워 부르는 것입니다. 세조 대왕이 입산했을 때 백일기도를 드린 인연도 있고 해서, 비록 암자이기는 해도 격식과 위세가 오래도록 이 산중에 번쩍였습니다만, 지금은 그 아까운 집이 갈이점(店)으로 쓰일 뿐입니다.

그러나 암자에서 내다보는 기이하고 장엄한 산의 경관은 지금도 물론 예전과 같습니다. 내산의 모든 봉우리들이 새 단장을 하고 새 반열(班列)로 늘어서서 하나하나 모습을 드러내는 것이 마치 헐성루의 그것과 같은 듯하면서도 아주 색다른 또 하나의 거대한 화폭입니다. 헐성루가 북화(北畵) 같다면 원통함의 전망은 남화(南畵)입니다. 더 적절하게 말하자면 금강 전체 산을 한번 보는 데도 전자는 금강산스러움이 눈에 거칠지만, 후자는 금강산이기는 하나 금강산 티가 홀딱 벗겨져서 특별히 부드럽고 따듯하며 폭신폭신한 느낌의 색다른 금강산 하나를 보여 주는 것입니다. 금강산을 창칼 같은 돌뿌다귀의 무더기로만 알던 이들도 여기에 온다면 열두 봉 무산(巫山)을 만이천으로 늘린 듯 예쁘고 빼어난 금강의 부드럽고 우아한 일면에 놀란 눈을 부릅뜨지 않을 수 없을 것입니다.

계산(溪山)의 정취를 말하는 이들은 흔히 경기의 영평(永平)이나
영남의 안의(安義)를 들어, 금수정(金水亭)이 제일이라거나 북상동
(北上洞)이 으뜸이라고 말합니다. 하지만 극도로 이상화한 금수정
과 북상동을 수없이 늘어놓는다 해도 그 만분의 일도 형언하지 못
했다고 할 것이 태상동의 계곡입니다. 산은 산대로 우뚝하고, 물은
물대로 광분하고, 돌은 돌대로 수북이 쌓였지만, 그대로 모든 것을
은근히 품으면서 곱고 아름다워, 아무리 보아도 돌무더기뿐인 금
강산의 일부라고 할 수 없는 순수한 계곡의 맛을 한껏 발휘한 것이
태상동의 경관입니다.

언제 보아도 눈이 덮인 듯한 수미봉(須彌峰) 쪽으로 골짜기가 북
쪽을 향해 더욱 그으해집니다. 급격한 경사의 바위벽은 폭포를 만
드느라 바쁘고, 폭포수 떨어지는 밑에는 실컷 두드려 패여진 연못
이 생겨나 아름답고 빼어나고 특별한 경관이 고속 필름처럼 돌아
갑니다. 온갖 형상의 늙은 나무들, 천년 쌓인 이끼들, 가는 곳마다
"수풀 사이 술을 데우려 붉은 단풍잎을 태우고, 돌 위에 시를 쓰려
고 푸른 이끼를 쓸어낸다."라고 읊을 만한 이상경입니다.

여기서부터 북쪽을 따로 수미동이라 부릅니다. 올라가면서 기이

하게 빼어난 경관 중에서도 더욱 기이한 곳에는 반드시 바위 위에 새겨 놓은 글자들이 있습니다. 이른바 만절동(萬折洞), 이른바 태상동, 이른바 청냉뢰(淸冷瀨), 이른바 우의동(羽衣洞), 이른바 자운담(慈雲潭), 이른바 적룡담(赤龍潭), 이른바 강선대(降仙臺) 등은 수미동의 칠곡담(七曲潭)입니다. 하나의 굽이 중에 다시 무수한 작은 굽이가 있고, 매 굽이마다 제각각 무수한 활동을 보인 것은 진실로 필설로 흉내낼 바가 아닙니다. 청랭뢰를 지나서 선암(船庵)으로 향하는 길이 갈립니다.

바로 수미동으로 들어서서 강선대를 지나고, 한참 다시 덤불을 헤친다 돌각다리를 건너뛴다 하면 하늘에 닿은 괴물 하나가 문득 길을 막고 섭니다. 어느덧 수미동의 막바지인 듯하여 수미탑(須彌塔)이 나선 것입니다. 넓죽넓죽한 콩깻묵을 격지격지 얹어 놓은 듯한 둥그레한 몸이 아래는 풍성하고 위로는 날씬하게 쭉 뻗어 올라가서, 그 신기하고 황홀함이 보는 이로 하여금 정신도 얼떨떨하게 하고, 꿈에 허깨비라도 만난 듯하게 합니다. 조성하(趙成夏)의 기문(記文)에 따르면 "탑의 높이는 영척(影尺)으로 42장 7척이 넘고 둘레는 높이의 20분의 1쯤 된다."고 합니다.

조화주의 장난이 늘 사람의 의표를 뛰어넘기는 합니다만, 이 수미탑처럼 처음 보는 사람들의 아가리를 딱 벌어지게 만드는 것도 드물 것입니다. 비슷한 탑의 몸체를 가진 백탑동의 탑과는 아주 다른 설계로 만든 것이 수미탑 무리이니, 귀내기를 좋아한 백탑동의 그것들이 간다라 계통에 가까운 탑이라면, 둥글기 위주인 수미동의 이것은 인도 계통에 가까운 탑이라 할 만합니다. 언젠가 하느님께서 백옥 가루로 반죽을 하고 소라 껍질로 본을 삼아서, 마지막까지 감추어 두셨던 감로수 병을 개봉하시려 할 때에 그 마개 뽑을 타래송곳으로 만들어 두신 것이 수미탑인가 봅니다.

밑에는 천연으로 만들어진 기대(基臺)가 있고, 거기에 수미동(須

彌洞)·군옥동(群玉洞) 등의 이름이 새겨져 있습니다. 탑머리에는 누가 가져다 놓았는지 조각돌이 무더기로 있고, 누가 심었는지 앙당 그러진 소나무 한 그루가 생명력의 짓궂은 일면을 나타내고 있습니다. 남쪽으로 내려가면 다시 세 탑이 있으니, 구조가 또한 기이하나 한쪽이 벽을 기대어 신기한 맛이 따로 우뚝한 수미탑만 못하며, 이 밖에 여기저기 헤어져 있는 조그만 탑들은 거의 수를 헤아릴 수 없을 정도입니다.

막다른 영랑봉은 해발 5,283척으로 금강산 중 두 번째로 높은 곳이니, 온 산의 깊은 숲이 소부룩다부룩하여 금강산에서 유일하게 볼 수 있는 일본화풍의 봉우리입니다.

27. 내팔담

금강산 안에서 금강산의 아름다움이 충분하게 드러나고 또한 극도로 발휘된 곳이 어디냐 묻는다면, 이구동성으로 만폭동이라는 대답이 나올 것입니다. 금강산은 얼른 말하면 산악미입니다. 산악을 만든 암석의 미, 암석으로 생긴 협곡의 미, 협곡에서 나오는 샘·연못·계곡·폭포의 미, 여기에 빛을 발하는 고목과 울창한 숲의 미, 또한 숨은 듯 드러난 듯 이어진 고요한 사찰의 미, 이 모든 것이 엉키고 덩키고 어울리고 반죽된 대자연의 충족미, 이 모든 것에 얽히고 설키고 심 박히고 선 둘린 신비하고 현묘한 전설의 미등등 이와 같은 일체의 조화가 금강의 산악미란 것입니다. 만폭동 계곡은 이런 요소들을 최대 한도로 구비해 가진 곳입니다.

태상동 막바지로부터 20리를 되돌아 나와, 다시 만폭동 어귀에 서면 별안간 눈앞이 딱 벌어지고 떠들썩한 것이 마치 뒷방에 들어 앉았다가 큰 사거리에 나선 듯합니다. 오는 족족 다르고 볼수록 좋아서 두 번 아니라 열 번을 다시 봐도 싫증이 나지 않으니, "종일을 놀지라도 떠날 마음 전혀 없고, 열 번을 올지라도 싫은 생각 있을 쏘냐."던 옛 노래 자락이 진실로 헛말이 아님을 알 것입니다.

금강산 구경이란 어찌 보면 만폭동 계곡 하나를 뚫고 나가는 것이라고도 할 수 있습니다. 장안사로부터 더듬더듬 들어와서 안무재를 넘고 효운동(曉雲洞)을 지나 개재로 나가는 핵심이 어디냐 하면, 자반의 가운데 토막 같은 만폭동입니다. 전체 약 1백 리쯤의 큰 줄기에 곁가지로 요리조리 돋친 것이 무엇무엇하는 골짜기와 샘과 바위들이요, 맨 끝에 몇 가지가 따로 머다랗게 뻗쳐 나간 것이 구룡연(九龍淵)과 만물초(萬物草) 방면입니다. 그러므로 금강산의 다른 구경은 모두 만폭동 구경의 갈개발[1]이고 부록이라고도 할 수 있습니다.

내금강 속 깊은 계곡과 샘과 시내가 으늑한 뒤뜰에서 실컷 숨바꼭질, 비석치기 등을 하다가 별안간 무슨 생각을 하였는지 차차 몰려서 외줄이 되어 법기봉과 사자암(獅子岩) 틈에 좁다란 목쟁이를 만들고, 높고 가파른 절벽의 사이로 10여 리를 휘몰려 빠져 나가는 것이 만폭동이란 것입니다. 골짜기의 양 기슭 봉우리들은 모두 깎아지른 듯한 기이함과 빼어남을 자랑합니다. 드문드문 홈탱이와 층걸이로 폭포는 눈을 뿜고, 연못들은 쪽을 풀고, 평탄하게 흐르는 것도 수정 조각이 깔린 것처럼, 산과 골과 돌과 물이 부릴 수 있는 재주는 거의 다 여기에서 그쳤다고 할 만큼 온갖 기교와 변화를 보이는 곳이 만폭동입니다. 만폭(萬瀑)이란 이름은 폭포 하나만을 들어 다른 모든 수석(水石)의 활동을 대표하게 한 것입니다.

만폭동 가운데서 대표적인 폭포는 여덟 개가 있는데, 그 형상대로 이름을 지어 흑룡(黑龍), 비파(琵琶, 또는 靑龍), 벽파(碧波), 분설(噴雪), 진주(珍珠), 귀(龜), 선(船), 화룡(火龍)이라 합니다. 외금강 옥류동(玉流洞)의 팔폭(八瀑)과 구분하기 위하여 이것을 내금강 팔폭, 줄여서 내팔폭이라고 부릅니다. 만폭동에는 이 밖에도 유명 무명의 여러 폭포들은 물론 폭포가 아니고도 다른 승경이 많습니다.

---

1 종이 연의 아래쪽 양 귀퉁이에 붙이는 종잇조각을 말한다.

28. 영아지

깊어 가는 골은 한 발짝이 새롭게 그 어울림이 더욱 톡톡하여 들어갑니다. 오현봉(五賢峰)과 향로봉(香爐峰), 두 봉우리가 바깥 세계와 아주 멀어질 무렵 만폭동이 이미 아름다움으로나 그윽함으로나 천지에 나밖에 누가 있으랴 하고 소리칩니다. 맨 먼저 나서는 반석의 웅덩이는 영화담(映花潭)입니다. 무서우리만큼 하얀 돌이 야멸차게 맑은 물을 담고 있어서, 우선 정신이 맑고 시원해집니다. 이어서 비스듬히 떨어지는 와폭(臥瀑) 하나를 지나면 바위 위에 절구확 같이 파인 구멍이 있고, 거기에 물이 가득히 고였으니 이것을 옥녀세두분(玉女洗頭盆)이라고 부릅니다.

인봉(印峯)이란 것을 쳐다보면서 방선교(訪仙橋)라는 외나무다리를 건너면, 푹 빠진 바위 홈의 거센 물살이 지나는 이의 하초(下焦)를 시험합니다. 언제인지 바위에 발붙일 자국을 내었던 것이 오래 물에 갈려서 말발굽 자국같이 되었기에 사람들은 '말굽다리'라고 하는데, 물 많은 때에는 만폭동에서 위험한 지역의 하나로 치는 곳입니다. 바위 벼랑으로 올라가면 얼마 안가서 매월당(梅月堂) 김시습(金時習)의 "요산요수는 인지상정이지만, 나는 산에 올라 웃고 물에 임하여 운다(樂山樂水人之常情, 而我則登山而笑, 臨水而哭云云)."라는 글귀가 암벽에 새겨진 것을 보며, 그의 아픔을 위로하는 동시에, 도로 그의 눈물로써 자신을 위로하게 됩니다. 아름다움의 덤불이요, 기쁨의 더더기인 금강산에서 오직 한 군데 눈물로 대할 곳이 여기입니다.

글귀가 새겨진 암벽 밑은 청룡담(靑龍潭)인데, 근처 돌들이 약간 붉은 기운을 띠는 까닭에 마치 임 여의고 울던 그 해 매월당의 피 섞인 눈물이 물든 듯하여, 구경보다는 느꺼운 생각이 앞섭니다. 조금 올라가다가 높은 벼랑이 물을 떨어뜨리면, 절벽이 그것을 받아서 얌전하다고 할 연못 하나를 이루었으니, 이름조차 반드러운 영아지(映娥池)입니다. 쏟치는 목에 큰 바위가 있어 물을 두 갈래로 나누는데, 거기에는 사선대(四仙臺)란 이름이 새겨져 있습니다.

언뜻 고개를 쳐들면 맞은편 법기봉의 허리에 불면 날아갈 듯한 작은 암자가 댕강댕강 공중걸이 되어 있음을 보게 됩니다. 한쪽 기둥 받침이 수백 척 내리박힌 것을 보니 "옳지! 저것이 구리 기둥으로 버티었다는 보덕굴(普德窟)이로군." 하는 생각이 납니다. 건너다보매 아득아득하고 우러러 치어다보매 가물가물하여, 신선들이 머문다는 상청(上淸)의 선궁(仙宮)을 세속에서 올려다보는 것 같습니다. 그림에서나 구경할 광경을 뜻밖에 실지에서 보는 신기, 참으로 의미 있는 하나의 점철(點綴)입니다. 여기쯤에서 올려다보는 보덕굴은 진실로 진실로 현실 그대로가 이상이고, 생시 그대로가 꿈인 그런 광경입니다.

이 근처는 능곡(陵谷)·천석(泉石) 그대로도 아무럼 다시없는 절경이지만, 하도 지리하게 계곡이 계속되어서 자칫하면 퇴도 나고 싫증도 나지 말란 법이 없겠는데, 이 고동판에 기상천외한 하나의 점을 낙하시켜 전 국면에 더할 수 없는 새 생명과 새 기세를 첨가하여 놓은 것이 보덕굴입니다. 만폭동이라는 용은 보덕굴로 인해 비로소 눈동자가 찍혔다고 하겠습니다. 어떤 경우라도 자연의 공교로운 작용을 뛰어넘을 만한 인공(人工)적인 것이 있지는 않겠지만, 오직 하나 만폭동에서의 보덕굴만은 조화주도 잊어버린 일을 사람이 번듯하게 해내었습니다. 본디 이것이 없었다면 몰라도, 이미 있고 보니 없었더라면 큰 낭패였을 것이 분명합니다. 누구인지 만폭동에 보덕굴을 지은 이는 그저 보통 사람이 아니라 화법(畵法)의 진수를 얻은, 세상에 드문 예술가일 것입니다.

29. 분설담

　보덕굴 풍경의 불꽃은 영아지에서 최고조를 보입니다. 들어갈수록 집이 커지고 집이 커질수록 신비한 맛이 암만해도 줄어듭니다. 그러나 이는 보덕굴 하나만 가지고 하는 말이지, 보덕굴로 하여금 보덕굴이 되게 하는 여러 요소 즉 산수의 경치로 말한다면, 아닌게 아니라 보덕굴이 가까워질수록 그 미관과 묘미는 더해 갑니다.

　조금조금 선명함의 정도를 더하던 보덕굴의 기왓골과 서까래 끝을 똑똑히 분간하게 되면, 수석(水石)의 배치가 부쩍 긴장을 더하여, 댓바람에 범상치 않은 심연(深淵) 하나를 바위 오목한 곳에 만들어 놓습니다. 이것은 팔담(八潭)의 시작인 흑룡담(黑龍潭)인데, 흑룡이란 이름은 아마 남쪽의 암벽이 검게 비친 데서 나온 듯합니다. 거기서 한 단을 올라서면 비파담(琵琶潭)인데, 그 뒤쪽으로 내리누른 돌 모양 때문에 얻게된 이름입니다. 다시 한 단을 올라가면 광경이 훨씬 호쾌하여지는 벽파담(碧波潭)이 있습니다. 어마어마하게 큰 바위에 새겨 놓은 벽파담이란 글귀가 머리를 북쪽으로 얼굴을 서쪽으로 향해 곤두서 있는 것은 지난 정해년(丁亥年)에 물이 불어 내리치는 물살이 이 바위를 뒤집어 놓았기 때문이라고 합니다.

　벽파담 위에는 두꺼비 같은 만상암(萬象岩) 바위가 고개를 번쩍 쳐들었는데, 저 위에서부터 이리저리 여러 토막의 와폭으로 흐르던 물이 바위 동굴을 냅다 때리면서 옥처럼 부서지고 눈처럼 흩어지기에 분설담(噴雪潭)이라 부르는 것입니다. 우묵한 바위 구멍이 흩날리는 물방울에 자욱하고, 차가운 바람과 냉기가 하마 뼈를 찌를 듯하여, 얼른 말하면 얼음은 없어도 얼음 창고 속 같으매, 이곳에서는 개벽 이래로 여름이니 더우니 땀이니 하는 게 무엇인지 알지 못합니다. 만폭동의 어디가 더울까마는 그 중에서도 시원한 데는 여기라 할 것입니다. 더욱이 내리짓찧고 받아 올리는 우렁찬 소리는 간담을 서늘하게 합니다.

무심히 섰다가, 백옥 울타리 같은 중향성(衆香城)이 북쪽에서 갸웃하고 있음을 보고는 아무나 "에그, 저것 보아!"하고 소리를 지릅니다. 얼마나 간드러져 보이는지 꿀딱 집어삼키고 싶을 만큼 고운 모양새입니다. 그뿐 아니라, 팔담도 이미 절반을 거치게 된 여기쯤은 기상이 아주 훨씬 펼 대로 펴져서, 오밀조밀한 잔재미는 말고라도, 가슴이 한번 시원하게 탁 트이고 즐거운 뜻이 미상불 뼛속까지 스며들어, 누구든지 한참 배회하며 얼른 떠나기를 아끼게 됩니다.

보덕굴은 바로 이 분설담에서 오른쪽으로 높다랗게 보이는 법기봉의 깎아지른 절벽에 생떼를 쓰고 매달려 있습니다. 어찌해서 저기다가 저 짓을 해볼 생각이 났는지, 그 도심(道心)·미감(美鑑)도 그렇거니와, 그보다는 우선 그 뛰어난 용맹(勇猛)과 과감(果敢)을 칭찬할 것입니다. 연못 곁으로 암자와는 전연 딴 방향으로 가파른 돌계단을 몇십 몇백 층인지 허위허위 올라갑니다. 이마가 닿아서 어떤지 모르다가 한참 만에 보면 어느덧 길이 나사를 틀었는지 집터 비슷한 석대(石臺)가 나서고, 또 이어서 전면뿐이요 깊이가 없는 지붕이 모로 슬쩍 보입니다. 시큰거리는 무릎과 벌떡거리는 염통이 마침내 보덕굴을 발 아래 접어 넣은 것입니다. 아래에서 쳐다볼 때엔 천상이었어도, 와 보니 또한 인간 세계입니다.

30. 보덕굴

보덕굴은 모두 합하여 일고여덟 칸이 될락말락한 작은 집입니다만, 그 지위나 가치로 말하면 금강산 팔만아홉 개 암자 중 가장 큰 경이입니다. 법기봉(法起峰)의 한 가운데를 서쪽 방향으로 나가면 한 칸 반 정도 길이의 작은 건물이 바위에 다붙어 있는데, 뜰에 나서면 대소 향로봉(香爐峰) 이쪽으로 만폭동 계속의 모든 비밀을 꼭 뒤로서 내려다보게 됩니다. 급경사진 양쪽 고봉의 묵직함과 적막함은 물론 기승을 부리는 세찬 물결의 날고 내달리는 소리가 신이한 조화를 나타내며 가장 아껴 쓰는 의미로의 쉽지 않은 절경을 이루었습니다.

뜰에서 남으로 싹둑 저며낸 듯한 암벽에 3층 걸이 집이, 앞에는 구리 지팡이를 짚고 뒤에는 쇠사슬에 얽혀 매달린 것이 유명한 보덕암 관음굴(觀音窟), 줄여서 그저 보덕굴이라 하는 것이니, 분명 이 암자로 하여금 금강산에서만 중요한 이름을 띠게 할 뿐 아니라 내켜서는 천하에까지 그 훌륭한 소문이 퍼지게 할 명물입니다. 건축의 재료나 덩어리야 그리 대단하지 않지마는 이런 것 하나가 없을 수 없는 그 자리에 똑 알맞춰 아주 맛깔스럽게 생기고 놓여서, 인공적인 대로 자연의 비기(秘機)를 건드린 점이 볼수록 생각할수록

보덕암(일제 시기)
금강산에 있는 절 중에서 기암절벽의 풍치와 가장 잘 어울리는 것으로 유명하다.

아득아슬하다 하겠습니다.

　덩그런 공중에 매달렸다 하면 고인(古人)들은 혹 바위에 있는 제비둥지 같다고도 하고, 혹 "박쥐집이 천연하다."고도 한 이도 있고, 어느 외국인은 "요괴의 굴이냐, 신선의 집이냐? 저것을 어떻게 사람 사는 데라고 하랴."고도 했습니다. 그러나 우리는 어디까지든지 집 그것보다도 그 집 때문에 생긴 국면의 새로운 약동(躍動)을 내세우고 싶습니다. 보덕굴이 갸륵한 점은 진실로 그의 형질적 위력 때문이 아니라, 정신적 순화에 있다 할 것입니다.

집 속의 층대(層臺)로 내려가는 것은 보고 싶지 않은 천야만야한 절벽이 구태여 눈에 들어와서, 다리가 저절로 저리고 조심이 더럭더럭 됩니다. 이렇게 수십 급을 내려가서 삼층의 맨 밑이 이 암자의 법당인 관음굴입니다. 서쪽 귀퉁이에서 북쪽으로 뚫린 석굴에 관음의 백석상(白石像)을 봉안하고, 그 앞에 무수한 축원문을 놓았는데, 거기에 이르기를 이 관음이 금강산 중에서 특별히 영험하시어 기원이 항상 답쌓인다 합니다. 남효온의 「유금강산기(遊金剛山記)」에도 "관음상 앞에는 기문들이 많았다."라고 쓰여 있는 걸 보면 그 유래가 오래되고 꾸준했다는 걸 알 것입니다.

마룻바닥이 디디는 대로 울렁울렁하여 발을 붙였건마는 허공을 비긴 듯하며, 더욱 바람이나 몹시 불면 집이 온통으로 흔들거리는 것 같습니다. 마루틀과 기둥에는 쇠사슬을 걸어서 암벽에다가 붙잡아 매었고, 마루청을 떼고 보면 땅바닥까지 천 길인지 만 길인지 모르겠는데, 좀 내려가다가 바위의 뿌다귀 생긴 것을 받침으로 하여 오륙십 척 되는 나무 기둥을 세우고 열아홉 번 접힌 구리 옷을 입혀 이 집을 버티게 한 것이 환하게 드러납니다. 눈이 아물거리고 찬바람이 얼굴을 쏘아서 아무라도 오래 내려다볼 수가 없습니다.

삼층 지붕 맨 정상에는 탑을 안치하였는데, 오래지 아니한 기록에도 15층이라 분명히 적었으나 지금은 탑신(塔身) 이층, 정륜(頂輪) 서너 개가 남았을 뿐입니다. 뜰에 모아 놓은 파편을 보니 다른 석재며 제작 솜씨, 글씨와 그림 조각 등이 매우 정치하여 쉽지 아니한 골동 일품임이 분명합니다. 그 한 조각을 보니, 그림은 석가 세존이 몸을 바쳐 호랑이 먹이가 되어 주던 본생담(本生譚)을 음각(陰刻)한 것이요, 글씨는 보현행원품(普賢行願品)의 게송이었습니다.

31. 법기봉

만폭동은 아름다운 풍광과 더불어 한 가지 아름다운 설화(說話)의 소유자입니다. 그런데 그 설화는 옥녀세두분(玉女洗頭盆)에서 비롯해 보덕굴에 와서 마치는 꽤 긴 필름입니다. 이르기를 만폭동은 보덕 각시의 집인데, 보씨(普氏)는 아마 희랍으로 말하면 님프[1]나 에코[2], 인도로 말하면 사라스와티[3] 같은 하천 및 계곡의 선녀(仙女)시던가 봅니다.

이 양반이 사람을 기다리다 지루해지고 갑갑해지는 때라거나 사모하는 이를 그리워하다가 그 꿈이 훌쩍 깬 뒤에는, 그 대리석으로 쪼아낸 듯한 몸을 아낌없이 드러낸 채 만폭동 상하 팔담(八潭) 사이를 오르락내리락하며 "문밖까지 나아가 임을 기다리건만 청산은 만 겹이요 녹수(綠水)는 천 굽이로다."라며 스러지게 노래를 하였던가 봅니다. 가다가 꽃도 한숨을 쉴 만큼 아리따운 모습이 연못

---

1 그리스 신화에 나오는 요정을 말한다.
2 그리스 신화에 나오는 산의 요정 오레이아스를 말한다.
3 지혜와 학문과 음악과 예술을 관장하는 힌두 여신. 사라스와티는 『베다』에서는 강의 여신으로 정화와 풍요의 기능을 담당하는 것으로 나타나지만 후에 그녀의 본성과 기능이 변화하여 말(언어)을 창조했다고 믿어지면서 말과 학문, 문화의 여신이 되었다.

에 비칠 때면, 나 같은 가인(佳人)을 이렇게 버려둔 채 어느 몹쓸 곳이나 미쳐 다니는 임에 대해, 박정(薄情)하다기보다는 사실 눈도 없고 요량도 없는 바사기[4] 같다며 도리어 불쌍하게도 생각하였을 것입니다.

그가 옥 같은 얼굴과 한 가지 삼단 같은 까만 머리를 북북 씻고 감던 곳이 옥녀세두분이요, 그리하여 땀 훔친 수건 빨던 데가 수건암(手巾岩)이니 수건천(手巾遷)이니 하는 곳입니다. 당초에는 선인(仙人)과 천녀(天女) 간의 신비한 일이었었겠지요마는, 긴 고삐가 필경 사람에게까지 밟혔습니다. 가만한 일을 들킨 보덕 각시는 부끄러워도 곧 몸을 숨겼지마는, 짓궂은 사람은 그 떨어뜨린 향기를 따라 들어가서, 각시의 안방이 시방의 관음굴임을 알았습니다. 그리하여 알고는 그대로 있을 수 없다 하여 거기 제단을 베푼다 신궁(神宮)을 짓는다 한 것이 대체 보덕 설화의 대강인 모양입니다.

이 이야기가 뒤에 불교로 들어가서 보덕 각시는 관음의 화신이 되고, 다시 일변하여 보덕과 회정 선사(懷正禪師) 간의 설화를 만들었습니다. 보덕 각시는 오래전부터 내려오는 하나의 신격(神格)일 터인데, 고려 중엽 이후 실재 인물인 회정하고 어찌하였다 함은, 첫째 연대가 맞지 않습니다.

생각건대 법기봉이 오래 전부터 신령한 산악으로 존숭된 것은 앞서 누차 언급한 것과 같고, 조선의 신령한 산악은 인격적으로는 여성으로 표현됨이 상례였으니 보덕 각시란 것도 털어 놓고 말하면 법기봉의 인격적 명칭임이, 저 지리성모(智異聖母)나 서술성모(西述聖母) 등과 같을 것입니다. 이것이 뒤에 여러 번 분화되고 다른 것에 의탁되어 마지막으로 성립한 것이 오늘날 전하는 보덕암 연기설화(緣起說話)일 것입니다. 복잡한 경로를 밟아 나온 것인 만큼 보

---

4 사물에 어두워 아는 것이 없고 똑똑하지 못한 사람을 놀림조로 이르는 말이다.

덕 각시의 설화적 흥미는 실로 남달리 짙고 깊습니다.

금강산 여러 봉우리 중에서 가장 오래 전부터 신령한 산악이었던 것은 아마 법기봉일 것입니다. 여기에서 점점 깊이 백운대(白雲臺)를 거쳐 비로봉(毘盧峰)까지 들어간 것은 매우 후대의 일일는지도 모릅니다. 대저 법기봉을 대표적인 신령 산악이게 한 것에는 필시 여러 가지 조건에 말미암았겠지만, 우선 모든 신성한 산악이 되기 위한 조건 중에서도 한 산의 중심적인 골짜기 중앙에 우뚝한 봉우리라는 점, 그리고 그 봉우리의 한 가운데 있는 바위 동굴 뒤편에 있는 관음굴이야말로 그 중심 조건이 아니었을까 합니다. 바위 구멍이 생명에 관한 신비한 지점으로 생각됨은 조선의 고대 신앙에서 역력한 증거와 흔적이 남아 있는 바입니다. 이렇게 생각하매, 보덕굴과 같은 사람의 의표를 벗어난 집을 예사로 짓던 까닭이 환하여집니다. 알고 보니 신앙의 힘으로 된 것입니다.

32. 진주담

산은 돌을 얻어 더욱 생기를 띠고 돌은 물로 인해 더욱 정채를 나타내매, 만폭동이라는 데는 마치 나는 법을 익히는 종달새가 한번 날갯짓을 할 때마다 보다 더 활기를 띠어 오는 것처럼 싱싱한 맛의 걸음걸음 느는 것만으로도 한없는 상쾌를 깨닫게 합니다. 그런데, 이 시원한 뜻은 분설폭(噴雪瀑)에서 팔구분(八區分)이 되다가, 다시 한층 진주담에 올라서서는 십이분(十二分)의 대창일(大漲溢)을 보이게 됩니다.

헌걸찬 절벽이 좌우에 내리질리고, 민틋한 석상(石床)이 보기 좋게 그 사이를 가로질렀는데, 우긋하게 휜 한 장 돌이 조금조금 턱이 지다가 문득 크게 결단한 것처럼 직각 단면이 생기고, 그 한 가운데로 폭으로나 길이로나 이제까지 보지 못하던 커다란 폭포가 기운차게 펑펑펑 쏟아져 내려오며, 뿌다귀에 부딪고 모서리에 스치는 물발이 그대로 만억무량(萬億無量)한 크고 작은 구슬이 되어 아주 헤프게 사방으로 헤뜨립니다. 젊고 잘 생기고 세간 많은 소년 남자가 아무 거리끼는 것 없이 아주 푼푼하고 너그럽고 수월스럽게 행사하는 것 같은 시원함입니다. 무엇이라는 것보다도 다만 한마디 '사나이답다'는 말로 형용함직한 폭포는 금강산에서 여기를 쳐들겠습니다.

생기고 생겨도 다함이 없는 구슬은 떨어지고 떨어져 그칠 줄을 모르는데, 한줌쯤 떨어지면 두줌 세줌씩 품앗이 하는 바위 면의 솟는 구슬을 합하면 천하의 주옥은 모두 여기와 모인 듯합니다. 푸른 유리 쟁반에 눈을 속이는 은구슬·수정 구슬 등이 펑펑 퍼붓고 죽죽 끼얹고 홱홱 뿌리고 좍좍 쏟치고 솟고 뛰고 춤추고 숨바꼭질하는 미관도 결코 결코 필설로 어찌 못할 광경입니다. 이 많은 구슬이 임자 없이 흩어지건마는, 예로부터 지금까지 구슬 알갱이 하나 집어갔다는 이 있다는 말을 들을 수 없으니, 사람들이 여기서만 청렴한 것을 야릇하다 하겠습니다.

우뚝하신 법기봉이 만폭동에 척 자리잡고 앉은 것은 아닌게 아니라 "중생을 위해 뜻에 따라 법을 설하고, 중생으로 하여금 널리 선한 뿌리를 파종하게 한다."는 모습을 대하는 것 같습니다. 그 앞에 바로 공손스럽게 고개를 숙인 듯한 바위 하나를 상제보살(常啼菩薩)이라 일컫는데, 법기보살을 좇아 신명(身命)을 아끼지 않고 7일 낮 7일 밤을 슬피 울며 애통해 하면서도 그 반야법문(般若法文)을 듣자는 시늉이 또한 천연하다 하겠습니다. 우리 같은 범부도 여기와서는 어린 듯 미친 듯 비범한 이들 못지 않게 '나'라는 견식을 잊어버리고, 오직 "이 위대한 산수!"라는 감탄만 마음의 골수에 깊이 침투함은 아닌 게 아니라 법기보살의 위엄 있는 신통력을 모두 각기 몸소 체험해 느끼는 일단입니다.

옆면의 바위에 '수렴(水簾)'이라고 새겨진 것을 읽고, 바로 당면하여 큰 소리로 울부짖는 듯한 사자암(獅子岩)을 쳐다보면서 올라가면 '웃소'라는 둥그런 담(潭)이 있고, 그 곁 바위에 우암(尤庵) 송시열(宋時烈)의 문자를 새긴 커다란 것이 있습니다. 내용인즉 "맑은 시내 하얀 바위 정취를 함께 하니, 밝은 달 시원한 바람은 또 달리 전해주는 게 있구나. 물외(物外)는 이제까지 질탕한데, 인간 세상 어

우암 송시열 초상
조선 후기 송시열이 진주담에 와서 시를
새겼다고 한다. 진주담의 풍치를 "맑은
시내 하얀 바위 정취"라고 묘사하였다.

느 곳이 시끄럽지 않으리."라고
되어 있습니다. 박성원(朴聖源)의
기록에 의거해 보면, 수렴(水簾)이
란 두 글자도 우암의 글씨라고 합
니다.

거기서 좀 올라가면 고개 든 남
생이가 서로 대한 것 같은 두 개
의 거대한 바위 뒤에 있는 것이
거북 연못 즉 귀담(龜潭)입니다.
귀담에 한 번 괴어서 빼죽한 콘트
라가 되었다가 비스듬히 기울어
진 절벽 한 단락을 뚝 떼어서 다
시 넓적한 통구덩이를 이룬 것이
배 모양 연못 선담(船潭)이니, 다
그 형상으로 이름을 얻었습니다.

33. 사자암

  귀담·선담 쯤부터는 양쪽 언덕의 봉우리들이 갑자기 좁아들기 시작하고, 바위가 위풍당당한 산세도 점점 울울창창한 숲으로 변하여, 벌써부터 산의 광경이 일대 전환을 맞았음을 예감케 합니다. 화려함은 침착함으로, 밝음은 그윽함으로 새로운 국면은 들어갈수록 바빠집니다. 그러나 평퍼짐한 석상(石床)과 매끄러운 바위면은 여전히 결백하게, 여전히 아름답게 맑고 또렷한 계곡 시내 연못을 싣고 나옵니다.

  선담의 동쪽 언덕에는 상제보살 쪽에서 내려오다가 천연한 바위 하나가 꼭 비석처럼 서 있는데, 세상에서는 금강산 기적비(金剛山紀蹟碑)라고 하는 것입니다. 옛날에는 아마도 거룩한 선돌의 하나로 끔찍한 대접을 받던 것일지 모르겠습니다. 또 그 서쪽 언덕에는 길을 끼고 차차성(次次城)과 장경암(藏經岩)이 있습니다. 흔히 있는 조탑(造塔)들처럼 돌무더기를 수북하게 모은 것이 차차성이고, 크고 작은 불균등한 돌조각들이 천연으로 어슷비슷 쌓여 높다랗게 올라간 것이 장경암이란 것입니다. 차차(次次)란 말은 차차웅(次次雄)과 같은 것임에 틀림이 없으니 우리말 제단(祭壇)의 옛 명칭이 창창한 바다에 남겨진 구슬처럼 여기 남아 있음을 기뻐할 일입니다. 장경암은 성질로 말하면 다보탑(多寶塔)·수미탑(須彌塔) 등과 똑같은 것인데, 여기서는 탑층(塔層)을 책으로 보아서 장경이라 이름지은 것이 또한 재미있습니다.

골짜기가 끝나면서 차차성 밑에 덜퍽진 소를 하나 만든 것이 화룡담(火龍潭)입니다. 앞에서 들어오자면 마지막이요, 안에서 나가자면 첫 번째인 값을 하는 셈인지, 수심이나 유속의 기세가 팔담 중에서 가장 웅대합니다. 울창한 숲이 그대로 비치어 시간을 따라서는 광선 관계로 시퍼러니 깊다랗게 보이매, 화룡이 무엇인지는 몰라도 무슨 괴물이든지 그 속에 들기는 든 것 같습니다. 가로로 주름이 죽죽 져 층층거리로 연못에 몰입한 끼끗하고 끌밋한 바위의 형세가 여기와서 새삼스러운 애착을 느끼게 함도 기이합니다.

화룡담 왼편으로 높다라니 웅장하게 자리잡고 법기봉을 건너다보는 바위 봉우리는 만폭동을 가로막는 사자암(獅子岩)입니다. 수북한 수림 위에 사나운 얼굴을 높이 들고서, 늙은 탓인지 입은 팔담에게 빌려 주고 멍하니 잠자코 있습니다. 그러나, 옛날 원기 있을 적에는 자못 금수의 제왕다운 위엄을 발휘하여 여러 가지 자랑할 만한 전설을 가졌었습니다. 오랑캐가 내지(內地)로 넘어 들어가려 하는 것을 천지가 뜰뜰 우는 사자후로 물리친 일도 있다 하며, 또 어느 외부인이 이곳의 밝은 기운을 누르려고 온 것을 이 목장이에서 가로막아 못 들어가게 한 일도 있다 합니다.

그러나 그보다 재미있는 것은 화룡과 겨루던 이야기입니다. 사자와 화룡은 꽤 한참 동안 서로 으르렁거리며 자웅을 결정하지 못하여, 어언간 피차에 상처도 적지 않았습니다. 그러다 언젠가는 사자의 앞발이 떨어져서 앉은 자리조차 보존할 수가 없게 되었는데, 건너편 법기보살이 이를 불쌍히 여겨 돌 하나를 집어 던져 주었고, 사자는 그것으로 겨우 엎어짐을 면하였습니다. 아닌게 아니라 거의 떨어질 듯한 사자암이 간신히 부지하기는 그 무릎 밑에 괸 돌 하나의 힘인 듯합니다. 그리고 그 건너편 법기봉에는 꼭 그것 하나 빠져나온 크기의 구멍이 남아 있습니다. 필경 화룡은 쫓겨가고 사자는 오늘날까지 그때의 승리를 자랑하고 있다는 설화입니다. 이것은 화룡을 구교(舊敎)로, 사자를 신법(新法)으로 상징하는 양쪽 교단 사이의 갈등을 보여주는 설화의 한 가지 모티프입니다.

34. 촉대봉

사자암에 오면 아무든지 한숨이 휘 나옵니다. 배멀미, 사람 멀미란 셈으로 미(美)의 멀미에 가벼운 현기증 걸렸던 머리가 비로소 평상으로 돌아가려고 이완되는 반사 작용입니다. 전체 10리에 해당하고, 긴장한 거리는 단 5리에 불과하지만 이만큼 동안에 드러난 바위와 물의 변화무쌍함과 미적 정취 등은 실로 바위와 물의 가능성 전부를 나타낸 것이라 할 수 있습니다. 전 세계 시내와 계곡, 강과 하천 등을 일렬로 이으면 몇 억만 리가 되는지, 그리고 그 사이에 출래(出來)하는 모습과 소리, 색채와 멋 따위가 온통 몇 억만 종류나 되는지는 모르겠지만, 이것을 전부 뭉쳐 가지고 와도 만폭동단 5리를 당해낼 수 없습니다. 다른 곳에서 보게 되는 모든 요소는 만폭동에 구비되지 못한 것이 없지만, 만폭동의 요소는 하나라도 다른 데서 얻어 볼 수 있을지 의문이기 때문입니다.

만폭동은 물론 하나의 계곡이고, 하나의 협류일 따름입니다. 한 조각 바위자락 위에 흐르는 일개 물줄기일 따름이고, 한 줄기 물이 흘러나가는 것일 따름입니다. 평탄하고 유장히 흐를 때엔 큰 강의 뜻이 있고, 깊이 고이며 합쳐져 있는 것은 깊은 바다의 맛을 띠고, 하늘로부터 곧장 내리꽂히듯 곤두박질칠 때는 문득 천지를 진동시키며, 바위 사이로 흘러내리며 물소리를 낼 때는 금세 율려(律 呂)를 연주하며, 홀연 만 마리의 말이 미쳐 날뛰었다가 또한 천 개의 절구공이가 쿵쿵 울리며, 언뜻 장사(壯士)가 호기롭게 노래를 부르고 고대의 미인이 소매를 번득거리며 춤을 추면서 쉴 새 없이 덜미를 짚는 것 같은 국면의 전환은 사람의 미적 감각을 숨차게 합니다. 이 일대 화폭(畵幅)을 펼쳐 놓고 관람하고 나면, 아무든지 수석(水石)의 기이한 경관이 여기에서 다했다는 느낌이 생길 것입니다. 빼곡한 봉우리와 깎아지른 절벽들, 오래된 암석들과 늙은 나무들, 화강암으로부터 생성된 맑고 고운 모래 바닥, 온갖 필요한 사물들의 한껏 교묘한 조화, 이렇듯 세상을 훌쩍 뛰어넘는 배경들은 만폭동 골짜기의 아름다움을 더욱더욱 천하일품이게 하였습니다.

팔담을 각각 한 마디로 말해보자면, 흑룡담(黑龍潭)은 침정(沈靜), 비파담(琵琶潭)은 소광(昭曠), 벽파담(碧波潭)은 장려(莊厲), 분설담(噴雪潭)은 호장(豪壯), 진주담(眞珠潭)은 여러 연못의 격을 두루 갖춘 웅혼청려(雄渾淸麗), 선담(船潭)은 원정(圓淨), 귀담(龜潭)은 괴기(瓌奇)[1]입니다. 하지만 청려(淸麗)함이 반드시 진주담에 국한되고 소광(昭曠)함이 반드시 비파담에만 오로지한 것은 아닙니다. 짙음과 옅음, 겉과 속은 각기 다르지만 이쪽 담의 기미가 저쪽 담에도 없지 않습니다. 이른바 사대상(四大相) 즉, 모든 존재가 차별 없이 두루 원만하게 융화한다는 깨우침을 드러내므로, 도드라지게 무엇은 어떠어떠하다고 말하는 것이 도리어 폐단이라 할 것입니다. 더욱이 만폭동은 전체가 본디 혼연한 한 덩어리로 생긴 것이라, 피차간에 터럭한 올 만큼의 틈과 어그러짐이 있지 않아서, 어디를 잡아 가지고 동강을 내거나 토막을 칠 수는 없습니다. 그러므로 억지로 어느 한모를 가지고 어떻다 어떻다 함은 밤낮 말해야 아무 데도 당치 아니

---

1 괴기(瑰奇)와 같은 말로 뛰어나고 기이함, 진귀하고 빼어난 것을 뜻한다.

한 군소리일 뿐입니다.

사자암 덜미로 기이한 바윗덩어리들이 모여 깎아 낸 듯한 벼랑이 되고, 그 벼랑들이 겹쳐서 준수한 높은 봉우리가 되어서 우뚝하게 법기봉하고 대치한 것이 되었으니, 봉우리가 두 층이 져서 마치 촉대(燭臺) 같으니 세속에서는 촉대봉(燭臺峰)이라고 일컫는 모양입니다. 미상불 법기봉 보살의 법음(法音)도 요새는 어쩐지 위력과 영험함이 작으시고 금강산 불법도 자꾸 침침해져 가매, 시방(十方)을 두루 밝힐 일대 촉불을 이쯤에 하나 켜 놓았으면 하는 생각이 납니다. 촉대봉을 옛 서적에서는 향로봉이라고 적었습니다. 촉대봉과 사자암의 사이로는 내원통암(內圓通庵) 가는 좁은 길이 통합니다.

35. 마하연

만폭동을 나서면 물을 따라 땅의 기세가 동쪽으로 전환되면서 문득 평탄한 도국(圖局)¹을 이루었습니다. 전체 금강산의 심장이라 할 마하연(摩訶衍)이 여기입니다. 중향성·백운대가 뒤에서 포위하고, 법기봉·혈망봉·관음봉은 앞에서 삼가 예를 취합니다. 위로는 촉대봉·사자봉·파륜봉이 있고, 왼쪽에는 칠성봉·석가봉 등 수려한 봉우리들이 받들고 섰습니다. 높고 넓고 웅장하고 화려한 천국을 지은 가운데 숲이 깊고, 시내가 맑고, 푸른 절벽에는 덩굴이 기이한 정취를 더하고 비췻빛으로 이어진 능선에는 구름이 연기처럼 마음껏 변환하고 있습니다. 그런가 하면 이색적인 꽃들은 화려한 색으로, 진귀한 새들은 맑은 소리로 이 사이를 채우고 또 채우니, 여기야말로 신선들이나 사는 곳이거나 부처의 나라 불국토(佛國土)이지 도저히 인간들의 땅이라고는 할 수 없습니다.

길 따라 늘어선 늙은 나무들 틈으로 태고의 공기를 마시면서 들어가면 얼마 아니하여 높은 석대 위에서 마하연 암자를 발견합니다. 마하연은 범어(梵語)로 대승(大乘)이란 뜻이니, 금강산을 네 구역

---

1 무덤이 있는 산세를 포옹(抱擁)한 땅의 형국을 말한다.

마하연 임자(일제 시기)
마하연 암자는 신라 의상 대사가 창건했다고 전해지며, 조선 말기에 월송 선사가 중건하였다.

으로 나눌 때 이 근처를 보살 도량이라 합니다. 이르기를, 세조 대왕은 소승(小乘), 즉 나한(羅漢)의 근기(根機)였던 까닭에 금강산을 오시고도 오른쪽 원통암에만 머무셨을 뿐 마하연에는 들리지 못하였다고 전합니다. 필시 당시 무슨 사정으로 인해 마하연에 기도와 축원을 베풀지 않으신 것을 아마도 승려들끼리 시샘하는 와중에 이러한 이야기가 생긴 듯합니다. 정수몽(鄭守夢)의 기(記)에, "마당가에 무너진 작은 단이 있는데 바로 세조께서 행차하셨을 때 계시던 곳이다. 유적을 어루만지니 경애하는 마음이 일어난다."고 하였으니, 마하연에도 이만한 연분을 맺으신 것이 분명합니다.

마하연 창건자는 의상 스님입니다. 현재의 건물들은 순조 임금 31년에 월송 선사(月松禪師)가 중건한 것이라 하는데 구조가 꽤 굉장합니다. 사찰 인근 구역이 그윽한 승경들이어서 오래전부터 선방(禪房)으로 쓰였던 곳입니다. 한편 남효온의 「유금강산기」에는 다음과 같은 말이 있었는데, 지금은 없어졌습니다. "앞의 대(臺)에는 담무갈(曇無竭)[2]의 석상(石像)이 있었다. 대는 이 산의 정중앙이며,

담무갈은 산의 주불(主佛)이다. 이곳을 지나는 승려와 속인(俗人)은 모두 손을 모아 절하고 지나간다."

그런가 하면 역시 지금은 사라져 모르게 되었지만, 신락전(申樂全)의 「유금강내외산제기(遊金剛內外山諸記)」에는 다음과 같은 말이 있습니다.

암자의 남쪽은 바로 혈망봉(穴望峯)이다. 봉우리의 옆에는 승려가 근엄하게 앉아 있는 돌 하나가 있는데, 돌로 만든 담무갈이라고 한다. 고려의 승려 나옹(懶翁)이 일찍이 이 암자에 머물면서 늘 참배하였다. 지금의 승려는 감히 그 땅을 밟지 못하고, 돌로 대(臺)를 쌓았다. 풀이 자라나니, 승려들이 명당초(明堂草)라고 하였다.

남효온의 기(記)에서는 이 일을 지공(指空)의 일로 전하며 이름도 지공초(指空草)라 하였습니다. 정수몽의 기록에 보이는 세조 임금의 유도 지금은 찾을 수 없이 되었습니다. 암자의 오른쪽으로 연주대(聯珠臺), 혹 천축대(天築臺)라 하여 일곱 개의 작은 바위가 둘러싸고 있는 것은 아직 있습니다만, 예로부터 계수나무라고 일컫던 나무는 아마 달나라로 옮겨 심은 듯 없어진 지가 오랩니다.

암자에서 내다보면 바로 앞으로 이마에 구멍이 나서 그리로 하늘이 환하게 내다보이는 한 바위 봉우리가 있는데, 이것이 예전에는 국망봉(國望峰)이라 불렸고 오늘날엔 혈망봉(穴望峰)이라 불리는 것입니다. 요새 말하기를, 구멍으로 바라본다고 혈망이라 한다 하나 그런 것이 아니라, 실상은 혈망의 혈(穴)은 훈독이고 망(望)은 음독이니 합하면 이두(吏讀)의 국망(國望)이어서 곧 '구멍'인 셈입니

2 법상(法上) · 법기(法起)라고 번역. 법기보살은 『화엄경』 제보살주처품(諸菩薩住處品)에 나오는 보살로, 금강산에 머물면서 주로 반야(般若)에 관한 설법을 한다고 한다.

다. 이는 저 망군대(望軍臺)가 '붉은터'라 읽히는 것과 같습니다.

기이한 구멍이 크게 유람객들의 주의를 끌어서 여러 가지 말거리가 되니, 어떤 이는 말하기를 천지가 크게 뒤바뀔 지경이 되더라도 조화주(造物主)께서 금강산만은 끄집어낼 것인데, 그때 손잡이 꼭지로 쓰기 위해 이 구멍을 낸 것이라 합니다. 또 어떤 이는 욕기(慾氣)를 내어 "만이천 봉우리가 원래 한 뿌리여서, 한 번에 뽑아 끌고갈 수 있다면, 나는 천오(天吳)의 손을 빌어, 혈망봉 구멍에 바늘을 꿰어 '영차' 외쳐서, 강남의 넓은 벌에 옮겨 놓으리. 집에서 불과 백여 리도 안 되니, 나막신 끌고 지팡이 짚고서, 한 달에 한 번씩 가서 연하(煙霞)를 단속하리라."하였습니다.

그런가 하면 김석릉은 바로 높이 떠서 "이것은 여래(如來)의 대법안장(大法眼藏)이니, 법기보살이 특히 중생을 위하여 이 일척(一隻) 법안(法眼)을 특별히 갖추게 하여 광명을 비추어 오래도록 인연 있는 자들로 하여금 화서 묘각(妙覺)을 증험하게 하신 것이라."라고 말하였습니다. 여기서 보면 혈망봉 옆 법기봉 머리에 서향(西向)한 법기암이 팔을 들고 설법(說法)하는 모양과, 그 앞에서 상제암(常啼岩)이 고개 숙이고 가르침을 받는 시늉이 다 천연합니다.

36. 가섭동

마하연은 금강산의 정신을 몰아 가졌을 뿐 아니라, 차지한 자리부터 금강 전산(全山)의 한복판을 차지하고 있어서, 거의 교통의 관문입니다. 내외 금강을 연결할 때 이곳은 저절로 반드시 머무르게 되는 장소가 됩니다. 더욱이 수미암(須彌庵)·선암(船庵) 방면, 중향(衆香)·백운(白雲) 방면, 그리고 비로봉(毘盧峰) 방면의 탐승(探勝)은 모두 여기를 중심으로 나갔다 돌아오거나 돌아왔다가 다시 나가게 되어 있습니다. 그리하여 금강산 탐승 중 가장 많이 머물게 되는 곳이 곧 마하연입니다.

아무쪼록 시간을 만들어서라도 수미암과 선암의 구경을 빼지 말아야 합니다. 여기까지 들어와서 다시 깊이 들어가고, 이만큼 올라와서 다시 높이 올라가는 선암까지의 그윽하면서도 시원한 구경은 못 보면 원통합니다. 약주를 하듯 가벼이 아름다움에 취하게 하는 것 같다가 이내 진한 술기운에 빠지는 것 같은 짙은 아름다움으로 이어지는 수미·선암 쪽 승경은 과연 타의 추종을 허락치 않는 아름다움의 큰 술잔인 것입니다. 금강산이라는 술상을 받지 아니하였으면 그만이지만 이왕 받고서 이 잔을 잡지 아니한다 함은 과연 먹보의 짓이랄밖에 없습니다.

백운(白雲)같이 눈이 부신 중향성(衆香城)을 바라보면서 마하연의 뒤로 하여 백운대의 기로를 내놓고 북서 방면으로 들어가면, 석가 · 가섭 · 아난 등등의 봉우리가 층층으로 빼어난 성문동(聲聞洞), 세속에서는 가섭동(迦葉洞)이라 부르는 곳으로 들어섭니다. 길이 가팔라서 유유자적한 맛은 적구나 싶다가도, 걸음걸음마다 열리는 눈앞의 아름다움을 돌아다보면 이 비탈이 오히려 늘어짐을 느낍니다. 올라가면서 내리 내다보는 만폭동 저편의 첩첩 쌓인 봉우리 능선이 주는 아름다움은 참으로 좋습니다. 한 걸음 동안이 얼마나 되랴 하여도 한두 걸음만큼씩 돌아다보면, 그대로 다른 배치가 열리고 다른 재미가 솟아나오는 까닭에 번번이 미칠 듯합니다.

돌을 낀다, 나무를 안는다 하면서 얼마를 올라가면 가섭암(迦葉菴) 터입니다. 유명한 가섭굴(迦葉窟)은 그 동쪽에 있습니다. 깊이 여덟아홉 칸쯤 될 듯한 동굴이 벼랑 위에 매달리듯 뚫려 있는데, 전면 높은 곳은 사람이 일어서는 게 자유로울 정도이며, 온돌 놓았던 자리도 아직까지 남아 있습니다. 신라의 자장 율사는 이 굴의 깊고 고요하고 밝고 신묘한 것이 서역 땅의 빈발굴(賓鉢窟) 같다며 감탄했습니다. 빈발굴이란 가섭 존자께서 좌선하며 수도하던 곳이니, 이때부터 이곳을 가섭봉 · 가섭굴이라 일컫게 되었다 합니다. 전에는 이 안에 수행하는 방이 있었는데, 전해오는 중에 어느 부족한 중이 신의 견책을 입어 쫓겨나가게 되면서 폐기되었다 합니다.

봉우리가 돌고 길이 구부러지면서 뾰족한 바위들이 마주서 골짜기 대문을 이룬 곳 속으로 들어가면, 백운대의 뒷면이 뾰족하면서도 우뚝하고 기이하면서도 괴상한 모습을 드러내어 순간 만물초(萬物草)가 여기던가 하는 생각이 나게 합니다. 이쯤서 머리를 돌려 남쪽을 내다보면 눈앞의 광경이 펼쳐질 대로 펼쳐져서 마치 아름다운 부용꽃들이 만 갈래로 늘어져 제멋대로 만개한 듯 널브러지고 흐무러진 초특급의 아름다움으로 사람의 아가리를 딱딱 벌릴 뿐입니다. 미륵봉과 이어진 봉우리들은 외곽이 되고, 그 안으로 법기봉 안쪽의 옹긋종긋한 봉우리 능선들이 반쯤 구름에 자욱히 잠긴 채, 각기 맑고 수려한 자태를 씨름하며 신비의 면사포를 쓰고 소리 없이 스물거리는 금강산의 특별한 아름다움이 사람을 단번에 녹신하게 합니다.

37. 수미암

올라갑니다. 몸보다 더욱 아름다움의 압박이 넘쳐 올라갑니다. 높아갑니다. 길보다 더욱 조물주의 솜씨 자랑이 열기를 높입니다. 올라갈수록 내닫는 기이한 봉우리들과 괴이한 암석들은 앞에서 잡아끕니다. 돌아다볼수록 붙드는 기괴하고 장대하며 미묘하고 신기로운 조망은 뒤에서 잡아당깁니다. 등과 배로 닥쳐오는 미의 압박은 사람으로 하여금 진퇴유곡에 쩔쩔매게 합니다. 올려다보고도 한 번 춤, 내려다보고도 한 번 춤, 소매가 갈갈이 날고 팔이 탈진할 때까지 춤이라도 추어야지 그렇지 아니하고는 우러러 나아가는 아름다움의 충격을 주체할 도리가 없습니다.

고개 하나를 넘어 수미봉(須彌峰)의 오른편 기슭을 끼고 들어갑니다. 어찌하다 보면 정양사의 장경대(長慶臺)가 곁에 와 서고, 어찌하다 보면 만폭동 사자암이 앞에 와 당도합니다. 길이 겹치는 대로 금세 새 솜씨가 사람들을 보내고 맞이하기에 바쁩니다. 한편 노상에는 이름 붙일 수도 형용할 수도 없이 기이한 바위들이 이곳 저곳에서 심상히 내달아서 으앗 소리를 연이어 부르짖게 합니다. 문득 보면 창해(滄海) 역사(力士)의 철퇴가 꽂혀 있고[1], 또 문득 보면 충무공 이순신의 해산도(海山刀)가 일어서 있으며, 천연한 선인장이 뻗쳤고, 흡사한 파초 잎이 피어났으며, 여옥(麗玉)의 악기인 공후(箜篌)도 있고, 옥보고(玉寶高)의 가야금도 있으며, 적린(赤麟)도 있고, 백봉(白鳳)도 있고, 솔도파(窣堵婆)[2]도 있고, 방첨비(方尖碑)[3]도 있어, 쉽게 말하자면 만물초(萬物草) 한 판이 여기 또 펼쳐졌습니다. 만물초란 것이 외금강에만 있는 것이 아니요, 한 군데만이 아닌 모양입니다.

암석의 기괴한 미는 올라갈수록 늘어나다가 고갯마루 정상에 이르러서 극점에 이릅니다. 그 동안은 일부러 한 판씩 놀려 놓은 듯이 가끔가끔 평평하고 반듯한 마당이 지고, 형형색색의 총석(叢石)들과 독립적으로 놓인 돌들이 재치 있는 배치를 보였습니다. 특별히 수려하게 생긴 하얗고 뾰족한 두 개의 바위 봉우리를 지나면 즉시 마루턱이 되면서, 내금강 전체의 봉우리와 골짜기들이 모조리 펼친 부채처럼 눈앞에 전개됩니다. 망군대 · 헐성루 · 원통암의 그것과는 또 다른 모티프와 스타일과 배치로 산의 정취를 맛보이되, 여기서는 여기서 보는 파노라마가 가장 잘 금강적 기분을 펴 보인 듯합니다.

망군대에서는 서슬을, 헐성에서는 꼴을, 원통에서는 '맨들이'를 보았다면, 여기서는 금강의 '멋걸이'를 보게 됩니다. 망군대에서 선

---

1 주로 강원도 지역에서 전승되는 설화이다. 설화에 의하면 창해 역사는 고향이 강원도 강릉이다. 강릉 남대천에 큰 두레박이 떠내려가는 것을 발견하고 그것을 건져다가 열어 보니 얼굴이 검은 한 아이가 있었는데, 그 아이가 곧 창해 역사라는 것이다. 창해 역사는 힘이 천하장사였는데, 장자방이 진시황을 제거하려고 천하를 두루 다니며 힘센 사람을 찾다가, 강릉에 이르러 창해 역사를 만나 진시황을 없애 달라고 당부를 하였다고 한다. 창해 역사는 천 근짜리 철퇴를 들고 진시황이 행차하는 길목에 숨어 있다가 진시황이 탄 가장 화려한 수레를 공격하였는데, 진시황은 다른 수레에 타고 있었기에 죽음을 모면하였다고 한다. 창해 역사는 즉시 모래밭을 뚫고 삼십 리를 달아나 사라졌다고 한다. 또는 열흘 동안 붙잡히지 않았는데 결국 잡혔을 것이라고도 한다. 창해 역사는 성이 여씨로도 나타나고 박씨로도 나타난다.
2 탑(塔)을 가리키는 범어 스투파의 음역이다.
3 오벨리스크. 고대 이집트에서 태양 숭배의 상징으로 세웠던 기념비이다.

「금강산내총도」(정선. 풍악도첩에서)
금강산 암석의 기괴한 미를 잘 보여주는 작품이다. 필자는 형형색색의 총석들과 독립적인
돌들이 재치있게 배치되었다고 표현하였다.

별한 미인들을 헐성루에서 점검하며 보고, 원통암에서 단장시켰다
가 수미봉에서 그 덩굴처럼 얽히는 노랫자락과 긴 소매의 무용을
감상하는 것입니다. 가스러진 그것을 망군대에서 보고, 함치르르
한 그것을 헐성루에서 보며, 맵자한(얌전한) 그것을 원통암에서 봅
니다.

　단점을 말해보면 망군대의 금강은 강마르고, 헐성루의 금강은
분답하고, 원통암의 금강은 자르르 흐르는데, 수미암에서 내다보는
금강은 티도 다 떨고, 때도 다 벗고, 무시무시한 기운 같은 것도 트
인 둥글횐칠 시원씩씩한 그것입니다. 사람으로 치면 제1은 선승(禪
僧)이나 남산골 샌님, 제2는 기착호령(氣着號令)을 들은 학생이나 군

대, 제3은 점고(點考) 맞으려 들어오는 기생인데, 제4의 이것은 아무 구기는 것 없는 사내 대장부가 마음 놓고 담소하는 모양입니다.

금강산의 조감이 어디가 제일이더냐 할 것 같으면, 우리는 서슴지 않고 수미암 마루턱에서 보는 그것이라 하겠습니다(헐성루가 특별히 유명한 것은 큰길 가에 놓여서 편하게 구경하는 이들이라도 대개 드나들 수 있었기 때문입니다).

기이한 바위 울타리를 넘어 들어가면 수미봉 기슭 한 켠에는 넘어지다가 차마 다 넘어지지 못한 수미암(須彌庵)의 잔해가 비바람의 괴로움을 하소연하고 섰습니다. 수미암은 원효 성사(元曉聖師)가 영랑 선인(永郞仙人)을 이끌어 교화시킨 신령한 사적으로도 유명한 곳이지만, 불법이 쇠퇴하여 말법(末法)[4]에 어지러워진 어리석은 아양승(啞羊僧)[5]들은 이 집을 이 꼴로 만들고도 불안한 줄을 모르는 모양입니다.

---

4 석가모니가 열반한 후 천오백 년, 또는 이천 년 후에 불법이 쇠퇴하고 시대가 어지러워진다는 사상. 불교에 있어서 일종의 역사관이다.
5 어리석어서 선악을 분별하지 못하여 계율을 범하고도 뉘우칠 줄 모르는 승려를 벙어리 양에 비유하여 이르는 말이다.

38. 강선대

　수미(須彌)는 범어(梵語) Sumeru(수메루)에 대응된 말입니다. 풀이하면 묘고(妙高) 혹은 선적(善積)이라는 말입니다. 수미산은 세계의 중심이 된다는 금강불괴(金剛不壞)의 산이니, 인간 세상인 사대부주(四大部洲)가 다 수미산의 사방에 벌여 있고, 천제(天帝)인 석제 환인(釋提桓人)의 궁(宮)이 그 정상에 얹혀 있다 하는 것입니다. 불교 전설의 수미(須彌)를 어떤 이유로 묘고(妙高)라 했는지는 알 수 없지만, 금강산의 수미(須彌)는 첫째 기이한 바위들이 선적(善積)하여 봉우리가 묘고(妙高)하였으매, 그것이 상식적으로도 충분히 당연한 이름임을 알 것입니다. 그러나 수미봉(須彌峰)이 금강산에서도 특별히 높고 깊고 크고 아름다운 봉우리임을 생각하면, 또한 '볽' 도의 천궁(天宮)이 아닐 수 없었을지니, 이 천궁(天宮)의 관계로 수미(須彌)를 차용하게 된 것이 대체로 진실일 것입니다.

　수미봉(須彌峰)은 아닌게 아니라 기이한 암석들의 일대 집합처입니다. 층층마다 면면마다 귀신 같은 기교와 신령스러움을 자랑하는 것 아님이 없습니다. 암자 위의 날개를 펼 듯한 봉암(鳳岩), 암자 앞의 꼬리를 끄는 듯한 귀암(龜岩), 귀암 옆으로 갑옷과 투구를 분명히 갖춘 장군암(將軍岩), 그리고 한 노승이 거울을 버티고 데미다

보는 듯한 노장암(老丈岩) 같은 것만이 이상하게 생긴 게 아닙니다.

암자의 오른쪽으로 붙일 데 없는 발을 억지로 붙이고 괴석(怪石) 떨기의 등성이를 올라서면, 남쪽 시내 아래로 수미탑군(須彌塔群)이 모조리 내려다보입니다. 이 등성이를 영랑 선인(永郎仙人)이 내려와 놀던 데라 하여 영랑대(永郎臺)라 하니, 태상동(太上洞) 막바지를 올라가지 아니하는 이는 간편하게 여기서 수미탑을 내려다보고 말기도 합니다.

수미암은 해발 1,270여 미터의 산지에 있는 작은 암자로, 길손이 거의 없고 길이 험하여 비교적 들리는 사람이 적지만 깊고 넓고 가파르면서도 관상과 조망을 함께 갖추기로는 아마 금강산에서도 짝이 드문 곳입니다. 이름을 지으려 했다면 봉우리 위아래로 재미있는 이름을 붙일 것이 열 스물만 아닙니다. 그러나 수미봉의 승경은 바위의 기이함에만 그치는 것이 아닙니다. 골짜기 건너로 바라보는 '월명수좌(月明首座) 콩밭' 등에서 느낄 수 있는 고원적(高原的) 육산미(肉山味) 같은 것도 고량(膏粱)만 먹다가 소순(蔬筍)을 씹는 것 같아서 퍽이나 정다운 생각이 나며, 서쪽으로 바라보는 능허봉(凌虛峰)의 점잖고도 아리따운 둥긋한 모양도 모서리 많은 금강산 구경에 날카로와진 신경을 눅여줌이 큽니다.

여기서 내려와 서쪽으로 계곡 하나를 건너서 한참 만에 한 고개를 올라서면, 언청이 같이 갈라진 두 바위벽 틈으로 기이함을 다투는 여러 봉우리들을 내다봄이 마치 요지경 속을 데미다 보는 것 같습니다. 예서 오른쪽으로 무릎으로 기기도 하고, 배로 밀기도 하고, 나뭇가지에 달리기도 하면서 천신만고하여 그 정상에 올라가면, 또 다시 새로운 배치로 내금강의 전 면목을 감상시켜 주는 강선대(降仙臺)가 됩니다. 원통암의 그것을 다시 한번 높은 데서 보는 것일 따름이지마는, 이렇게 잠깐 높아진 위치 하나 때문에 금강이 처음 만나는 것처럼 아주 딴판의 감흥을 자아냄이 신기합니다. 서쪽으로 외방을 통하여 회양(淮陽) 백암산(白岩山) 이쪽의 중봉장령(重峰長嶺)을 당기어 봄도 그 한 이유일 것입니다.

망군대에서처럼 또렷하게 온 산을 보지마는, 그렇게 턱밑을 치받는 듯한 답답이 없고, 원통암에서처럼 얌전하게 온 산을 보지마는, 그렇게 콧김이 끼치는 듯한 설만(褻慢)이 있지 아니하고, 헐성루에서처럼 나란하지 아니한 대신 변화의 재미가 있고 수미척(須彌脊)에서처럼 시원하지 아니한 대신 결곡한 의사가 있어 온자(蘊籍)하고 수려한 금강산을 구경시킴이 강선대 대경관의 특색입니다. 동쪽은 빽빽하면서도 아래쪽으로 겹겹이 중첩되어 있는데 서쪽으로는 확 트여 있습니다. 동쪽 끄트머리는 기이할 정도로 깎아지른 모습인데 서쪽은 평이함과 호탕하니, 강선대는 이 중간에서 한 번 격앙되었다가는 다시 깊이 가라앉는 상승과 하강을 동시에 맛보게 해주는, 금강산에서 뺄 수 없는 중요한 자리입니다.

39. 선암

산수화의 벽법(劈法)과 준법(皴法)[1]이 몇 가지나 되는지 알 수 없지만, 아무리 기괴한 솜씨로 구부리고 각지게 선과 면을 갖추어 붙인다 할지라도 사람의 솜씨로는 도저히 그 십분의 일 백분의 일도 그리지 못할 만큼 복잡하고 여러 겹으로 겹쳐 있는 돌뿌다귀가 삐죽뾰족 울퉁불퉁 내민 것이 강선대의 형상입니다. 다각적 취미란 말을 글자대로 쓴다 하면, 이것 이상으로 합당할 데가 다시없을까 합니다.

아까 언청이라고 한 바위벽 틈으로 나서면 그 밖은 낭떠러지 같은 바위 절벽입니다. 굵은 철사 한 가닥에 생명을 맡기고 발을 붙이는 둥 마는 둥 매달려 내려가는 것은, 말하자면 또 하나의 망군대입니다. 그러나 달리는 동안은 잠깐이요, 또한 붙잡을 줄이라도 있습니다마는, 바닥에 내려서부터가 도리어 폐단이 많습니다. 수미암에서 선암(船庵)까지는 예로부터 '엉덩이길 7리'[臀行七里]라 하여 발로 더듬고 손으로 더위잡고 엉덩이로 밀어나간다 하는 험로로

---

1 산수화의 화법을 말한다. 벽법은 말 그대로 도끼로 찍어낸 듯한 질감을 표현하는 기법이고, 준법은 사물의 입체감과 질감 등을 표현하기 위해 표면을 처리하는 기법이다.

치는 곳입니다. 이제 좌우로부터 선암까지의 몇 리 간은 과연 무릎이 척척 휘고 발이 찍찍 미끄러지는 꽤 까다로운 길입니다. 한 번 넘어가기가 얼마나 어려운지 이곳을 극락고개라 합니다.

강선대를 마주 보고 그 동녘에 거무우뚝하게 솟아오른 기다란 바위 하나가 지장봉이라고도 하고 장군봉이라고 하는 것인데, 강선대와 지장봉 사이에 십여 길이 넘는 사람 형상의 바위가 있어 혹은 지장암이라고도 하고 혹은 장군암이라고도 합니다. 지장봉이니 장군봉이니 하는 봉우리 이름은 여기에서 연원한 것입니다.

선암(船庵)은 실로 이 지장봉의 남쪽에 하나의 평탄한 면을 얻어서 돌 위에 수 칸짜리 집을 얽은 것인데, 동쪽으로 다보봉(多寶峰), 서쪽으로는 미타암(彌陀岩), 앞으로는 멀리 청학대(靑鶴臺)를 바라보고, 뒤로는 높다란 강선대를 짊어지고 있습니다. 이런 까닭에 선암은 그 형상과 승경 등이 자못 일컬을 만할 뿐 아니라, 금강산 안에서는 특별히 길이 외지고, 깊고 으늑하게 들어와 있어서 유숙하기가 그만입니다.

선암은 박빈(朴彬) 거사의 창건 암자입니다. 그가 혼자 여기서 염불을 외며 정업(淨業)을 닦다가 30년 되는 해의 백중날에 서쪽 하늘의 붉은 구름을 살랑살랑 끌면서 성인의 무리가 와서 맞이하니, 선암은 거사가 반야(般若)의 용선(龍船)을 타고 육신으로 서쪽으로 간 신령한 흔적이라 합니다. 암자 앞으로 석등을 밟고 내려가면, 바위에 눌린 작은 샘이 있어 장군수(將軍水)란 이름을 가지니, 옛날의 어느 장군이 돌로 봉인해 두고 그 샘을 혼자 퍼먹었다는 곳이요, 지장암 밑에는 자운담(紫雲潭)이라는 맑은 연못가 있어 자비에 넘치는 지장님의 모습을 비추고 있습니다. 이렇게 외지고 호젓하지마는 기도에 영험함이 있다 하여, 선암에는 사람이 끊이지 아니한다 합니다.

이런 데에 나오는 '장군'이 고어(古語)로 하늘을 의미하는 '당굴'

혹은 '당군'에 해당하는 문자로 단군(檀君)과 같은 일족의 말임은 허다한 예들이 증명하는 바입니다. 신산(神山) 아래에는 흔히 신령한 샘이 있어 그것을 장군수로 부르는 것도 다른 곳에 사례가 많은 바이니, 지금의 지장봉이 본래는 장군봉으로 또한 하늘 숭배의 한 신령스런 장소임은 거의 틀림없을 일일 것입니다. 자운담의 자운도 필시 '당군'이 변화된 것일 겁니다. 그런즉 박빈의 '박(朴)'도 그 밑을 캐면 '붉'에 대응하는 문자요, 선암의 '배'도 배재의 배(拜), 발령(髮嶺)의 배(拜) 혹은 발(髮)과 같이 '붉'에서 변환된 문자들입니다. 선암이 지금까지도 기도처로 특히 저명하고 그 주 봉우리의 이름이 저 영원동처럼 지장이라고 일컫게 됨은 진실로 고대 신도 이래의 오랜 내력과 깊은 이유가 있는 바일 것입니다. 암자의 뜨락에 영원암의 배석(拜石)에 해당한다 할 천연의 제단이 있음은 우리의 이 가설을 매우 실감 있게 만들어 줍니다.

선암(船庵)에서 조금 내려가면 지장봉 아래 몇 줄기 물이 몰려 너부죽하게 비탈진 반석 위로 펼쳐 흘러가는 걸 보게 되는데, 이것도 수렴(水簾)이라고 일컫습니다. 넋 놓고 한참 보고 있노라면, 골짜기에 서린 신비한 기운이 장군 설화가 연상되면서 화과산(花果山) 수렴동(水簾洞) 부럽지 않아서, 손오공 같은 영물이 금세 그 속에서 뛰어나올 것 같은 생각이 납니다. 얼마 가지 아니하며 태상동으로 내려가는 길을 오른쪽으로 두고, 사자암 덜미의 사자목으로 하여 마하연으로 돌아가는 지름길이 나섭니다. 돌아와 보니까 온종일 씨름한 것이 촉대봉 하나를 뺑그르 돌아온 셈입니다.

40. 백운대

　수미·선암 나들이가 거리로는 불과 20리쯤 되지마는 길이 길인지라 하루 일정이라 하겠습니다. 그러나 마하연에서 백운대(白雲臺)는 왕복 7~8리밖에 안 되는 거리라, 하루를 얻으려 하면 석양을 이용해 넉넉히 다녀올 수가 있습니다. 희고 빼어남으로 중요한 특색을 삼는 금강산은 백옥에 횃불을 비추는 것 같아서, 어디든지 석양의 구경이 가장 혼란한 법이긴 하지만, 더욱 백운대에서 감상하게 되는 것은 석양을 받기 위해 눈으로 된 포장을 펼쳐 놓은 듯한 중향성이 주인공인 만큼, 아닌게 아니라 석양이 질 무렵 올라 구경하는 것이 원칙입니다.

　마하연에서 동북쪽으로 2리쯤 올라가면 관음봉 중복에 만회암(萬灰庵)이 있습니다. 청룡은 해상 용왕(海上龍王)이요, 백호는 남순동자(南巡童子)인데, 사자가 경전을 싣고 앞에서부터 들어오는 형국입니다. 바위도 기괴하게 생겼지만 이름들도 잘 지었습니다. 경내(境內)가 비장하다 할 만큼 정숙하여 인간세상의 고뇌와 소란스러움 따위가 떠난 꿈 속 세상인 듯한데 아닌게 아니라 일만 가지 잡념이 일시에 재가 되었습니다. 화두(話頭) 하나 깨뜨림직한 아름다운 광경입니다.

다시 관목 숲을 뚫고 동쪽을 향해 오르락내리락 산을 끼고 돌면, 무척 으늑한 골짜기가 매우 험준한 암벽과 한가지로 앞에 당도하니, 불지동(佛地洞) 막바지의 백운대(白雲臺)가 바로 이것입니다. 거기서 또 한 번 쇠줄의 신세를 져야 합니다. 조심조심 매달려 올라가면, 백운대는 틀림없이 관음봉의 한 갈래가 굽은 성(城)처럼 홑겹으로 내민 것인 줄 알게 됩니다. 앞뒤가 다 깎은 듯한 절벽이요 악어 등 같은 그 윗면으로 겨우 사람 한둘이 나란히 지날 만한 길을 가졌습니다. 이 등성이를 타고 가다 그 정상 되는 곳이 곧 백운대이니, 자라다 말고 움추러든 소나무와 잣나무 몇 그루가 빛나는 대머리의 창피함을 겨우 면하게 해주었습니다. 그 앞으로 나가서 또한 대를 이룬 것이 있는데 그것을 상대(上臺) 혹은 동대(東臺)라 하고 그것에 반하여 이곳을 중대(中臺) 혹은 서대(西臺)라고 합니다.

옛날에는 백운대를 끼고 상중하 세 백운암(白雲庵)과 도솔이니 반야니 하는 암자가 있었다고 합니다만, 지금은 터도 남아 있지 않습니다. 무릇 백운은 곧 '붉은'을 정통적으로 옮긴 말이니, 명실공히 망군대처럼 이쪽 한 구역은 고대 신도의 중심 제단(祭壇)이었던 것입니다. 아마 중대(中臺)가 그 제사 터요, 도솔암은 그 신궁(神宮)을 물려받은 것이 아닐까 합니다.

백운대는 1,105미터의 고지로 내산의 북쪽 깊숙한 곳에 우뚝 솟아 있습니다. 이때까지 보았던 승경의 거의 대부분을 관장하는 까닭에 수미척·강선대 등과는 딴판으로 눈앞의 일대 장관을 널리두루 바라볼 수 있는 또 하나의 지점이지만, 여기서는 중향성이란 황홀한 경치에 눈과 마음이 온통 붙잡혀서 거기까지 번질 여유가 없습니다. 중향성은 백운대에서 북쪽으로 건너다보이는 영랑봉으로부터 뻗어나온 아름다운 봉우리들의 숲을 가리키는 이름입니다. "그 사물과 짐승들이 온통 희다."는 삼신산(三神山)이 바로 여기인 건지 아니면 "그 숲이 희게 변하여 마치 학처럼 희다."는 사라

쌍림(娑羅雙林)이 옮겨온 건지, 희고 영롱하고 황홀하고 높고 큰 병풍이 한 면에 빽빽하게 둘러서서 진실로 걸출한 경관을 이루었습니다. 더구나 그것들은 민틋한 돌담 하나가 아니라 온갖 크고 작고 모지고 둥글고 기묘하고 각진 바위들이 무수하게 총집결하여 이어진 것들입니다. 뿌다귀 하나를 봉우리 하나라고 친다면 중향성 하나 속에서만 일만이천 봉우리가 여럿 들어 있을 것입니다.

백운대는 대의 가파른 점도 기이하다 할 수 있고, 대에서 내려다보는 불지동의 웅장하면서도 깊고 그윽한 미감도 단연 빼어나지만, 원체 중향성의 호광(弧光)에 눌려서 다른 것은 밝은 체 큰 체할 마음을 먹지 못합니다. 석양의 중향성, 단풍 진 중향성, 거기다가 구름 어스름 진 중향성 등등 세상에 이 이상 형언할 수도 없고 비유할 수도 없는 것이 또 어디 있으리까? 이상수(李象秀)가 한참 안간힘을 쓴 듯, "영산(靈山)은 부처님 머리마냥 겹겹으로 서 있고 보배수 단풍잎이 울창하구나. 하늘 아래 이런 산이 어디 있으며, 세상에서 어찌 이와 똑같이 그려낼 수 있을까."라고 한 것도 실지에 비하면, 그 작은 끄트머리 하나도 건드리지 못한 말입니다.

중향(衆香)이란 말은 향적불(香積佛)의 국토 이름이니, 유마 거사[1]가 법을 물으러 온 대중에게 향반(香飯)을 빌어다 먹이던 곳입니다. 이렇게 눈요기를 시켜 주심도 끔찍이 감사한 일이지만, 중생의 굶주림이 극에 달해 잠시라도 더 견딜 수 없다는 걸 누구보다 잘 아실 터인데, 언제쯤이나 저 성을 터서 우리 굶주린 중생을 들이실지, 이런 생각을 하면서 어둔 빛을 띠고 돌아오는 것은 또한 흥미 있는 일입니다.

대의 중간쯤 오목하게 패인 요지(凹地)를 통해 쇠사슬을 붙들고 밑으로 내려가면, 화살 한 번 날아갈 만한 거리에 금강산 모든 물

---

1 유마 거사(維摩居士)는 석가여래의 재가 제자로 유마 힐이라고도 한다.

의 근원이라는 금강수(金剛水)가 있습니다. 금강산에는 샘도 많고, 또 금강수라고 일컫는 물도 한두 군데가 아니지만, 이곳만큼 맑고 차고 달고 부드러운 곳은 다시 없었다고 할 만합니다. 옛날부터 만병에 다 좋은 약수라고 하여, 아낙네들 중에는 이 물 하나를 먹기 위해서만 어려운 금강산 길을 떠나는 이도 적지 않았습니다. 대개 '붉은터'에 딸린 신성한 샘이었을 것입니다.

41. 영랑동

금강산 구경 중에 어느 날 아침이고 마음의 새로운 긴장을 느끼지 않는 날은 없지요마는, 비로봉 떠나는 아침처럼 특별한 긴장이 마음을 떨치게 하는 날도 없습니다. 이날이야말로 큰일이나 하러 가는 듯하고, 참으로 금강산 구경을 가는 것 같고, 이때까지 깊이 숨으셨던 금강산 신령님을 탐지하여 용맹스럽게 찾아뵈러 나서는 것만 같습니다. '보통 사람 같으면 못 가는 곳이지만 나 정도 되니 가는 것'이라는 일종의 프라이드까지 느끼는 것이 비로봉을 향하는 사람들의 심리입니다. 금강산 제일봉이요, 험하디 험하다는 말이 귀에 배어서, 공연히 일종의 탐험기 자료나 생길 듯한 생각이 듭니다.

그러나 비로봉에 등반은 정작 금강산 탐승 가운데 그리 어려운 일이 아닙니다. 다만 마하연에서 오고가는 60여 리 길이 대부분 돌사다리로 된 초행길이기에 다른 데보다 힘이 드는 것은 사실입니다. 마하연에서 동쪽 큰길을 놔두고 왼편의 좁은 길을 좇아 나지막한 고개를 두어 군데 넘어 약 5리쯤 가면 불지동 어귀 못미처 칠성봉(七星峯) 아래에서 불지암(佛地庵)을 만납니다. 지금도 꽤 큰 집이지만 전에는 더욱 성대했을 듯하니, 세조께서 입산하셨을 때에도 원통암으로부터 마하연을 지나 이곳에서 머무셨습니다. 지금 집은 김풍고(金楓皐)가 시주하여 새로 수리한 것으로 그리 오래되지는 않았지만 갈이방으로 변하여 그 황폐함이 심합니다. 원통암·불지암 등 금강 내산의 임금 머물렀던 곳들이 하필 모두 갈이방으로 변한 것은 또한 괴상한 인연입니다. 주변의 선원지(仙園池) 및 설옥동(雪玉洞) 등은 모두 칭탄할 만한 승경입니다.

불지동을 가로질러 묘길상(妙吉祥)의 뒷재를 통해 큰길로 나섰다가 한참 만에 사선교(四仙橋) 못미처 왼쪽으로 꺾어 들어가면, 영랑봉(永郎峰)에서 내려오는 계곡이 북으로 북으로 사람을 끌어들입니다. 불지암에서 다시 5리쯤 되는 곳에 중향성 뒤로 영랑봉까지 뚫린 긴 골짜기를 왼쪽으로 두고 시내를 건너서 동북으로 향하면 옴치고 뛸 수 없이 비로봉까지 올라가게 됩니다. 여기까지 오는 동안 맑고 은근한 바위며 물, 풍부하고 아름다운 나무와 숲 등이 자못 사람의 이목을 즐겁게 하기에 족합니다.

하지만 영랑봉과 비로봉 두 골짜기가 만나는 지점에서 묶어 세운 듯 서리처럼 빛나는 봉우리, 눈처럼 흰 봉우리들과 은 같고 옥 같은 병풍들이 둘러친 풍경을 아우르며 보는 것에 비하면 여간한 샘물 소리나 바위 모양새 따위는 애초에 문제가 되지 않습니다. 우러러서나 굽어서나 둘러서나 시선이 가는 데는 모두 험준함이 극에 다다른 꼴이고 웅장함을 발휘한 꼴입니다. 쪼은 듯 정교한 돌무더기들이 숲을 이루어 기이함을 자랑하는 중에 바위 사이로 계곡물이 숨었다 나타났다 하고, 여기에 깊고 넓은 뜻이 잠기고 신령스럽고 기이한 기운까지 서려서, 이 속이 어디인지는 몰라도 거대한 신령님이 계신 곳임을 얼른 깨닫습니다. 엄숙하고 위엄 있지요!

길 같은 길은 벌써 끊긴 지 오래지만, 비로동부터는 길이 더욱 허망하여, 도무지 사람이 다니던 데 같지 않습니다. 개울 바닥의 뭉우리돌을 이리 뛰고 저리 뛰는 중에 경사는 급해지고 숨도 가빠집니다. 이렇게 반은 뜀박질로 오르기를 거의 10여 리, 시내도 어느 틈에 없어지고 돌도 이내 재치 있는 배열을 거두고 나무도 변변히 보잘 것 없어진 곳에서 한 골짜기가 열리자, 하늘에 닿아 엉겨붙은 암벽이 앞으로 올려다보입니다. 톱날 같은 저 암벽이야말로 인간 세상과 멀리하려는 비로봉의 성가퀴입니다. 여기서는 반드르르한 맵시라거나 고운 단장과 잔재미 같은 것은 다 없어집니다. 다만 넓 고 두텁고 높고 밝고 진솔한 남성적 천지 하나가 전개됩니다.

42. 비로봉

다른 풍경 형상들이 모두 사라진 대신 이 별천지의 특별한 장식이 되는 것은 서드리[1]라고 하는 것입니다. 금강산이 비바람에 헐려서 산꼭대기의 봉우리들로부터 부스러져 내려온 것이 각각 다른 온갖 모양의 돌덩이가 되어 이 골짜기에 듬뿍 쌓인 것입니다. 달리 보면 이것은 곧 금강산이 생성된 내력을 설명하는 실물이라 할 것입니다. 대개 금강산이라는 기괴한 바위 봉우리들의 총림(叢林)은 실상 부스러지기 쉽고 쪽 떨어지기 잘 하는 이곳의 화강석이 바람에 스치고 비에 깎인 결과로 생긴 것인데, 지금 '서드리'라고 하는 이 돌무더기는 곧 금강산을 조각하고 남은 대팻밥과 까뀌[2]찌꺼기입니다.

서드리는 우리가 눈으로 볼 수 있는 금강산 제조의 근본 공장입니다. 여기서 세월이라는 기술자가 하느님의 설계서를 가지고 무서운 끈기와 부지런함으로 조성한 것이 지금의 금강산이요, 또 이

---

1 돌이 많이 흐트러져 있는 비탈을 말한다. 본문 중에서 최남선은 이 말이 사다리와 비슷한 말에서 유래된 것으로 본다.
2 한 손으로 나무를 찍어 깎는 연장을 말한다. 날이 가로로 나 있어 자루와 직각으로 되어 있고, 자귀보다 크기가 작다.

제조는 영원에서 영원까지의 끝없는 도급이므로, 물론 지금 현재도 한참 진행 중에 있습니다. 저리저리 보이는 비교적 누런 서슬을 띤 암벽들이 자주 까뀌 맛을 본 것이라면, 돌 중에도 아직 이끼가 얇은 것들은 깎인 지 얼마 되지 않았음을 말하는 것입니다. 이렇게 보면 금강산은 구원(久遠)의 미완성품이라 할 것입니다.

수효로 말하면 천(千)·만(萬)·억(億) 혹은 정(正)·재(載)·극(極) 같은 것들은 고사하고, 끝도 없고 헤아릴 수조차 없다는 아승기(阿僧祇)[3]를 아승기로 곱한다고 하여도, 그 전부를 계산해 낼 수 없을 만큼의 다량입니다. 이 많은 돌이 저절로 난잡한 층계를 이루어서 한 단 한 단씩 디디고 올라가게 되었고, 그것이 상하 양부로 나뉘었습니다. 유구한 세월이 그 위에 아름다운 이끼를 입혔는데, 하부의 것에는 황금빛 문양을 놓고, 상부의 것에는 은빛 문양을 놓았으니, 이 때문에 전자를 '금서드리', 후자를 '은서드리'라고 부릅니다. 서드리란 대개 사다리와 비슷한 말일 것입니다.

발은 물론이거니와 손, 배, 엉덩이, 무릎, 온몸이 다 발이 되어서 이 서드리를 붙들고 기대고 달리고 디디며 올라갑니다. 조선의 오랜 신앙에는 높은 산을 하늘로 가는 사다리로 여긴 것이 있거니와, 한 층은 보다 더 은하수에 가까워짐을 보면서 아마 이것 끝나는 데가 곧 하늘님이 계시는 곳이겠지 하는 생각도 듭니다. 두 사다리를 다 지나서 절정까지 10리를 잡는데, 이것만 지나면 아까 본 분첩 같은 암벽의 등성이 바로 영랑봉과 비로봉이 연결되는 곳으로 얼마 가지 않아서 정상이 됩니다.

비로(毘盧)는 비로자나(毘盧遮那)의 약칭으로 '일체를 두루 비춘다'라고 풀이되는 범어입니다. 부처의 진신(眞身), 곧 법신불(法身佛)의 존칭이며, 밀교(密敎)에서는 대일여래(大日如來)라 하는 것입니다.

---

3 표현할 수 없을 만큼 많은 수를 뜻한다.

그러나 지금 이곳을 '비로'라고 쓰니까 마치 금강산 최상봉의 이 이름이 불교에서 나온 것 같지만, 실상은 불교가 이렇게 부르기 전에도 벌써부터 '불'이라고 부르던 것을 그 음이 서로 비슷하고 뜻이 서로 통하는 점을 취하여 '비로'라는 말로 대신하게 되었을 따름입니다. 불교적으로 짓자고 하여도 많고 많은 이름 중에서 특별히 '비로'를 택하고, 또 법기보살의 도량이라는 금강산의 주봉(主峰) 이름에 그 보살님과는 직접 관계도 없는 이 칭호를 붙인 것은, 그 이름이 본래 불교에서 비롯된 것이 아니라 거꾸로 불교의 숙어를 통해 오랜 옛적부터 일컬어 내려오던 말을 대신한 것에 지나지 않는 것입니다.

'불'은 '붉'의 변형 및 축약형이니, 추상적으로는 신성함을 뜻하고 구체적으로는 천주(天主) 즉 태양을 가리키는 옛말입니다. 큰 산의 높은 봉우리를 흔히 천주의 별궁처럼 생각하여 숭배의 주요 대상으로 삼았기 때문에 붉·불·비 등의 말로 그 산이나 봉우리를 불렀으니, 이것을 후세에 와서는 한자로 옮기면서 갖가지 글자로 대신하였던 것입니다. 또 불교도의 입장에서는 좀 억지가 되더라도 불교적으로 좋은 뜻의 말을 택해서 쓰게 된 것입니다. 금강산으로 말하면 법기·미륵·망군·백운 등과 더불어 이 비로까지 모두 다 '붉' 또는 '불' 혹은 '비' 등을 옮긴 말입니다. 금강산 중에서도 비로봉은 신성하디 신성한 산악이요, 또 그 본래 경지는 태양이므로, 같은 말 중에서도 '비로'라는 말을 붙이게 된 듯합니다. 요컨대 비로봉이란 신성한 봉우리라는 뜻입니다.

43. 비로정

등성마루로 올라서기 무섭게 뱃속까지 스미는 듯한 바람이 이제까지 흘린 땀을 기적적으로 다 씻어 갑니다. 아마 이런 바람을 주문공(朱文公, 주자)은 장풍(長風), 왕양명(王陽明)은 천풍(天風)이라고 한 모양입니다. 얼마나 위엄스럽고 야단스럽고 호연하고 아득한지, 그대로 내 몸을 떼어다가 금세 모르는 세계로 내던질 듯한데, 알뜰한 이 지구란 데가 무엇이 그리 애착이 가는지, 그래도 불려 날아가지 않으려고 바위 기슭으로만 붙어 서는 것이 생각하면 우습습니다.

등성마루로 하여 오른쪽으로는 만 길 절벽을 굽어보고, 왼쪽으로는 비스듬하고 편편한 측백·자작나무의 평지를 끼고서, 벌써부터 "나를 보아요"하는 동해 푸른 바다의 세찬 파도를 향하여, 이 바위 저 바위를 더위잡고 또 더위잡아 활 두 바탕쯤을 가면, 비로소 바위 틈새로 수십 명이 앉고 누울 만한 평퍼짐한 곳을 얻으니, 여기가, 그래 여기가 큰일 삼아 올라온 목표인 금강산의 정상, 비로봉 꼭대기입니다. 높이 1,638미터.

처음 겪는 기쁨은 다시 없는 높이로 삯을 받았습니다. 지상의 만물은 모두 눈 아래 깔리고 발 아래 엎드렸습니다. 가장 높은 봉우리, 또 그 위에 올라앉았으니 해와 별과 은하수밖에 누가 다시 나와 더불어 높이를 겨루겠습니까? 크게 한번 시원합니다. 크게 한번 호방하고 활기차고 맑은 기운이 납니다. 천풍(天風)만 해도 여간 아닌데, 거기다가 어깻바람, 엉덩잇바람조차 나서 가만히 있고자 하는 몸이 저절로 흔들벌쭉하여, 벌리려 하지 않았던 팔이 스스로 활개춤을 일굽니다.

내리 굽어보면 만학(萬壑)이요 또 천봉(千峰)이요, 치어다보면 백운천(白雲天)입니다. 하늘을 어루만지는 건 윤기 흐르는 푸른 벽이요, 골짜기를 굽어보면 은빛 파도가 부서집니다. 우선 이때까지 장관이라는 감탄을 헤프고 함부로 객쩍게 썼던 후회가 납니다. 다른 데를 장관이라 하면, 여기 이 광경은 또 무슨 고급의 형용을 쓰자 했었는지, 모르고 쓴 것이지만 큰 표현을 남용한 것이 퍽 부끄럽습니다. "비로님!" 부르고, 이때까지 다른 데 썼던 '장관'이란 말은 다 지워 버릴 터이니, 천 번 만 번 부족하나마 '장관' 두 글자를 비로님을 찬양해 기리는 말로 허락하여 주십사, 하였습니다.

둘러보니 고성(高城) 쪽 외면은 우뚝한 바위와 깎아지른 절벽이 땅속 깊이 파고 들어갔고, 회양(淮陽) 쪽 내면은 민틋한 화강암 부스러진 사애(斜崖)에 바람에 눌린 소나무, 잣나무, 자작나무, 전나무들이 촘촘하게 들어서서, 키 자랑 반대로 땅딸이 내기들을 하면서, 금강산 중에서 혼자 푸른 천으로 관복(官服)을 뒤집어 쓴 영랑봉과 팔길을 잡았습니다.

이 사이에 일만이천이라고 해야 할지 팔만사천이라고 해야 할지 모르는 기묘함과 교묘함이 극에 달한 뾰족 봉우리들이 혹은 조르르, 혹은 뺑그르르, 혹은 뭉툭, 혹은 뾰족, 혹은 쓰윽, 혹은 쫘악, 깃발과 창검의 온갖 위엄을 차려 놓은 듯, 인간·하늘·귀신·짐승의 모든 조회를 한데 받는 듯, 정토 세상에 모든 부처가 일제히 나타난 듯, 하늘 궁전에 뭇 신선들이 다 모인 듯, 덤불 수북 펀지르르

하게 깔려 널려 들이박혔습니다.

그게 어떻더냐구요?. 그렇지 어때요. 맹자가 말하기 어렵다고 한 호연지기(浩然之氣)와 부처가 말로 표현하는 것도, 생각하는 것도 불가능하다 했던 열반(涅槃)의 신묘한 마음을 훤히 분명하게 설명할 수 있는 사람이라도 비로봉에서 보는 대 장관 및 승경의 진수에는 또한 벙어리가 될 것을, 내 솜씨로 무엇을 말하리오.

장관이지요. 일만이천 봉우리라는 금강산이 몇 개의 갈래로 나뉘어서 비로봉을 중심으로 하여 사방으로 뻗은 것만도 장관이지요. 첫째 남으로 뻗은 큰 줄기가 월출봉과 일출봉으로 안무재[內水岾]가 되었다가, 혈망봉에서 서쪽으로 찢겨서는 내산의 반이 되고, 미륵봉에서 찢긴 서쪽 갈래는 내산의 남쪽 반이 되었습니다. 안무재 동쪽 줄기는 외산의 남쪽 반을 이루고, 덜미로 옥녀봉(玉女峯)으로 관음 연봉으로 퍼진 한 줄기는 외산의 북쪽 반이 이루는데, 오른쪽 어깨로 영랑봉·능허봉의 한 갈래 나간 놈은 등에는 구성동, 배에는 수미동을 만들었습니다. 비로봉에서는 이런 전경이 샅샅이 다 내려다보이고 들여다보입니다. 거기다가 고개만 들면 동해의 동쪽 끝에 가없는 큰 바다가 이 신령한 구역을 장활(壯闊)하고 숭엄(崇嚴)하게 호위하고 있지요. 해가 거기서 뜨지요. 거기서 구름과 안개가 일어나면 천지가 온통 삼켜지기까지 하지요.

우리의 고대 종교로 말하면 여기는 곧 인간 세상에 있는 신성함의 정상이자, 천상으로 가는 첫 걸음을 떼는 곳입니다. 경건한 우리 선민(先民)의 매우 열렬했던 애모(愛慕)와 감사(感謝), 참회(懺悔)와 희원(希願)이 여기 이 자리에서 하느님께로 올라갔습니다. 아마 신라 마의 태자가 고국을 부흥시키려 했던 기도 같은 것도 여러 번 여기서 참된 마음의 정성으로 표백되었을 것입니다.

한번 오래도록 잠자고 있는 우리의 혼을 한번 불러일으켜서 불도에 의지하는 마음을 새로이 하늘님께 드릴 곳입니다. 또 불교적으로 말하면 여기 한번 올라오는 것은 부처의 큰 지혜가 불법을 구체적으로 한번 시험하는 것이니, "비로봉 정상에 올라앉으면, 모름지기 어느새 대인(大人)이 된다."라고 했듯이, 문득 위풍당당한 대장부로서 석가모니 부처일지라도 한번 웃고 볼 판입니다. 그런 기운이 참으로 납니다.

44. 묘길상

단잠, 단잠 하여도 비로봉에서 돌아온 날 저녁의 꿀 같은 잠은 아무 데서도 맛볼 수 없는 것입니다. 자고 일떠서 지팡이를 찾아 들면 상봉(上峰)을 답파하느라 펑펑해진 다리가 왕복 40리 길인 안무재쯤은 코방귀로 웃으려 듭니다. 적는 김에 주의를 드리자면, 금강산에 있는 이정표에 적힌 명소 간의 거리 표시는 대개 높이를 무시한 것이어서 왕왕 여행자에게 뜻밖의 곤란을 끼칩니다. 이를테면 마하연에서 유점사까지(곧 안무재 넘는 길)가 빨리 걸어서 반나절 일정이 단단한 것을, 이정표에는 일본 거리 단위로 '2리(里) 얼마' 라고 적어 놓았습니다. 이 때문에 길에 익숙한 사람의 만류를 듣지 않고 이것만 믿고 떠났던 사람이 깜깜하고 인적 없는 깊은 골짜기에서 기막힌 고생을 했던 경우가 지금까지도 퍽 많이 있습니다. 사실과 다른 푯말을 세운 보승회(保勝會)도 보승회지만, 행인들이야 무슨 고생을 하든지 나와 무슨 상관이냐는 듯 잘못을 고칠 적당한 방도를 꾀하지 않는 두 절의 승려들도 곱다고 할 수는 없습니다.

마하연에서 동남쪽으로 만폭동의 수원(水源)을 더듬어 올라가면 3리나 됨직한 곳에서 그대로 지나칠 수 없는 아름다운 바위샘 하나를 만납니다. 멀리서는 기이하게 깎아지른 것처럼 보이지만 가까이서는 다만 드부룩하고, 바닥은 맑고 차게 생겼지만 둘레는 능히 수더분하여, 금강답지 않게 부숭부숭하게 생긴 것이 이 바위샘의 특별한 모양새입니다. 너럭바위를 어루만지면 소광암(昭曠岩)·수류(水流)·화개(花開) 등의 글자가 마모된 각자(刻字)가 읽혀집니다.

소광암에서 언덕 하나를 올라서면 중향성이 끝나는 곳에 일대 횡벽(橫劈)이 생기고, 커다란 석불(石佛)이 그 낭떠러지 골짜기에 새겨져 있습니다. 어마어마하게 큰 마애불(磨崖佛)이 우묵주묵하

묘길상(일제 시기)
묘길상은 문수보살을 뜻한다. 그러나 필자는 이 마애불을 비로자나불로 추정하고 있다.

고 투덕듬쑥하여 원만 그 자체를 나타내었습니다. 선이 기를 편 것이나 면이 헌걸찬 것 등은 간신히 평하자면 굵은 솜씨라는 한마디 말이나 붙이겠습니다.

옆에는 윤사국(尹師國)의 필체로 '묘길상(妙吉祥)' 석 자를 크게 쓰고 깊이 새겼습니다. 묘길상이란 말은 문수(文殊)를 옮긴 말입니다. 이르기를, 나옹 스님이 손수 발원하여 세운 부처님이라고 하지만, 우리는 수법과 기분으로 보아서 그 훨씬 이전의 유물이라고 생각합니다. 상의 높이가 50여 척, 가부좌를 튼 넓이가 약 30척, 기대(基臺)가 또한 30척인데, 복과 덕이 두루 가득한 상호(相好)로써 길상좌(吉祥座)를 만들고, 오른손으로 시무외(施無畏)[1], 왼손으로 시원(施願)

---

1 중생에게 두려움을 없애 주고 구원하여 주는 일을 말한다.

을 나타내는 인계(印契)[2]를 보이신 것이 아닌게 아니라 점잖고도 거룩합니다. 더욱이 금방이라도 얼굴을 펴고 한번 크게 웃으실 듯한 그 입초리에서는 바로 자비로움와 지혜가 뚝뚝 떨어집니다.

가만히 뵙건대, 소라 모양 상투와 인상(印相)이 부처의 형상이어서, 문수보살이 아닌 건 물론이지만, 그렇다고 일부 논자의 말과 같이 부처 형상의 미륵이라고 할 수도 없습니다. 아직은 억설입니다만, 금강산의 복판이자 비로봉의 슬하인 이 좋은 바닥에 고대 종교와 신흥 종교를 절충하는 특수한 성격의 비로자나 부처의 형상을 새겨 놓은 것이 아닐까 합니다. 조선에 있는 비로자나 불상들이 대개 지권인(智拳印)[3]만으로 표출되었던 것에 반해, 여기 이 어른은 각종 불상들에서 설법하는 형상을 포함하고 있다는 점에서 의심스럽기도 하지만, 오히려 이런 점에서 일본 나라(奈良) 도다이 사(東大寺)의 노사나대불(盧舍那大佛)과 일치하고 있음은 한번 주의해서 볼 일입니다. 전문학자의 고견을 청하고 싶습니다.

불상 앞에는 소박하게 어울리는 석등이 하나 서 있고, 그 앞으로는 장방형의 평탄한 뜰이 높다란 3층 대 위에 얹혔습니다. 대 아래로 불상을 쳐다뵙기 알맞은 곳에 동그란 석단(石壇)이 하나 있는데, 이것은 율봉(栗峯)이라는 근대의 유명한 율승(律僧)이 마애상을 예배하고 우러르던 터라고 합니다. 이 석벽 모서리를 끼고 돌아서 전에는 묘길상이라는 암자가 있었으나 사라진 지 오래며, 이 마애불이 묘길상이란 이름을 얻은 것은 실로 이 암자에서 말미암은 것입니다.

---

2 부처가 자신의 내심(內心)의 깨달음을 나타내기 위하여 열 손가락으로 만든 갖가지 표상(表象). 시무외인, 법계정인, 미타정인 따위이다.

3 금강계 비로자나(대일여래)의 인상(印相). 왼손 집게손가락을 뻗치어 세우고 오른손으로 그 첫째 마디를 쥔다. 오른손은 불계를, 왼손은 중생계를 나타내는 것으로 중생과 부처가 둘이 아니고 하나라는 깊은 뜻을 나타낸다.

45. 내수점

　묘길상의 마애불이 본디는 필시 그 앞터에 있던 어떤 암자의 본 존불이었겠지만, 그 암자가 어떤 곳이었든, 그 지어진 때와 사라진 때가 어느 때인지 지금은 알 수 없습니다. "절터가 있고, 그 위에 석불(石佛)이 있는데 석벽에 새겨져 있다."(남효온)고 한 것으로 보 아, 없어진 지도 오래된 것임을 알 수 있을 뿐입니다.

　마애불이 나옹 스님이 발원해 세운 부처라는 전설이 도무지 허 무맹랑한 게 아니라면, 아마 나옹 때에는 무슨 절이 있었던 듯합니 다. 이만부(李萬敷)의 유람기에 따르면 마애불의 덜미를 미륵대(彌 勒臺)라고 일컬었다 하니, 그렇다면 혹시 미륵암(彌勒庵)이 아니었 을까 하는 생각이 듭니다. 대체 중향성을 짊어지고 관음봉을 잡아 당기는 이런 좋은 땅에 얌전한 암자 하나 없다는 것은 정말 유감 입니다.

　단풍나무와 다른 나무가 7 대 3 정도 비율로 있는 밀림 속으로 시냇물을 끼고 3리쯤을 올라갑니다. 두 갈래의 시내가 '정(丁)'자로 교차되는 지점에 나무다리 하나가 있는데, 선교(仙橋)라고 부릅니 다. 이 물이 어른 여러 명 높이의 폭포가 되는데 그 아래 맑은 못을 이룬 곳 벼랑에는 '이허대(李許臺)'라는 글자가 새겨져 있습니다. 이

경석(李景奭)의 「풍악록(楓岳錄)」에 의하면 "이명준(李命俊)이 강릉에, 허계(許啓)가 고성에 있을 때 둘이 함께 유람하며 이허(李許)를 새겼다."고 전합니다. 옛 노래의 "내산으로 오는 사람, 외산으로 가는 사람, 선천(先天)은 초입이요, 후천(後天)은 끝이로다."에 등장하는 '선천대(先天臺)·후천대(後天臺)'란 글자를 새긴 곳도 이 가까이에 있습니다. 다시 몇 리를 들어가면 단풍나무 숲이 더욱 빽빽하여 여름에는 푸른빛, 가을에는 붉은 기운이 지나는 사람들을 푸르고 붉게 푹푹 쪄내는 곳으로 들어갑니다.

바로 이 한복판에서 이편 골짜기의 물은 하늘로 날아오르는 것 같은 비폭(飛瀑)이 되고 저편 골짜기의 물은 맑은 연못이 됩니다. 둘이 한데 어울려 은근한 계산(溪山)의 우아한 정취를 이룬 곳은 백화담(白華潭)이라고 부릅니다. 금강산에서 산세의 단풍을 말할 때는 영원동, 바위 단풍을 말할 때는 신선대(神仙臺), 계곡의 단풍을 말할 때는 이 근처를 으뜸이라 할 것입니다.

얼마를 더 들어가면 원체 나무들이 빽빽하여 내다보고 쳐다볼 것이 없으니까, 다만 몸이 심산유곡(深山幽谷) 속으로 들어왔구나 하는 생각 밖에 없습니다. 금강산이고 무엇이고 다 잊어버리고, 낙엽 썩어 흙이 된 바닥으로 뭉클뭉클한 비탈길을 더위잡아 오르게 됩니다. 이렇게 다시 몇 리를 가는 곳, 즉 마하연에서 무릇 20여 리를 와서야 비로소 안무재의 마루턱에 올라섭니다.

'무재'란 '물넘이재'의 줄임말로 분수령의 순우리말입니다. 이곳이 내금강과 외금강의 물길을 가르는 척추에 해당되는 까닭에 무재라고 한 것입니다. 물길을 가르는 척추는 백마연봉(白馬連峰)을 사이에 두고 이쪽 저쪽 두 군데가 되는데, 이곳 무재는 백마봉(白馬峯), 차일봉(遮日峯)등의 안쪽이 되는 까닭에 안무재라 부르게 된 것입니다. 『여지승람』에도 수재[水岾]라고 적혔는데, 언제부터인지 '무(霧)'란 말로 바꾸어 쓰기도 하여 내무재령(內霧在嶺)이라고 하는

데, 이는 고개마루를 의미하는 우리말 '재'와 한자 '영(嶺)'을 겹쳐 쓴 것입니다. 또 한문객(漢文客)들은 우아하게 쓴답시고 안문령(雁門嶺))이라고 부르는 버릇도 생겼습니다.

안무재는 마하연에서 유점사까지 가는 길의 절반쯤에 해당하고 또 내외 금강이 교차하는 경계여서, 예전에 승려들이 귀족 유람객을 위하여 산에서 가마를 들어야 했던 시절에는 내산의 승려가 여기서 임무를 마치고 외산의 승려로 갈마들던 곳입니다. 여기 서서 영랑재[永郎岾], 수미봉(須彌峯) 등 내산 일부분의 면목을 마지막으로 내다볼 적에는, 차마 어찌 등지고 돌아설까 하는 생각이 정든 미인과 작별하는 것보다 더합니다.

외금강

46. 칠보대

안무재 넘어서부터는 외금강입니다. 다만 고개의 이쪽 저쪽으로 다른 것이 아니라, 경관을 이루는 형상들과 운치가 분명히 다른 배치를 이루었습니다. 글자 그대로 내적으로 아늑하고 얌전하고 반드르 한 것이 이제까지의 내금강이라면, 거기에 대하여 외적으로 쭉 뻗고 기승스럽고 불뚝거린 것이 이제부터의 외금강입니다. 바위색만 보아도 내산의 그것은 분을 바른 것처럼 하얀 빛이 강한데, 외산의 그것은 볕에 그을린 대장부의 낯처럼 거무트름한 맛을 띠었습니다. 미인을 끼고 돌다가 안무재라는 발을 한 겹 들추며 나오면 근육과 골격이 굵은 장정들이 우뚝우뚝 둘러선 모양입니다.

지금은 안무재라 하면 유점사로 가는 유일한 길목이 되었습니다마는, 실상 유점사가 외금강 방면에서 반드시 거치는 구경터로 드러난 것은 훨씬 후대의 일입니다. 예전에는 이리로부터 산등성이를 타고 근래의, 이른바 신금강(新金剛) 쪽으로 대장(大藏)·적멸(寂滅)·백전(柏田) 등의 봉우리를 지나 발연 계곡으로 떨어졌었는데, 남효온 때부터 이쪽 여정을 취하였습니다. 그 사이에는 대장동(大藏洞)·계조굴(繼祖窟)·개심대(開心臺) 등의 승지가 있습니다. 특히 대장동에 관해서는 남효온이 언급한 것이 있는데, 훗날 이쪽 길이 막히자 유점사가 비로소 이쪽 방면을 탐승하는 필수 경유지가 되었습니다.

> 샘과 바위가 밝고 시원하여서, 지나온 곳 중에 여기에 비할 곳이 없다. 또 그윽하고 깊어서, 샘의 근원까지 찾아가면 3, 4일 후에야 비로봉에 도착한다고 한다. 일단 눈으로 본 것을 기록하면, 골짜기의 북쪽에는 바위 봉우리가 다섯이고 남쪽에는 둘인데, 그 하나는 흰 바위가 포개져서 이루어진 것으로 책을 쌓아 놓은 듯하다. 서역(西域)의 승려 지공(指空)이 이곳을 가리켜 말하기를, "이 바위 안에는 대장경(大藏經)이 있다."고 하였다. 골짜기는 이로 인해 이름(대장동)을 얻게 되었다(남효온, 「유금강산기」).

고개 너머 저쪽은 산이 더욱 깊고, 골이 더욱 길고 수목이 더욱 울창 빽빽하여 천지간 깊은 정취는 온통 여기 와서 몰려 있는 듯합니다. 아름드리 큰나무들이 텅텅 넘어져서 갈지(之)자와 팔(八)자로 길을 막아서, 절로 썩고 절로 사라져 버리는 태고의 산길로, 만년 묵은 낙엽을 밟으면서 내려가는 것이 아무 때 누구든지를 다 시(詩) 속의 인물로 만들어 줍니다. 낮은 넘은 타고 넘고, 높은 놈은 기어 나가면서, 하늘이 조성한 장애물 경주장을 대략 7리쯤 내려가면, 마침 아픈 다리도 쉬고, 고픈 배도 나으라는 널직한 평대가 이제는 정자가 된 천년 고목 밑에 생겼는데, 유점사와 마하연 두 절의 점심점이라 하여 세속에서는 이곳을 점심청(點心廳)이라 부릅니다.

점심청 조금 못미쳐서 왼쪽으로 꺾어서 3리나 들어가면, 바위 병풍이 둘러쳐진 곳 앞으로 얌전한 절 하나가 이 승경지를 독점하니, 이것이 배경 좋고 물맛 향기롭고 금강산에서도 유명한 칠보암(七寶庵)입니다. 암자 뒤로 뺑 돌려 있는 연꽃 병풍과 장막을 동쪽으로부터 천여 척이나 더듬어 올라가서 가장 좋은 조망 지점이 이루어진 곳이 칠보대입니다. 앞으로는 일출봉 이쪽으로 구정(九井) · 백전(柏田) 일대의 늘어선 봉우리들이 기승스러운 꼴로 발보이고, 뒤로는 차일봉 이쪽의 미륵봉 일대의 봉우리들이 뻣뻣한 고개들을 쳐들고 있음을 환하게 보게 생겨서, 더할 나위 없이 호쾌한 아름다움을 느끼게 합니다. 이곳이 바로 기걸스러운 외산 기분을 처음으로 목욕감기는 조당(澡堂)인 동시에 안무재 넘이의 피로를 깨끗이 탈락시켜 주는 목욕통입니다.

47. 은선대

　칠보대(七寶臺)에서 다시 몇 리쯤 내려가면 『여지승람』이 말한 바 "귀로(歸路)는 점점 평평해지고, 바위는 적어지고 흙이 많아진다."는 특색이 더욱 현저해집니다. 계곡물을 한 번 건너자, 다시 왼편 갈림길로 들어서서 한 5리쯤 잡목 숲을 헤치고 들어가면 둥그런 큰 바위 벽이 앞을 가로막습니다. 이 벽을 끼고 돌아올라가면 돌뿌다귀가 무더기로 생긴 길이 오를수록 험해지다가 한참만에 육종용(肉蓯蓉)[1]밭처럼 기암 괴석들이 총총히 서 있는 높은 대에 올라서게 됩니다. 여기가 칠보대로부터 이어진 능선인 은선대(隱仙臺)입니다.

　얼른 말하면 칠보대의 광경을 한번 크게 늘려 놓은 것이 이곳의 대략적인 경관입니다. 구정봉(九井峰) 이하 웅대한 봉우리들이 연이어 눈앞에 쭉 둘리어지고 그 중간에서 분명히 하늘로부터 떨어져 내린 수천 척 높이의 긴 폭포가 열두 개의 큰 층을 지어 평평평 쏟쳐 내려오는 십이폭포를 내리 건너다 보는 것은 바로 여기에서만 말할 수 있는 일대 장관입니다. 『여지승람』에 이르길, "불정대(佛頂臺)에 올라 멀리 바라보면, 푸르디 푸른 벼랑과 절벽들이 병풍 그림

---

1 열당과에 속하는 근연 식물의 육질경(肉質莖)을 사용해 만든 약재이다.

처럼 둘러싸인 곳에 형체가 마치 하이얀 무지개 같은 폭포가 무릇 열두 곳이다. 이런 까닭에 십이폭포라 이름한다.”고 되어 있는 걸 보면, 과거에는 여기에서도 수십 리 뒤에 있는 불정대에서 멀리 조망하였던 모양입니다. 거기 비하면 지금 은선대에서 보는 것은 바로 턱밑에 있는 것을 내려다 보는 것과 같습니다.

은선대에서 내려다보이는 웅장하고 험준하며 우뚝한 산의 모양새, 깊고 확 트인 계곡, 기이하고 수려하며 비옥한 암석, 잠긴 듯 화려한 아름다움의 삼림, 그리고 내려다볼수록 아득하고 올려다볼수록 까마득하며 깊숙히 데미다 보이는 곳에서 머다랗게 내다보이는 곳 등등 대자연의 위압적 전개는 진실로 산악 취미의 최고 경지를 드러내 보인 것입니다. 몸을 온갖 봉우리들이 둘러싼 속에 두고, 만 길 높이의 높다란 곳 위에 앉아 가지고, 눈을 만 리 밖 푸른 바다 위의 호연히 펼쳐지는 안개에 놓는 때에 자연의 위력이 그대로 한없는 자애임을 뼈에 스미도록 느낍니다. 다만 재미와 다만 관능적 욕망으로 금강산 구경을 왔던 것이 아니라, 눈뜨려 하는 생명의 신비한 핵심이 천지의 신령스런 기미를 다닥드려 볼 양으로 의식적 혹은 무의식적으로 내 몸을 여기까지 끌어낸 것이 아닌가 생각하게 합니다. 내가 천지간에 있구나, 하는 소리가 문득 입 밖으로 튀어 나감을 누를 수 없습니다.

십이폭포를 중심으로 하는 지역 일대, 곧 안무재에서 백전봉(柏田峰), 적멸봉(寂滅峰)으로 그은 일선을 어느 무식한 한 일본인이 들어가 보고는 모르던 곳을 새로 발견하였다며 신금강(新金剛)이란 이름으로 세상에 선전한 일이 있었습니다. 앞에서도 간단히 언급한 바 있거니와 이곳은 얼마 전까지도 유점사 방면보다 더 두드러졌던 내외 금강을 이어주는 큰길이며, 크고 작은 절들이 별같이 박혀 있던 곳입니다. 우선 십이폭포의 덜미로만 말하여도 거기서 구정봉까지 이르는 동안 적멸암 · 남암(南庵) · 개심암(開心庵) · 백운암·영서굴(靈棲窟)·심적굴(心寂窟) 등의 이름이 이경석의 「풍악록(楓樂錄)」에 보입니다.

또 좌로 데미다 보이는 깊은 골은 지금도 성문동(聲聞洞)이라 하여 누구나 이미 다 알고 다니는 곳인데, 홀연히 한 광인의 신금강이란 말을 지도·도로명 심지어 관공서의 도적(圖籍)에까지 쓰고 있으니 가소로운 일입니다. 성문동 안에는 골짜기 이름 그대로를 무릅쓴 큰 폭포가 있어 옛날부터 저명합니다. 유점사를 금강 네 구역 중에서 나한(羅漢) 구역이라 일컫는 것도 이 성문동이란 이름에 따른 것입니다. 어찌 조금이라도 내버릴 금강이 있어서 불쑥 끼어든 과객의 이름 날릴 구실 따위가 될 일이란 말입니까.

48. 효운동

은선대에서 큰길로 나와서 개울을 끼고 동쪽으로 하산하면, 외산(外山)의 육중한 맛이 걸음걸음 짙어짐을 깨닫습니다. 김창협(金昌協)의 기문인 「동유기(東遊記)」에 따르면, "내산은 돌이 많고 흙이 적으며, 외산은 흙이 많고 돌이 적다. 돌이 많기에 내산은 희고 가파르며, 흙이 많기에 외산은 푸르고 웅혼하다."했습니다. 아닌게 아니라 간명하게 내외 산을 가려 놓은 말임을 새삼스럽게 느끼게 됩니다.

그래도 금강산이라 암만 산은 볼이 뚱뚱하고 땅은 살이 두꺼워진다 해도 기이하고 험준한 석벽과 잔득 쌓아올려진 바위 무더기들은 일찍이 한 발자국 사이에도 끊이는 법이 없고 뾰족하게 튀어나온 뿌다구니와 사다리가 많은 석상(石床) 위에는 비상하듯 하늘로 날아오르는 폭포와 명징한 연못이 여전히 구슬같은 연쇄로 흘러나가기를 마다하지 않습니다. 만폭동 같은 잔맵시를 떨쳐내고 다만 굵직하고 다만 설명하게 또한 배포를 차려서 웅대한 계곡으로 비집고 나가는 이 일대 자연을 효운동(曉雲洞)이라 일컫습니다. 육중한 기운의 산치고는 이런 좋은 자연 경관이 없을 듯한 것이 효운동으로 하여금 금강산의 유력한 식구이게 하는 점일 것입니다.

이 골짜기에는 활엽수 본위로 숲이 특히 빼곡히 울창하여 종종 태양을 보지 못하는 곳을 만납니다. 그늘진 돌길에는 세월을 알 수 없는 이끼들이 거듭거듭 앉아서 과연 지극히 깊고 요요하며 지극히 맑고 상쾌한 경관을 나타내었습니다. 유점사까지 가는 여정의 절반쯤에 길쭉한 바위 벼랑을 만나 귀가 아플 정도의 짧은 폭포가 생기면서 우묵주묵한 너럭바위 위에 질펀한 심연이 하나 고인 것이 구룡소(九龍沼)입니다.

천만 년 격렬한 물길에 씻긴 돌이 눈보다 하얀 빛을 자랑하는 곳에 마치 새파란 유리를 녹여 놓은 듯한 맑은 물이 소용돌이를 일으켜 돌면서 먼 소나무의 푸름과 가까운 녹나무의 붉음이 거울처럼 비치는 것을 보여주며 사람으로 하여금 자연이 배색한 기교를 다시금 찬탄케 합니다. 전설에 오삼불(五三佛)에게 쫓긴 유점사 터의 아홉 용이 여기 와서 잠시 머물다가 다시 몰려서 구룡 연못으로 뺑소니를 하였는데, 그 둘러 나간 자리라 하여 나선형으로 우묵하고 둥그렇게 패인 웅덩이와 길쭉하고 휘우듬하게 훌친 후미가 몇 군데 바위 벼랑 밑에 있습니다. 이것이 다 벅찬 물살이 패고 갈아내어 생긴 것임은 물론이지요마는, 물을 용이라 하여 이런 정감 있는 설화를 만들어 봄이 또한 시적이라 할 것입니다. 이 연못의 남쪽에 효운동(曉雲洞)이라 새긴 바위가 있습니다.

구룡소로부터는 물과 돌이 어울어지는 춤과 노래가 갈수록 리듬감을 높여서 시와 그림의 주제로 삼음직한 곳이 고대고대 내다릅니다. 그것이 넓다란 장막을 높다랗게 두른 듯한 대폭 암벽을 좌우로 끌어안는 때에는 특히 웅혼(雄渾)하고 묵중한 기미를 전면에 가득 넘치게 하니, 사람으로 하여금 금강산의 대장부 면모에 숙연히 경의를 바치게 합니다. 이렇게 얼마 더 가지 아니하여 산세가 더욱 은근히 펼쳐지고 지형이 한껏 평평해지는 곳에 내를 임하여 일대 가람이 금벽(金碧)을 빛나게 하는 것이 바로 유점사입니다.

이 구역 안에 들어서면서 맨 먼저 눈에 뜨이는 것은 서산 대사의 부도(浮屠)를 앞장 세우고 우뚝우뚝 늘어서 있는 여러 부도탑들과 묘비석 및 묘갈석들입니다. 얼른 보아도 절터의 규모가 웅장·화려한 규모와 넉넉함이 산 내에서 으뜸임을 알 만합니다. 이러니 저러니 하여도 이 절로 하여금 이 지위를 얻게 한 데에는 경작지와 개간지 등에서 얻는 이득과 교통의 편리함 같은 지리적 이점에 힘입는 바가 컸을 것 같습니다.

49. 유점사

    유점사(楡岾寺)는 금강 4대 사찰 중 가장 큰 곳으로, 31본산(本山)에 드는 이 지역 일대의 큰절입니다. 뒤에는 청룡산(靑龍山), 앞에는 남산(南山), 어디를 보든 푸근한 맛이 들이쟁여서, 마치 볏가리에 둘린 큰아들집 마당에 들어간 것 같으며, 오직 서쪽으로 미륵봉의 큰 주먹이 구름 사이에 툭 불거져 겨우 금강산의 기이하리 만큼 수려한 맛을 가졌습니다. 시내를 눌러 지은 산문(山門)인 산영루(山映樓)에 오르면, 일본의 산수화 같은 둥글뭉술한 사방의 경관이 한눈에 들어옵니다. 뾰족뾰족하여 날카로웠던 신경이 금세 고요히 가라앉는 것을 깨닫습니다.

    김창협(金昌協)의 기문에 이런 말이 있습니다. "이 절은 내외 금강 중 가장 웅대하여 요사채·선방(禪房)·누각·회랑·욕실·부엌 등이 끊임없이 늘어져 있다. 머무는 승려만도 천여 명인데 그럼에도 모두 여유가 있다." 이런 말에 비하면 지금의 규모는 매우 쇠퇴하여 축소된 것이 사실이지마는, 법당과 좌우 승방(僧房), 그리고 기타 모든 별전(別殿)들을 합하면 2백 년 내에 이룩된 것으로는 자못 성대한 규모임을 일컬을 만합니다. 40여 차례 화재를 치렀다는데, 그래도 이만큼 지탱하기는 과연 불력이 아니고는 될 수 없는

유점사는 금강산 4대 사찰 중 가장 큰 절이다. 6·25전쟁 때 불타 버렸는데, 일제 시기만 해도 수많은 전각이 있었다.

일입니다.

법당인 능인보전(能仁寶殿)에는 이 절의 최대 자랑이자 신라 말기 미술의 일대 보배로 유명한 금강 오삼불(五三佛)이 느릅나무 등걸을 본떠 만든 향나무의 어수선한 가지 위에 봉안되어 있습니다. 여러 번 도난을 만나기도 하였지마는, 그대로 그악스럽게 찾아 들여놓아서 빈 자리가 두세 차례에 그쳤으니, 비교적 잘 수호된 편일 것입니다. 버릇 나쁜 이의 손을 막기 위하여 요새는 삼면에 철망을 둘러쳤는데, 도둑죄는 중생이 저지르는데 구금은 부처가 당하신 것이 황송하기 그지없지마는, 달리 생각해 보면 대자비를 내려 중생의 고통을 대신 받는 본래 면목을 실현하시는 것같이 보이기도 하여 도리어 못내 감격스럽습니다. 법당 앞에는 자못 전아하고 화려하게 보이는 화강석 구층탑이 서 있습니다.

이 절은 금강산에서도 오래된 사찰인 만큼 백 겁 치른 끝일망정 아직도 수많은 보물을 간직하고 있습니다. 그 중에도 특기할 것은 첫째 고려 공민왕의 스승이었던 나옹 화상이 그 스승인 천축국의 지공 스님께 받은 보살계첩(菩薩戒牒)입니다. 종으로 3촌 2푼, 횡으

지공 화상
인도 승려 지공의 보살계첩이 고려 말기 나옹 화상을 통해 유정사에 안치·보관되고 있었다. 필자는 이 보살계첩을 실물로 보면서 매우 감동하고 있다.

로 2촌 2푼 정도의 감색 기름종이에 금박으로 적은 것을 첩으로 제작한 것입니다. 계율본 앞쪽은 약간 유실되었지만 계율 목록과 조목 이하로 마지막 부분에 '태정(泰正) 4년[1] 2월 제자 나옹에게 여래께서 제자들을 가르치며 전한 일승계법(一乘戒法)을 전수함. 서천 선사(西天禪師) 지공'이라는 서명과 낙관까지 모두 완전하게 남아 있습니다. 훗날 정안(正安) 스님의 전법도(傳法圖)와 발원문(發願文), 그리고 범문(梵文) 네 쪽을 합쳤는데, 범문 외에는 지공 스님의 친필로 그가 항상 휴대하던 것이라 합니다. 계율에 관한 글의 말미에 서명한 '지공(指空)' 두 글자와 범문은 필시 지공의

자필인 듯하여 더욱 귀엽습니다. 6백 년 전 덕 높은 스승의 친필, 특별히 우러러 받들 만한 그것을 대할 때에는 아닌게 아니라 느꺼운 생각이 치밀어 오르는 걸 깨닫지 못합니다.

그 다음 보물은 인목 왕후(仁穆王后)[2] 친필인 은자(銀字) 보문품(普

---

1 태정은 원나라 진종(晉宗) 황제의 연호로, 태정 4년은 고려 충숙왕 14년 (1327)이다.
2 조선 선조 임금의 계비이다. 영창 대군의 어머니로, 광해군 즉위 후 영창 대군이 쫓겨났을 때, 서궁으로 유폐되었다.

門品)입니다. 이는 실로 왕후께서 서궁(西宮)에 유폐되셨을 때 영창 대군은 참변을 당하고 겨우 슬하에 남겨둔 외동 따님을 위해 불보살의 가피를 입으려 하시던 처절한 마음의 고통스런 자취입니다.

부처가 망령된 말을 하지 않음은 세상이 모두 아는 바이다. 정명 공주(貞明公主: 1603~1685)[3]를 위해 은으로 손수 써서 만들었다. 오직 일생 동안 원하는 것은 온갖 어려움과 해로움, 악함을 없애고 가거나 머물거나 앉거나 누워 있는 모든 순간에 온갖 가지 기쁨과 좋은 일들을 만나고, 구하고 바라는 바가 마음먹은 대로 이루어지는 것이다.

천계(天啓) 원년(元年, 1621) 신유년 8월 일.

이러한 발문(跋文)을 읽다 보면 당시 비극의 전모가 금세 눈앞에 전개되는 듯하여 눈물이 새로이 앞을 가립니다. 이밖에도 궁중에서 하사한 오래된 물건들이 적지 않습니다.

---

3 선조의 첫째 딸로, 어머니는 인목 왕후이다.

50. 오삼불

그러나 유점사에서 아무것보다도 소중하게 아는 것은 실상 이 절의 창건과 인연이 있는 오삼불(五三佛)입니다. 고려 민지(閔漬)의 「유점사기(楡岾寺記)」에는 이에 관해 퍽 신비하고 괴이한 이야기를 전합니다. 사위성(舍衛城) 구억(九億)의 집안 중 미처 부처를 직접 만나보지 못한 삼억의 집들이 부처 열반 후에 애통히 탄식하자, 문수보살께서 이들에게 불상을 주조해 공양하기를 권했습니다. 삼억의 집이 각각 금을 내어 불상을 만들었는데, 그 중에서도 특히 상(相)을 제대로 갖춘 53개 불상을 택하여 종(鐘) 안에 담아서 바다에 띄우며 인연이 닿는 땅으로 가시라 축원하였더랍니다.

신령스런 용이 이것을 월지국(月氏國)으로 싣고 가자, 국왕이 깊이 공경하며 곧 전각 하나를 짓고 봉안하였지만 전각은 홀연 불에 타버렸습니다. 왕이 곧 다시 지으려 하였으나 부처가 왕의 꿈에 나타나 "내가 이 땅에 머물지 않으려는 것이니 왕은 만류치 말라." 하시므로, 왕이 크게 놀라 다시 처음의 종에 담아서 바다에 띄웠습니다. 그리고 맹세하기를, '어디로 가시든 가시는 데를 좇아가 불법을 수호하는 선신(善神)으로 항상 옹호하고 있겠습니다.' 하였습니다. 이것이 9백여 년 동안 여러 나라로 돌아다니다가 마지막으로 신라의 안창현(고성 땅으로 杆城에 넘어간 곳) 포구에 닿았습니다. 때는 신라 2대 남해왕 원년(서기 4)이며, 한나라 명제(明帝) 영평(永平) 11년(서기 68)이니, 이는 서역의 불교가 중국에 처음 통용된 것보다도 65년이나 앞선 셈입니다.

안창현의 관리였던 노준(盧偆)이 이 소식을 듣고 나가 보니, 53개의 부처는 간 곳 없고 다만 풀과 나뭇가지들이 금강산을 향해 쏠려 있었습니다. 이상하게 여겨 그리로 찾아 들어가니, 큰 고갯마루가 앞에 닥치고 하얀 개가 길잡이를 하거늘, 넘어가서 다시 두어 작은 재를 넘어 들어가니, 큰 연못 주위 느릅나무가 있는데, 종은 그 가지에 걸려 있고 불상은 늪가에 나란히 앉아 있었습니다. 노준이 크게 기뻐하며 무수히 절을 올린 후 마침내 나라에 알리니, 왕이 기이하게 여겨 불가에 귀의하고 그 땅에 절을 세운 후 느릅나무 유(楡)자로 절의 이름을 삼았다 합니다.

지금까지도 월지왕(月氏王)과 노준의 특별 사당이 절 안에 있고, 또 절 내외로부터 처음 정박하였다는 안창 포구까지 이르는 동안의 지명은 모두 이 오삼불(五三佛)과 인연이 있는 것처럼 설화의 일대 계통을 이루었습니다. '개재'라는 이름도 백구가 노준을 인도하여 넘어간 곳이어서 붙여진 이름이라 하며, 재 바깥 방앗간 곁에 여신(女神)을 위한 사당 한 채가 있는데 이것은 노준의 부인을 위한 것이라 합니다. 불법은 여자를 금지하기 때문에 끝까지 따라가지 못할망정 물 긷고 절구 찧는 역할로라도 영구히 부처를 공양하리라 하여 여기 멈춘 것을 받들어 모셨다 합니다.

유점사의 오삼불 연기 설화로 말하면 본디부터 역사적 가치를 말할 성질의 것은 아니지만, 우리는 그것이 설화로서 무슨 의미를 나타내려 한 것인지를 살피면 그만입니다. 오삼불 연기 설화의 의의는 요컨대 첫째 금강산의 불교적 개발이 신라 때의 유점사로부터 비롯하였음이요, 둘째 금강산은 유점사부터가 고대 신도의 신령한 도량이던 것을 오랜 갈등의 끝에 불교의 승리로 돌아갔음을 나타냄으로 볼 것입니다. 이리로부터 구룡소(九龍沼)로 나갔다가 구룡연으로 쫓겨갔다는 용은, 실상 고대 신도의 상징적 표현이었으며, 개재 밖에 위치한 노준 부인이란 것은 실상 고대 신도의 성모를 이쯤 모셔낸 것이 뒤에 설화적으로 변환을 따른 것입니다. 붙여서 적거니와, 오삼불이 신라의 작품인 것은 전문가의 증언도 있는 바입니다.

51. 사명당

그러나 유점사를 지나는 이가 경개보다도 보물보다도 아무것보다도 마음에 느꺼움을 실상 사명당(四溟堂) 송운 대사(松雲大師)에 대한 추모일 것입니다. 임진(壬辰)의 난에 나라란 것이 겨우 압록강 왼쪽 일부 땅만 남고 몽진(蒙塵)하신 임금은 한갓 하염없는 눈물을 관산(關山)의 달(月)에 뿌리실 때에, 오랜 인연을 잊지 않고 멀리서 찾아온 서산 노대사가 얼마나 큰 반가움이었는지는 문득 세상과 백성을 널리 구제하라는 소임이 이 산사람들(스님들)에게 부여된 것만으로도 알 수 있습니다. 이리하여 서산 대사의 통제 하에 유명한 승병이 일어날 때에, 그 좌우를 든든히 버텨준 힘은 실로 '관동 땅의 승려인 유정(惟政)'과 '호남 땅의 승려인 호영(虎英)'이었습니다. 그 중에서도 시종 일관 국가적 대사에 힘쓴 자는 실로 유정 그분이었으니, 유정은 곧 사명당, 송운 대사란 인물입니다. 그를 관동 땅의 승려라 한 것은 그 무렵 유점사에 있다가 승려의 지팡이를 칼로 바꾸었음에 말미암는 것입니다.

임진란 당시 사명당께서 충성을 떨쳐 국난을 풀어갔던 노력이 민중들에게 얼마나 크게 감사함을 얻었던지 지금까지도 혹 충무공 이순신은 모르는 이가 있어도 무식한 사람일수록 사명당은 다 알

사명당 유정

유점사 주지로 있던 사명당은 임진왜
란이 일어나자 승병을 일으켰고, 임란
후에는 왜군과의 협상을 주도하였다.

게 되었습니다. 진실로 조선 오백년의 불교를 민중을 통해 혼자 대표하는 이는 함허(涵虛)도 서산(西山)도 진묵(震默)도 연담(蓮潭)도 아닙니다. 그 주인공은 사실 중으로는 중답지 아니하다고도 할 사명당 대사이십니다. 사람으로 말미암아 땅이 드러나는 것이요, 큰일에는 그 출발점을 잊지 못할 것이라 하면, 사명당이 우러러 추모되기까지 또 되는 만큼 우리 유점사도 오래 또 크게 기념되어야 할 것입니다.

대사가 금강으로 들어간 것은 경인년(1590)이니 3년이 지난 임진년 여름에 적병이 영동 지역으로 난입하여 유점사에 이르렀는데, 대사가 그때 중내원(中內院)에 계시다가 이 기별을 듣고 내려와 고난을 헤칠 때, 글로 말로 의리를 설파하여 먼저 산문(山門)을 보존하고, 다음 전국 아홉 개 군(郡)의 생명을 구제한 것은 모두 이 유점사를 무대로 한 자비극(慈悲劇)입니다. 이로부터 서산(西山) 대신 각 도의 승병들을 총괄하여 도처에서 전공을 세우고, 마침내 풍운(風雲)을 좌우할 권한을 한 손에 잡고서 용과 호랑이의 소굴을 내 집처럼 들락거렸습니다. 한번은 일본의 장수였던 가토 기요마사(加藤淸正)가 "조선에 보물이 있는가?"라고 물었습니다. 대사가 응대해 말하기를 "없소. 보물은 일본에 있소."라고 대답했습니다. 무슨 말인지 다시 묻자 말씀하시길, "바야흐로 지금 우리나라에선 당신들의 머리를 보물로 여기니, 이것이 일본에 있는 것 아니겠소."라고 하니 가토 기요마사가 깜짝 놀라며 탄복하였다고 합니다.

한번은 임금께서 대사를 대궐로 불러 "옛날 유병충과 요광효 같은 이는 모두 승려로서 특별한 공훈을 세웠고 이름을 후세에 남겼다. 지금 나라의 상황이 이와 같이 어려우니 만일 그대가 머리를 길러 환속한다면 바로 백 리의 땅을 내리고 삼군(三軍)의 통수권을 수여하겠노라." 했습니다. 하지만 대사는 감당할 수 없다며 이를 사양하고 물러났고, 그러자 하는 수 없이 임금은 무기고를 열어 갑옷과 지팡이를 내 주었다고 합니다.

이처럼 높고 맑은 행적의 장면을 보인 것은 다 뒷사람들로 하여금 대사를 우러러 추모케 하는 이유가 됩니다. 이곳 영당(影堂)에서 그 길고 아름다운 수염이 푸르르 날린 우뚝하신 용모를 뵈올 때에는, 다시 한번 엎드려 뵙기를 그만둘 수 없습니다. 궁중에서 하사한 것, 일본에서 보내온 것 등 대사의 유물이 이 절 진열실에 더러 남아 있습니다.

그런데 사명당하고 비교할 바는 아니지만 최근의 유점사에는 잊을 수 없는 공덕을 베푼 스님들이 두어 분 계십니다. 한 분은 지난 임오년(1882) 화재 후에 법당과 요사채를 중창하신 우은(愚恩) 대사이고, 한 분은 선지식(善知識)과 웅변으로 뭇 스님들과 신도들의 신망과 우러름을 받았으며 나아가 궁중으로부터도 귀의함을 받아 그 명성이 온 산을 들먹거리게 했던 대운(大雲) 대사입니다. 헌종(憲宗) 임금이 대운 스님께 써 보내주었다는 '대천세계법운미만(大千世界法雲彌滿)' 즉 '온 세상에 부처의 가르침이 가득찼다.'는 편액은 지금까지도 대운 스님이 머물렀던 서래각(西來閣)에 걸려 있습니다.

52. 만경동

　지금 유점사의 건물을 6전(殿)·3당(堂)·3루(樓)·1문(門)이라고 개괄하여 말하는 중에서, 가장 잘 된 건축물은 법화사(法華社)라 하여 전부터 만일회(萬日會)로 저명한 한 채입니다. 이 앞으로 하여 서쪽으로 나가려다 왼편으로 꺾여서 쪽나무 다리로 하여 효운동(曉雲洞)의 하류를 건너가면, 울창하면서도 둥그스름한 언덕을 짊어지고 새로 세운 일대 암자가 상쾌하고 새로운 기운에 싸여 있음을 보니, 이것이 반야암입니다.

　사방의 조망이 대개 두터운 산과 빽빽한 숲이라, 내산의 다른 암자를 생각하면 마치 풀방석에 서 털 보료로 옮겨 앉은 듯합니다. 또한 칠할이 단풍나무라서 마치 다섯 가지 채색의 담요를 널어 놓은 듯 아주 화려하게 펼쳐지는 뒷등성이 밀림의 가을 경치는 금강산에서도 한몫 쳐주는 곳입니다.

　미륵봉 방면을 가자면 나무다리를 다시 건너서 효운동을 바라보며 오던 길을 뒷걸음질합니다. 옥 부딪치는 물소리의 자갈 시내를 끼고서 일 마장[1]이나 올라가면, 바위들의 때깔이며 모양새가 점점

---

1 거리 단위. 5리에서 10리가 채 못되는 정도을 말한다.

기묘해지다가, 문득 40-50명이나 앉음직한 평평하면서도 거대한 바위를 끼고 굵은 솜씨의 잔재주라 할 수석(水石) 기이한 장면 하나가 구성되어 있습니다.

개울 바닥인 석면 바위면이 어찌나 섬세하고 유려한 선으로 혹독하게 새겨지면서 쪼이고 깎였는지 깜찍깜찍하다 할 재미가 붙게 생기고, 깨끗한 물이 그 각과 선마다 아로새겨 흘러서, 종종의 기이하고 환상적으로 드러나보이며, 볼수록 볼수록 떠날 마음이 없어집니다. 이 바위의 정수리는 반야대라 하여, 지금은 유점사 승려의 꽃전 부치던 터였지마는, 아마 본래는 또한 절에 있던 곳인가 합니다. 흔히 주의를 하지 않지요마는, 대의 아래로 내려가 보면, 바위 면에 부처의 군상을 새긴 것이 오늘날에도 온전히 남아 있나니, 이것을 보아도 우리의 가설된 상상이 대개 어그러지지 아니할 듯합니다.

다시 일 마장쯤 올라가면 왼쪽으로 갈라져 들러가는 좁은 길이 우리를 만경동으로 가는 전용로로 끌어들이는데, 첫밭에 눈을 번쩍 띄우는 것이 방주(方舟) 형태의 연못을 중심으로 한 물과 돌들의 배치입니다. 반야대 위로 혹은 날아가는 듯한 물줄기로 혹은 맑은 여울로, 굽이굽이 아리따운 체하던 하얀 물결이 일렬로 이어지는데, 폭은 대략 두 길 너비이고 길이는 대략 그 반쯤 되는 거대한 바위 하나로 막바지를 짓습니다. 이 돌이 구유처럼 속이 패이고 등 너머로 오는 물이 한 길 남짓의 폭포가 되어 확으로 들어갔다가 확이 그득하여서 넘치는 물이 다시 아래 방면의 바위 모서리를 좇아 밑으로 흘러가서 말고 명징한 작은 웅덩이를 이룹니다. 이 돌 웅덩이와 양쪽 끝머리가 마치 배와 같다 하여 선담(船潭)이라 이름하는데, 다시 만폭동 선담과 구별하기 위하여 외선담(外船潭)이라고 통칭하는 것입니다.

내선담보다 크기도 크거니와, 생김생김도 더욱 흡사하다 하겠습니다. 여기까지 여러 리 동안의 맑고 장엄한 물과 바위들이 거의 만폭동과 더불어 서로 백중할 만하되, 다만 기이하고 험준한 봉우리 벽들이 좌우로 서로 비추며 서 있지 않은 것이 그 흠결이 됨은 농암(農巖) 김창협의 기문(記文)「동유기(東遊記)」에서 말한 것과 같습니다.

53. 미륵봉

선담(船潭)의 왼손 쪽으로 하여 발 하나를 온전히 붙일 듯 말 듯한 바위 뿌다귀의 좁은 길로 기어올라가면, 무대가 한 번 구르면서 만경동(萬景洞)의 막이 열립니다. 산세가 가파르고 험하며 굽이가 자주 이어져 한 국면 또는 한 경치가 주마등처럼 전환하되, 취미와 정감이 각각 달라져 서로 같지 않은 것이 만경(萬景)이란 이름을 얻게 된 이유입니다. 문득 일대 반석이 넓브러지고 소나무와 편백나무들이 고아하게 열을 지어 무성한 것이 은근하고 넉넉한 정원을 대하는 듯하더니, 문득 산은 물러나고 돌이 앞장 나서며 비단처럼 하늘로 날아오를 듯한 폭포가 눈을 날리고 우뢰를 찧으매, 몸이 의연히 깊고 웅혼한 산속 계곡에 있음을 깨닫습니다.

호리병처럼 옴치락 부릴락하는 길목마다 별천지 하나씩을 이루어서, 별천지의 연쇄에 매달려 올라가는 것이 만경동의 재미입니다. 유리 같은 고운 물과 백옥 같은 깨끗한 돌이 끊일 새 없이 이 사이를 얽어맨 것은 물론입니다. 그러나 기이한 경관은 언제든지 험로와 손을 잡는 법이라, 만경동의 승경을 즐기는 이는 금강산에서도 첫째 둘째를 다투는 험난한 길과 싸움으로써 구경 값을 내어야 합니다.

"용감한 자는 앞에, 강인한 자는 뒤에, 겁나고 약한 자는 사이에 두고, 손으로는 벽을 잡고, 발로는 나무를 디디는데 벽은 그 미끌미끌함이 근심이 되고, 나무는 그 흔들거림이 걱정이 되니, 다리를 건너면 요란하게 떠들어 서로 축하했다."던 권용정(權用正)의 기록은 결코 과장이 아닙니다. 물을 놓고 오른쪽 방면으로 길을 취하여 사자목이란 마루를 타고 넘어서 더욱 가팔라지는 비탈을 더욱 힘들여 올라가서 귀암(龜岩)이라는 유착한 기암 괴석을 보고 한 봉우리를 돌아가면, 만경대의 동쪽으로 깊숙하고 높직하게 들어앉은 중내원(中內院)의 작은 암자를 만납니다.

금강산에서도 가장 고고한 절인데 예로부터 특별한 의지가 있는 도사들의 숨겨진 수련처였는데, 전에는 상중하의 세 곳으로 나뉜 도량이 있다가 둘은 사라지고 이것만 남았다고 합니다. 그러나 원체 높은 지대인데다 차가운 곳이어서 한여름에도 솜옷을 끼게 되므로 겨울까지 여기서 지내는 이는 매우 적습니다. 또 흔히 운무에 쌓여 있어, 마치 바다 같은 공중에 외로운 섬을 안은 듯한 생각이 들게 합니다.

암자에서 수천 걸음 되는 곳에 태을암(太乙庵)이란 커다란 괴암(怪岩)이 있고 암자의 한 모퉁이에는 사람 하나가 간신히 통과한 만한 작은 구멍이 뚫려있는데, 여기를 비비고 나가면 연옥을 치른 것처럼 그때까지 지은 죄의 업장을 소멸하는 이익이 있다 하여 장난꾼들이 그저 지나치지 않는 곳입니다.

태을암에서 내려와 잡목숲을 뚫고서 걸음을 내디딜 때마다 더욱 험난해지는, 길 아닌 길을 뛰기 · 기기 · 밀기 · 안돌기 · 지돌기 등 걸음이랄 수 없는 걸음을 걸어서 한참 정신없이 몸부림을 하느라면, 어느 틈엔지 미륵봉 머리에 있는 미륵바위가 앞에 와 있습니다. 바깥산 어디에서든 거인의 주먹이 하늘을 쥐어 지르는 듯하게 보이는 그것이, 이제야 내 손아귀에 들어왔습니다. 해발 5,075척, 금강산 중 유명한 고봉의 절정, 저마다 높은 체하던 봉우리들이 모두 발 아래 무릎을 꿇고 오직 비로봉 하나만이 '오직 그대와 나뿐'임을 부르면서 서북쪽에 어깨를 으쓱 하였을 뿐입니다.

우주의 호연하고 망연한 광경을 여기서만 내다보라고 마련한 듯한 이 첨망대(瞻望臺), 눈을 동으로 던지면 발붙인 금강산 하나만 내어놓고는 바다 아니면 구름, 과연 높이 올랐다는 생각이 납니다. 과연 도솔천궁(兜率天宮)에 나온 듯합니다. 동해 물이 실개천만 하여 내 발을 씻기에도 부족할 듯한 호기가 아니 생기지 않습니다. 나오는 줄 모르게 "내가 섰다. 천지가 발 앞에 엎드렸다." 하고 부르짖었습니다.

미륵이 또한 '붉'이 번역된 말이며 실상 비로(毘盧)와 같은 이름인 것은 앞에서 가끔 말씀드린 바요, 따라서 이것이 고대 도(道)의 한 신령한 제사 터였음은 물론입니다(유점사에서 왕복 50리).

54. 만상동

이 일대는 옛날에 송림사(松林寺)의 영역 안에 속한 곳으로, 십이 폭포·성문동 골짜기 등과 더불어 구경꾼들의 발길이 끊이지 않았던 곳입니다. 금강산 중에서 가장 아름다운 소나무 숲이 있는 곳이며, 따라서 송이버섯의 명산지로 크게 이름이 들렸던 곳입니다. 근래 들어 탐승의 큰 줄기가 유점사에서 구점(狗岾) 즉 개고개로 하여 바로 신계사 방면으로 향하게 되는 까닭에 잠시 침체되었던 것뿐이니, 어느 얌체 없는 일본인 하나가 들어와 보고 전인미답의 땅을 발견하였다 하며 신금강(新金剛)이란 이름을 붙여서 신문지상에 굉장히 선전을 하고, 그 이름이 육지 측량부의 지도에까지 오른 사건은 정말이지 우습고 기막히는 일입니다. 이른바 신금강은 외금강 초입의 일부일 따름입니다.

송림사는 본래 상당한 대찰이었지만 폐지된 지 오래되었고, 그 넓은 터전이 쓸쓸한 조밭으로 변하여 굴에서 동북쪽으로 활터만큼 남아 있습니다. 지금의 송림굴은 본래 송림사에 부속한 원통암(圓通庵)이란 작은 암자로, 내금강의 원통암과 구별하기 위해 외원통(外圓通)이라 통칭했다가, 큰절이 없어짐에 송림의 이름이 이리로 옮겨오게 되었는데, 이 암자는 실상 거대 바위가 삼면으로 에워들고 바위 아래에 석굴이 있습니다. 동굴 암자에는 관세음보살을 모셨던 인연으로 원통과 굴의 이름을 얻은 16나한상과 같이 다 영험함이 특히 두드러진다 하여 이 절이 예로부터 기도 도량으로 유명합니다.

노장봉(老丈峰) 밑에 따로 있는 우뚝한 한 봉우리를 관음봉이라 부릅니다. 산세와 굴의 형태로 보건대 분명 고대 신도로부터 이어진 신령한 장소입니다. 노장이니 관음이니 하는 봉우리는 본디 고대 도(道)의 신격이던 무엇이 바뀐 명칭일 것입니다.

지금의 송림굴이 건물로는 크게 대단치 않습니다만 오늘날 이 집이 그만큼이라도 남아 있기에 성문동(聲聞洞) 일대가 무주강산(無主江山)을 면하게 되었으니, 여기에는 기월(箕月)이란 인물의 귀한 희생이 있었음을 또한 잊지 못할 것입니다. 송림사도 없어지고 원통암도 쇠잔하여 오랜 세월 모양을 갖추지 못하던 것을, 한 60년쯤 전에 기월이란 걸승이 개연히 수복하려는 발원을 세우고 조정 및 관아의 비호를 받아 고성 지역 백성들의 부역을 붙였습니다. 그런데 민중들이 이를 괴롭게 여겨 기월을 끌어내 모래묻이로 죽여 버리는 바람에 역사(役事)는 중단되고 오래도록 허물어진 절이 되었습니다. 근간에 이르러 그때의 흔적이 남은 건물을 매만져서 다시 절의 꼴을 만들게 되었습니다. 만일 요만한 이 절이라도 없었던들 이쪽 한편이 아주 세상에 전해져 들릴 만한 것이 없게 되었을 터이니 이를 생각하면 기월 존사의 죽음이 쓸모없기만 한 것이 아님을 깊이 고마워해야 할 것입니다.

여기서부터 노장봉에 이어지는 산맥, 즉 은선대에서 건너다 보이던 십이폭포 쪽의 연이은 봉우리들을 끼고 물을 거슬러 올라가면, 이것이 만상동(萬象洞) 또는 성문동이란 일대 승경 지역입니다. 송림사 뒤에서 이미 1,500척 높이의 높은 봉우리가 백전봉·만상봉·대장봉 등 3천 내지 4천 척 높이로써 마침내 5천여 척인 일월봉 · 월출봉 내지 비로봉 등의 준봉에 이어집니다.

그 아래에는 인적 드문 깊디깊은 골짜기와 도끼질을 허락지 않을 정도로 깊은 산림들, 맑디맑은 계곡과 하얀 돌멩이들과 허공에 매달린 듯한 폭포수와 명징한 연못 등등이 아주 빼어난 배치를 이루었으니, 길이 원체 험하고 먹을거리와 쉴 자리 등이 끊겨서 아직까지는 금강산 중에서도 숨어 사는 은자들 중에서도 인연 있는 자들에게만 그 특별한 아름다움의 맛을 조금씩 보일 뿐입니다. 하지만 탐승의 열기가 끓어오름에 따라 우쩍 드러날 날이 멀지 않을 것입니다. 구비구비, 층층마다, 형형색색, 백룡(白龍)이 춤을 추면 창룡(蒼龍)은 똬리를 틀고, 천고(天鼓)가 뒤에 울면 청뢰(晴雷)가 앞에 들레어, 기이하고 장엄하여 특별한 모습이어서 눈이 휘둥그레지고 깜짝 놀랄 만한 광경이 거의 응대할 겨를이 없을 정도입니다. 하지만 폭포에도 십이폭포 · 석문폭포 둘이 겨우 이름을 지녔을 뿐이요, 그 나머지는 있던 이름을 잃은 것이 아니면, 이때까지 이름 맛이 어떤지를 모르는 것들 뿐입니다. 십이폭포는 송림굴에서 상류 약 5리쯤 됩니다.

55. 발연

송림굴에서 물을 끼고 동쪽으로 내려가면 송림사 큰절 터를 지나 얼마 만에 북쪽으로 꺾이는 골짜기를 만납니다. 여기서 물을 놓아서 백천교(百川橋)로 보내고, 골짜기를 따라서 효양령(孝養嶺)을 더위잡게 됩니다. 이 골목 지나는 10리 동안은 별로 특수한 경관이 눈에 뜨이는 것이 없고, 다만 궁벽하며 다만 험준하여, 과연 무서운 협곡에 들어왔구나 하는 느낌이 걸음걸음 깊어질 뿐입니다. 이따금씩 보이는 산밭 부치는 이들의 집, 이 집은 큰 나무를 턱턱 찍어다가 정(井)자 모양으로 네 귀퉁이를 가로 쌓아 올리고 그 빈틈에만 흙을 메운 이상한 모양의 건물인데, 집의 재료로는 나무 하나뿐이고 연장이라고는 도끼 하나만으로 지은 원시적 주택이 일층 더 현대에서 따로 난 듯한 생각을 풍겨 줍니다.

효양령은 송림굴에서 발연(鉢淵)까지의 20리 길 한가운데에 놓인 2천 척의 고지이니, 5리 넘는 동안을 줄곧 가파르게 올라가므로, 마루턱까지 오르기가 여간 힘들지 않아서 빨딱재라는 별명까지를 가지게 된 곳입니다. 그러나 재에만 올라서면 첫째, 바다까지 이어지는 시계(視界)가 가슴을 한없이 상쾌하고 광활하게 하며, 또 내려가면서 숲과 샘물·바위로 된 벼랑 등의 승경이 자못 인색하지 않아서 이때까지의 수고를 순식간에 망연자실하게 합니다. 굽이치는 대로 턱이 지고, 턱이 지면 폭포가 드리우고, 폭포 밑에는 연못이 괴고, 물속에는 구름의 그림자와 나무의 색깔이 어지러이 얽혀 있습니다. 이름 없는 부자(富者)의 세간처럼 특별히 이렇다 할 것 없이 꽤 포실소복한 것이 이곳 관장동의 경물입니다.

　길이 좀 편편해지자 물이 갑자기 재주를 숨기고, 골짜기가 다하며 들이 앞에 벌어집니다. 이 들길의 꼬임에 빠지지 아니하고 그대로 산모롱이를 끼고 다시 한 골짜기를 돌아 들어가면, 관장동 물로는 비할 수 없는 큰 계곡 물이 소리를 버럭버럭 지르면서 쏟아져 나옴을 봅니다. 어떠한 데서 나오기에 저리 호기를 부리는가 하고 거두어 올라가보니, 활 두어 바탕쯤 들어간 곳에서 이르러 아닌게 아니라 이제까지 보지 못한 일대 장관이 눈앞에 나서는 걸 대하게 됩니다. 바위 벼랑이 양쪽으로 우거져 들어와서 중방처럼 골짜기를 가로막고, 굵은 물줄기가 거기로부터 넘어 내려오는데, 그 물을 받아서 아래위 소가 이루어졌으되 모양이 둥글우묵하여 흡사 큰 발우(鉢盂) 같으니 발연은 이것의 이름입니다.

　하나만 하여도 기이하다 하겠는데, 이렇게 무릇 네 개 층이 이어져 기승스러운 물이 우레를 만들고 눈발을 날리면서 담겼다가는 쏟치고 쏟쳐서는 담김이 과연 봄직하니, 아닌게 아니라 조물주가 또 공교롭게도 장난을 하였다 할 것입니다. 넷 중에서도 둘째치가 더욱 그럴듯하게 생겼고 물도 가장 충충하여 그 속에서는 필시 무엇인지 모를 일대 신비가 잠긴 듯합니다.

　바위 벼랑의 오른쪽편으로 맨발로나 올라갈 수 있는 좁다란 길이 한 줄 통하였는데 위태위태 이것을 지나 넘어가면, '鉢淵(발연)'이라고 크게 두 글자를 새긴 바위가 반쯤이나 물에 닦인 채로 남아 있습니다. 위로부터 내려다보니, 크고 작은 것이 조르르 늘여놓아진 게 흡사 4합 발우를 순서대로 배치·전시한 것 같아서 어느 대사께서 하늘로부터 공양을 받던 것인지 신통하게도 수효마저 충분히 갖추어져 있다는 생각이 듭니다. 허공에 매달린 벼랑이 하나뿐이라면 만폭동의 진주담(眞珠潭)이 얼른 최고 자리를 양보하지 않을지 모르겠고, 바위 웅덩이가 하나뿐이라면 효운동의 구룡소가 거의 근처까지 따라왔다고 하겠지만, 이들이 한데 어울리되 이만큼 탄탄탐탐하게 되기는 쉬운 일이 아니니, 이것이 바로 발연이 발연으로서 독특한 지위를 차지하게 되는 까닭입니다.

56. 발연사

계곡 물을 거슬러 올라가면 바위와 물, 골짜기와 산악 등의 모든 것이 점점 금강의 맛을 보이는 가운데, 꽤 평평한 국면 하나가 물을 통해 전개되었음을 봅니다. 평범한 눈으로 보기에도 불법(佛法)의 성역임이 분명한데, 절은 있지 않습니다. 알아보니 역시 없었던 것이 아닙니다. 있어도 큰절이 있었다가 언젠가 없어졌다고 합니다. 아무렴 그렇지, 이런 곳에 절이 없다면 어떻게 금강산을 불교화(佛敎化)되었다고 하겠습니까.

이곳은 절이라도 이만저만한 절이 아니라 해동(海東) 율종(律宗)의 신성한 곳입니다. 미륵 부처에게서 친히 율(律)에 관한 기록과 간자(簡子)를 감수(感受)받았다는 백제의 진표(眞表) 율사가 창건하시고 또한 율사께서 이곳에서 입적까지 했다는 영험한 도량 발연사(鉢淵寺)가 있던 곳입니다. 진표 율사 이래 계율 도량으로서 천지를 진동시킬 만큼 이름을 떨치고 절도 쓸쓸하지 않아서 금강산에서도 손꼽히던 대찰이었습니다. 지금으로부터 백 년 정도 사이에 절의 운이 기울기 시작해서 오늘날에 이르러서는 기둥뿌리 하나 남지 않았습니다. 그저 절의 문 앞을 꾸몄던 무지개 다리만이 옛날의 융성함을 말해주고 있을 뿐입니다.

진표 율사(금산사 조사당)
발연사는 백제의 진표 율사가 창건한 절로, 해동 율종의 본
산으로 꼽힌다.

고려 중엽에 이 절의 주지였던 영잠(瑩岑) 스님이 지어 절 안에
세웠다는 「관동풍악발연수석기(關東楓岳鉢淵藪石記)」는 어디에 어
떻게 파묻혔는지 지금은 흔적도 없습니다. 조선 후기 오원(吳瑗)의
「풍악일기(楓岳日記)」에만 해도 "작은 비석이 가운데가 잘려 단지
아래 반쪽만 남았는데, 이는 고려 승려 영잠이 지은 것이다."라 하
였는데 말입니다. 그래도 다행히 그 기문(記文)은 『삼국유사』에 전
문이 실려 있습니다.

율사(律師)가 입적하실 때 절 동쪽의 큰 바위에 올라가 열반을 보여
주셨다. 제자들은 시체를 옮기지 않고 공양하다가 해골이 흩어지는 데

이르러서 흙을 덮어 감추니, 이것이 바로 무덤이었다. 푸른 소나무가 즉시 솟아났는데, 세월이 오래되어 말라 버렸다. 다시 나무 한 그루가 나고 나중에 다시 한 그루가 자라났는데, 그 뿌리가 하나였다. 지금까지 두 그루의 나무가 남아 있다. 무릇 경의를 표하는 자가 소나무 아래에서 뼈를 찾음에 얻기도 하고 얻지 못하기도 하였다.

한편 오원의 「풍악일기」에는 다음과 같이 적혀 있습니다만, 오늘날에는 이와 같은 기이한 자취를 말하는 사람조차 없어졌습니다.

절의 왼쪽 석대(石臺)에 올랐다. 석대는 절과 접해 있는데, 바로 진표율사(眞表律師)[1]가 앉은 채로 입멸한 곳이라고 한다. 소나무 두 그루가 있는데, 여러 번 마르고 여러 번 번성하여 석대의 이름을 '영고(榮枯)'라고 하였다. 석대 중간에 불이 나서 소나무 역시 불탔지만, 불타고 남은 것이 다시 살아났는데 가냘프게 보였고 하나는 또 말라 버렸다. 승려의 말에, '작년에 말라 죽었지만 머지않아 다시 번성할 것이다.'라고 했다.

절이 쇠락해진 이유에 관해서는 재미있는 전설이 하나 있습니다. 절이 융성할 때 일인데, 하루는 걸식하던 한 노인을 박대한 적이 있었습니다. 노인은 자신이 풍수에 능한 은사(隱士)임을 드러내면서, 절 앞의 시내에 홍교(虹橋) 즉 무지개 다리가 있으면 절이 더욱 크게 흥성했을 것인데 그것이 없어 유감이라며 여러 번 혀를 찼습니다. 욕심에 끌린 승려들이 이 말을 듣고 며칠 만에 돌로 무지개 다리를 놓았는데, 절이 흥성해지기는 고사하고 까닭 없이 날로

---

1 신라 중기의 승려이다. 성은 정씨(井氏), 법명은 진표이다. 완산주(전라북도 전주) 출신으로 아버지는 진내말(眞乃末) 또는 진나마이며, 어머니는 길보랑(吉寶娘)이다. 금산사(金山寺)를 중창(重剙)하여 대가람으로 발전시켰으며, 점찰 법회를 정착시킴으로써 불교의 대중화에 기여하였다.

쇠퇴해 얼마 안 가 결단났다는 것입니다. 괴이하여 알아보니 이 절은 늙은 쥐가 아래로 통하는 형상이며, 건너편에는 고양이 바위[猫岩]가 있었습니다. 이전에는 계곡 물로 막혀서 서로 간섭할 게 없었는데 다리를 놓아 통하게 만드는 바람에, 쇠운이 들게 된 것이라 합니다. 그래서 돌다리를 부수려 한 적도 여러 번이었으나, 그때는 이미 돌이 단단히 달라붙어 다시 어찌할 수 없게 되었고, 절은 끝내 망하였다고 합니다. 필시 무슨 오랜 전설이 풍수적으로 변한 듯합니다.

절에서부터는 바위와 물소리의 정취가 한층 긴장을 더합니다. 무릇 활 한 바탕쯤 더듬어 올라가면 닭같이 생긴 바위 봉우리를 등진 작은 암자가 하나 눈에 들어옵니다. 이것은 대략 30여 년 전쯤 북명(北溟)이란 승려가 발연사 중건 계획의 일부로 지은 것이었지만, 북명이 죽은 후 이 건물 하나를 지킬 사람이 없어, 지금은 산밭을 개간하는 사람들이 머무는 집이 되었습니다. 석대(石臺) 앞으로 조금 올라가면 울먹줄먹한 커다란 절벽이 길 오른쪽에 깎아지른 듯 섰고, 역대 명인들의 이름이 기름을 짜듯 촘촘히 들어박혀 새겨져 있습니다. 이는 물을 것도 없이 앞에 큰 놀이터가 있다는 증거입니다. 다만 새겨져 있는 이름들이 대체로 연대가 오래 된 사람들뿐인 것으로 보면, 발연은 오래전에 침체되고 퇴락한 과거의 경승지일 뿐입니다. 따라서 어디가 경관의 중심이었는지는 찾기 어려운 일이 되었습니다.

57. 봉래도

구슬이 있으면 내에 아리따운 기운이 뜬다는 말처럼, 이 이름 새긴 바위의 근처는 미상불 눈과 귀가 까닭 없이 어른더른하여 그대로 지나쳐지지 않는 곳입니다. 더욱이 가시덤불 밖으로 은은히 울려 나오는 우렁찬 무슨 소리가 지나려던 사람의 발목을 몹시 잡아당겨 들입니다. 뚫고 헤치며 나가보니, 끼끗끌밋 펑퍼짐한 반석도 한번 좋거니와, 둥글꿈틀 비스듬하게 홈통이 팬 흰 돌벼랑도, 넌짓슬쩍 스르르 쏟쳐 내려가는 백룡(白龍) 같은 와폭(臥瀑)도 과연 기이합니다. 옳거니 옳거니, '발연사의 폭포내림'이란 고사(故事)의 배경이 여기로구나, 하는 깨달음이 옵니다. 예컨대 포음(圃陰) 김창즙(金昌緝)의 「동유기(東遊記)」에는 이런 기록이 있습니다.

큰 너럭바위가 있는데, 길게 백여 보(步)에 뻗쳐 있고 넓이는 수십 보가 되며, 색은 매우 밝고 희다. 아래로 점차 기울어지며 가운데는 도랑처럼 움푹 파였는데, 시냇물이 흐르는 길이다. 아래로 돌이 끝나는 부분은 큰 못으로, 매우 아름답다. 내가 폭포 위에 이르자, 중이 갑자기 옷을 벗고 앉은 채로 치달리는데 폭포와 함께 떨어져 내렸다. 화살과 같이 빨리 내려가 큰 못 위의 작은 돌못에 이르러서 멈췄다. 여러 번 이렇게 했지만 돌이 둥글고 미끄러워서 다친 곳이 없었다. 이것이 발연 (鉢淵)의 고사(故事)로, 유람객들에게 제공하여 보고 웃게 하는 것이다.

올라가면서 백옥 같은 반석과 유리 수정 같은 맑은 못이 이어져, 어디나 한번 앉고 싶고, 눕고 싶고, 글이라도 한 구절 읊어 보고 싶지 않은 곳이 없습니다. 맑고 훤히 밝아서 아무리 생각해도 먼지투성이 속세의 일부 같지 않은 곳이 여기요, 만일 신선이 있다면 이런 데를 내놓고 어디로 가 놀 데가 있겠는가, 하는 생각이 드는 태청(太淸) · 옥청(玉淸)[1]의 경계라고 할 곳이 여기입니다.

걸음걸음 짜여 들어가는 풍경은 문득 풀 한 포기 모래 한 알까지 범상치 않은 기연을 얻게 될 기묘한 정취와 경관들로 지극한 일대 구역을 이룬 것들입니다. 사람의 눈은 다 비슷한 듯, 세속의 명예욕에 열중한 분들도 앞다퉈 그 냄새나는 이름을 반석 위에 새기며 구경 왔던 표시를 하려 한 것이 가상합니다. 그러나 부처님 머리 위의 새똥 같은 그들의 이름을 오래오래 붙여줄 만큼 이곳 신령님께서 관대하지는 않으신 듯하니, 이름 새겼던 언저리만 남아 있을 뿐 알아볼 성명은 거의 하나도 없습니다.

소나무와 단풍나무가 뒤섞여 자라난 섬 같은 석대 밑으로, 특히 두드러져 보이는 것 몇 줄이 있습니다. 무엇인가 살펴보니, "아침엔 현포(玄圃)[2], 저물녘엔 봉래(蓬萊), 달 밝은 밤엔 발연동, 맑은 바람이 불 땐 계수대. 동해에 임하여 마고 할미에게 절하고, 호천(壺天)에 돌아가리라."는 유명한 봉래 양사언의 제각(題刻)입니다. 글자가 닳기가 무섭게 덧새겨져 이 돌과 함께 수명을 같이하는 그곳에 봉래선자(蓬萊仙子)의 오래 두고 볼 만한 진짜 가치가 들어 있는 것

---

1 선가에서 신선들이 산다고 전해지는 하늘의 삼청(三淸)으로 상청(上淸), 옥청, 태청을 말한다.
2 중국 곤륜산 위에 신선이 산다는 곳이다.

입니다.

이미 이 제각이 있다면 '봉래도(蓬萊島)' 석 자도 필시 이 근처에 있으리라 하고, 바위 면을 두루 찾아봅니다. 과연 조금 올라가다가 왼편 모난 바위 측면에, 필세가 비등한 큰 글씨로 깊이 새겨진 글자가 삼백 년 비바람을 이겨낸 위용을 자랑하고 있었습니다. 이 근처는 평평하거나 기울거나를 막론하고 면을 갖고 있는 바위마다 시구나 이름을 새겨 넣은 것이 깔리다시피 총총하지만, 대부분 비바람에 쓸려 알아볼 수 있는 것은 적습니다. 계수대(桂樹臺)란 시구를 새긴 뒷대로부터 계곡 뒤편 봉우리들을 통틀어 부르는 이름이니, 저 속을 들여다보면 기이하고 우뚝한 봉우리들이 깎은 옥을 묶어 세운 듯하여, 삼청(三淸)의 최상천을 바라보는 듯한 생각이 듭니다.

올라가는 10리 길은 예전에 상중하 세 개의 부사의암(不思議庵)이 있어 석문동(石門洞)이란 이름으로 그 경승이 칭송되던 곳이었습니다만, 요새는 발연조차 잊혀져 가는 시대라 석문동과 부사의암은 금강산에 사는 사람 중에도 아는 이가 별로 없게 되었습니다. 석문동 너머가 곧 동석동(動石洞)입니다. 새들이나 넘는다는 험한 길이라 사람이 다니기도 어렵거니와, 또 중간에 쉴 만한 곳이 만만치 않으므로 부득불 길을 돌아가게 됩니다.

58. 영신동

이제 발연사의 오른편 뒤쪽 골짜기로 하여 개울 바닥을 밟으면서 소나무 등성이를 하나 넘으면 한 길 넘게 웃자란 미새밭이 사방을 가린 곳 속으로 들어서게 됩니다. 시계(視界)가 막혀 버려 원체 볼 것도 없지요마는, 길이라고 허락하기 아까운 어슴푸레한 발자국 난 데를 행여나 잃을세라 발밑만 내려다보고 나가기를 한참 동안 해야 합니다. 한 5리나 왔음직하여서야 발과 눈이 한꺼번에 길에서 해방되어, 볼 것·즐길 것들이 차차 생깁니다. 오른쪽으로 기세 있게 벗질러서 우리의 잔등이를 멀리 내리누른 것이 집선봉(集仙峰)의 맥입니다.

돌아다보니 병풍같이 둘러선 긴 산줄기가 굽기는 활등 같고 씹히기는 써레 같은데, 그렇기만 하여서는 무미하다 함이든지 가끔가다가 기괴한 바윗덩이가 덤으로 얹혔습니다. 그 중에도 신통하게 생긴 것은 닭봉(峰)이니, 동쪽 하늘 날 새는 소식을 남들보다 먼저 탐망(探望)하여 천하 닭들의 선도가 되겠다는 듯 동해가 바로 보이는 금강산 동측인 이 고봉(高峰)에 사시장천 올라앉아 있는 모양입니다. 그 앞이 잠깐 무질러지고, 건너편에는 흡사 포인터 종의 개한 마리가 궁둥이를 반쯤 닭에게로 돌려대고 앉아 있는 것이 있습니다. 물론 우연이겠지만 닭과 개가 서로 이웃해 있는 것이 무슨 심상치 않은 의미라도 가진 듯, 부질없이 들었다가 잊은 듯한 옛이야기를 생각케 하는 경관입니다. "닭 쫓던 개 지붕 쳐다본다."[逐鷄望籬]는 속담을 끌어내어, 재미있는 옛이야기 하나가 성립됨직한 곳입니다.

좀 더 나오면서 올려다보면 그 가장 높은 봉우리 정상에는 우뚝하니 엄전한 하릴없는 불상 한 분이 우러러보이는데 그럴싸해서 그런지, 나계(螺髻)와 백호(白毫), 인계(印契) 및 가부좌(跏趺坐)[1]까지 다 선연하게 드러나서 누가 봐도 부처 아니랄 수 없음이 신통합니다. 금강산에서도 동부요 또 동방 세계를 도맡아 다스릴 듯한 위치에 계시매, 일단 아축(阿閦)[2]바위라 부를까 합니다. 눈앞에 기이한 바위들이 빼어남을 다투는 곳쯤에서부터는 이미 발 아래에서 졸졸거리는 물이 연방 남다른 재주를 부리겠다고 꼼지락 꿈틀하기를 부지런히 합니다. 다른 데 같으면 봉우리면 봉우리 하나, 시내면 시내 하나 뿐인 홀아비 경치가 퍽 많지만, 기이한 봉우리가 하늘처럼 굳건히 펼쳐진 곳에는 반드시 맑은 계곡 물이 땅처럼 웅대하여으레 따르고 결코 홀로 되지 아니한 것이 금강산 깊은 골짜기들의 특색입니다. 이곳도 이미 닭봉 같은 좋은 봉우리를 가지고 그 밑에 이만한 경관이 생겼으니까 이 잘난 신랑에 아름다운 배필이 없을 리 없어 이 계곡의 물도 넌짓하고 퍽 볼만한 요소를 가졌습니다.

어찌어찌해서 미처 드러나지는 못하였을망정, 깊은 규방에 오히려 천향국색(天香國色)[3]이 많은 것처럼, 거의 골짜기 입구가 임박하

---

1 나계는 나선형으로 틀어올려진 부처의 상투(머리털), 백호는 부처의 미간에 있는 흰 털, 인계는 불상 등에서 손가락으로 드러내보이는 깨달음의 형상, 가부는 깨달음을 추구하는 수행 자세를 말한다.
2 부처의 이름이다.
3 하늘도 진동시킬 만큼 천하제일의 미인을 뜻한다.

여지는 얼마 동안의 이곳 물과 바위는 또한 독특한 정취와 맛을 가진 특별한 지역입니다. 금강산은, 한 마디로 말하면 골짜기와 산봉우리, 계곡물, 바위 등등이 한 무리 집단을 이룬 것일 뿐이지만, 만이천 봉우리와, 팔만사천여 바위 및 계곡물들이 그 중 하나도 서로 비슷한 것이 없다는 점이 금강산이 금강산이 되는 한 이유입니다. 이곳의 바위 골짜기와 폭포 또한 특이한 미의 범주를 만들어 가진 것으로 그 독단적 조건에 있어서는 다른 것들의 추종을 허락하지 않습니다.

참담게 5리 동안이나 색시같이만 내려오던 물이 골짜기 입구 가까이 와서는 갑자기 활동을 비롯하여 모았던 정력을 한꺼번에 내쏟는 까닭인지, 번쩍하면 폭포가 되고 어른하면 못을 이루어 거의 응대할 수조차 없을 만큼 연이어 펼쳐지니 10년 자던 정신이 단번에 눈을 뜰 것 같습니다. 그런데 그것은 결코 다른 데와 같지 아니한, 또 하나의 새로운 형태입니다. 궁중의 여인 같은 만폭동, 북방 여인 같은 효운동, 사랑스런 여인 같은 발연동과 비교해 상대적으로 수더분하고 구김살이 없으며, 집안 푼푼한 여염집 부인 같다고나 할 것이 이곳의 장관입니다. 발이 붙을락말락하는 위태로운 길을 통해 오르락내리락 한참 구경하며 나오느라면, 이의 나머지 산기슭이 금세 깎아 질려 버리고 물은 돌과 손을 잡으면서 펀펀한 일상적인 흐름이 됩니다. 이 골짜기를 영신동(靈神洞)이라 하는데, 전에는 영신암(靈神庵)이란 암자가 있었다고 합니다.

59. 신계사

영신동을 나오면 선왕목에서 개재(狗岾)를 경유하는 '유점사-신계사' 간의 통로를 만납니다. 길은 신계천(神溪川) 곁으로 났습니다. 온정리 큰길로 나가는 술기넘이를 마주보는 곳에서 신계천을 건너니, 물의 가장 얕은 지점을 택하기 때문입니다.

여기서부터는 자동차 다니는 길이니, 금강산 들어온 뒤 오래간만에 평탄한 대로를 맛보는 것입니다. 겨우 벗어난 금강산이건만 아직 연연하여 다시 들어가 안길 듯 신계사(神溪寺)를 찾아 들어가는 길입니다. 군선협(群仙峽)과 옥류동(玉流洞)의 두 계곡물이 관음봉과 세존봉 사이에서 합쳐져 신계천이 되어 흘러 나가면서 문필봉이 병풍처럼 펼쳐진 안에서 일종의 평야 같은 계곡을 이루는데, 이 국면을 주관하는 자리에 신계사가 앉아 있습니다. 신계(神溪)는 본래 신계(新溪)였으며 『여지승람』에도 신(新)자로 적혀 있습니다.

전하는 말에 따르면 이전에는 신계천(神溪川)에 연어(鰱魚)가 많이 거슬러 올라왔다고 합니다. 이로 인해 어부들이 분주해졌고, 본의 아니게 사찰 인근에서 불교적 가르침을 크게 해치는 일이 되고 말았습니다. 동해 용왕의 아들에게 글을 가르쳤던 보운(普雲) 조사는 용왕에서 간청하여 연어의 회귀 구역을 사찰 외곽으로 제한하게 하였고, 이후로 그 신이(神異)함을 나타내기 위하여 신계(神溪)라고 일컫게 되었다고 합니다. 그 사실 여부는 어찌됐든간에 이로 인해 사찰 내에서 비릿하고 혼탁한 기운 및 생명을 해치는 인습 등을 없애게 된 것인데, 오늘날 구태여 강원도립 양어장이 절이 있는 골짜기 안 길가에 새로 설치되었으니, 이는 무엇보다도 보운 조사께 대하여 미안스러운 일입니다. 그러나 어종보다도 더 금기할 더러운 물건들이 허다하게 있는 오늘날, 양어(養魚)만을 흠잡을 필요가 무엇이었겠느냐 하면 그도 그만일 것입니다.

나지막하게 아늑한 소나무 숲은, 시내 반 길 반의 뚫린 골짜기로서 사람을 인도하여 신계사로 데려갑니다. 중간에는 창(倉)터라는 마을이 있어 산사람들의 마실 살림을 포용하고 있습니다. 신계사는 관음연봉(觀音連峰)이 군선(群仙)과 한하(寒霞)의 두 협곡 사이로 줄기차게 뻗쳐 나오다가 문필봉을 깃발처럼 앞세우고 너부죽하게 열린 바닥에 있는 고찰(古刹)입니다. 금강산 4대 사찰의 하나요, 세존봉을 끼고 있다 하여 사찰 주위를 세존 원내(垣內)라고 일컫는 곳입니다. 신라 법흥왕 때 보운 조사가 터를 닦아 개창했다고 하나 믿을 수 없는 말이며, 현재의 건물은 모두 수백 년 정도의 건물이요, 오직 법당 앞의 오층탑이 천년 이상의 오래된 이끼를 입어서 얼만큼 신라의 풍치를 전합니다. 탑거리와 정양사의 그것을 아울러 금강산의 3대 고탑(古塔)이라 하는 것입니다.

신계사의 장엄과 웅대는 지금 와서는 흔적으로만 볼 수 있습니다. 대웅보전 하나만은 오히려 대사찰의 풍모를 지녔지요마는, 그 밖에는 여기가 그렇더니라 하는 석대(石臺)만이 넓은 도량이 좁다는 듯 돼기돼기 어깨를 겯고 있으며, 장헌 세자(사도 세자)의 원당(願堂)인 용선전(龍船殿)과 중창한 것일지나마 설선당(說禪堂) 큰 건물이 오히려 신계사로 하여금 신계사이게 하는 귀중한 건물을 짓습니다.

신계사(일제 시기)

금강산 4대 사찰 중의 하나이다. 신라 때 세워진 고찰로, 필자가 신계사에 이르렀을 때는 법당 앞의 오층 석탑만 천년 세월의 풍치를 전하고 있었다.

　　그러나 타버린 것은 없어도 그만인 집 건물뿐이요, 그 집이 생기게 한 밑천, 즉 신계사가 있을 수밖에 없는 승경 등은 하나도 까딱이 없습니다. 아름다운 소나무 숲과 깨끗한 계곡의 물은 말할 것도 없고, 배후를 끌어안고 선 관음봉의 웅장·화려함과 눈 앞에서 불쑥 솟아난 듯한 문필봉(혹은 깃대봉)의 기이·수려함, 서쪽과 남쪽으로 세존·채하(彩霞)·집선(集仙) 등으로 연이어 펼쳐지는 봉우리들의 장쾌하고 윤택함, 그리고 이 모든 것이 한 곳에서 훈증(薰蒸)하여 새기는 맑으면서도 원만한 화려·기묘한 기미는 더이상 보탤 것도 덜어낼 것도 없이 충분한 상태로 언제나 곱다랗게 남아 있습니다.

　　국면과 주위 환경이 아울러 묘하고, 오밀조밀한 아름다움과 탁 트인 시원함이 둘 다 충족되어 있는 신계사는 과연 4대 사찰 중에서도 특히 좋은 형상의 승경을 얻었다고 할 것입니다.

60. 동석동

신계사는 마치 내산(內山) 마하연처럼 이 방면 탐승의 방산(放散) 기점이 되는 곳입니다. 동석동(動石洞)도 여기서 가서 봄이 상례입니다.

남쪽으로 신계천을 건너면 고대에 이 절을 개창했던 조사 스님의 유적지라는 보운암(普雲庵)을 지납니다. 이곳은 전부터 강학(講學)하던 건물일 뿐 아니라, 뜰 앞에 화단과 연못 등으로 정취를 갖추고 있어서 사람들로 하여금 몹시 상쾌한 생각이 들게 합니다. 지나는 길이니 그 뒤 세존봉 동편 기슭에 해당되는 보운 스님이 도를 깨우쳤다는 유적지 상원(上院)까지 다녀오는 것도 좋습니다. 암자 뒤로 둥그렇게 둘린 큰 바위를 용바위라 하는데, 그 덜미에 갈라진 금이 있으니 이는 보운 스님이 도를 깨우치는 서슬에 놀라 용의 등이 터진 것이라 합니다. 이것도 필시는 고유한 고대 종교와 새로 전래한 불교 간의 갈등을 보여주는 설화이니, 신계(神溪)·상원(上院)·용(龍) 등의 이름에서 알 수 있습니다.

세존봉을 흠치고 돌아서 법기암(法起庵)이 있는 '갈맛구미'를 오른쪽으로 보면서 작은 시내 하나를 건너면 얼마 안 가 그보다 좀 큰 시내를 만나게 됩니다. 동석동은 곧 이 시내의 상류 지역 경관을 이르는 말입니다. 교목과 관목들, 무성하게 넝쿨진 풀들이 벅차고 기차게 하는 골짜기 안으로 시내를 끼고 올라가노라면, 길이 심심치 않을 만큼 밍밍하게 높아갑니다. 미새밭 미새 등을 헤치고 신계사에서 무릇 7-8리쯤이나 더듬어 들어가면, 푸수수하던 골짜기가 금시에 톡톡하여지면서 넓으나 넓은 반석에 곱기도 고운 계류가 층층이 또 굽이굽이 재미있게 흘러나옵니다. 이는 실로 구정봉(九井峯) 깊은 속 '아홉 소골'로서 멀리멀리 내려오는 것입니다.

올려다보면 백옥 울타리 같은 무수한 뭇 봉우리들이 겹겹이 둘러쳐져 있는 것은 수정봉(水晶峯) 이쪽 외금강 북부의 부용개(芙蓉蓋)들이요, 내려다보면 자욱하게 넓디넓은 구름바다가 있는 둥 없는 둥 눈을 궁하게 하는 것이 고성(高城) 저쪽의 푸른 바다입니다.

태상동 · 만폭동 · 효운동 · 옥류동 등의 각 골짜기는 아름다운 바위와 물길을 감상하는 맛이요, 비로봉 · 미륵봉 · 백전봉 · 옥전봉 등의 골짜기는 시원한 창해를 바라보는 재미이지만, 그리 깊이 들어가지도 그리 높이 오르지도 않았음에도 평편한 반석 위에 누워 자유자재로 산과 바다와 협곡과 평야 그리고 맑은 샘과 호쾌한 파도 등을 한꺼번에 관령(管領)할 수 있는 곳은 금강산 안에서도 그리 많다고 할 수 없습니다. 동석동(動石洞)은 실로 다시 없을 만큼 희귀한 그것입니다.

얼른 말하면 정원에 앉아서 산과 바다까지 즐기게 된 곳입니다. 이 경치의 중심은 넓이 수십 칸 되는 너레바위입니다. 그 위로 높이 한 길, 둘레 너덧 아름 되는 바윗덩어리 하나가 놓였는데, 밑이 대개 뜨고 조그마한 뿌리가 약간 반석에 닿았을 뿐이므로, 발길로 탁 걷어차면 얼른 굴러 나갈 것 같습니다. 그렇지 않아도 지팡이 같은 것을 오른쪽 면의 틈서리에 꽂고, 그 바위를 떠다 밀면, 지팡이가 간당거리나니, 이는 돌의 움직거림이라 하여 이 돌을 동석이라 하고, 이로 인하여 골짜기 이름까지 짓게 되었습니다. 동석동 못미처 있는 삿갓봉 밑은 봉래 양사언이 나고 자란 곳이요, 동석동의 이 반석은 사실상 용이 날고 뱀이 꿈틀대는 듯했던 양사언의 신비한 필력을 기른 연습판이라고 합니다.

　금강이라는 하나의 산에서 여러 아름다움을 모아 집대성한 것이 동석동(動石洞)이다. 봉우리는 헐성(歇惺), 마하(摩訶)가 빼어남을 견줄 만하고, 수석(水石)은 만폭(萬瀑), 팔담(八潭)이 웅장함을 다툴 만하다. 바다에서 눈에 들어오는 모습은 안문(雁門), 구점(狗岾)과 비슷하고, 층진 단풍나무로 된 숲은 영원(靈源), 유점(楡岾)과 비슷하다.

　예전에 곽희(郭熙)[1]가 말하기를, 숭산(嵩山)은 좋은 골짜기가 많고 화산(華山)은 좋은 봉우리가 많다고 했다. 좋은 골짜기와 봉우리가 어느 산인들 없겠는가? 그 가장 좋은 것을 들어서 말할 뿐이다. 금강산의 골짜기와 봉우리는 천하에 쌍절(雙絶)이라고 말할 수 있지만, 또한 전체 산을 들어서 말하는 것일 뿐이다. 만폭에 들어서면 골짜기가 훌륭하고 마하에 이르면 봉우리가 훌륭하다. 어찌 동석동과 같겠는가? 좋은 봉우리를 들고자 하면 좋은 골짜기를 버리기 어렵고 좋은 골짜기를 들고자 하면 좋은 봉우리를 버리기 어렵다. 곽희가 다시 살아난다 하더라도 하나를 들어서 논할 수 없을 것이다. 이 금강이라는 한 산은 높은 바위와 험한 길이 아님이 없으니 진실로 발을 한번 들면 잊을 수 없는 곳이라고 이른다. 조심하는 마음을 항상 다리 아래 간직하고, 눈의 힘은 먼 곳을 바라보기에 다함이 없다. 그런데 오직 이 동석동의 길은 한 눈에 바라보는 것이 평탄하여 밟는 곳을 다시 구부려 살펴보지 않으며, 한 물과 한 봉우리가 눈이 이르는 바에 다하지 않음이 없으니, 시원스럽도다!

---

1 중국 북송 때의 화가로, 북방계 산수화 양식의 통일을 완성하였다.

하지만 동석동은 금강산 내에서는 불우한 운명이라 할 수 있습니다. 김석릉(金石菱) 같은 이가 「풍악기(楓嶽記)」에 위와 같이 격하게 상찬하였습니다만, 동석동의 그 빼어난 모습을 구경한 이는 예로부터 많지 못하였던 것입니다. 그 이유는 탐승객들이 먹고 자는 일체를 과거에는 절에서 다 제공해야 했을 뿐 아니라, 또한 양반의 행차라면 어떠한 험한 산속이라도 가마를 태워 다녀야 했다는 데 있습니다. 만물초나 구룡연 같은 곳만 해도 유람객이 자주 찾게 되면 그 일에 따른 번거로운 뒷처리를 이기지 못할 판인데, 하물며 동석동을 드러내었다가는 그 괴로움이 그만큼 클 수밖에 없으므로, 신계사의 스님들이 힘써 엄폐하였던 것입니다. 이는 김석릉의 특별한 기록과도 일치합니다. 그러나 신계사에서 거리도 얼마 되지 않아 다른 일정의 여력으로 두세 시간이면 넉넉히 다녀올 수 있으니, 이제부터는 아무쪼록 찾아가서 그 오래도록 서렸던 막힌 기운을 헤쳐 줌이 옳을까 합니다.

61. 보광암

　신계사에서 계곡 주변 소나무들 사이로 난 좁다란 길을 따라 서쪽으로 들어가면, 오른쪽으로 조금 꺾이는 곳에 보광암(普光庵)이란 꽤 큰 암자가 있습니다. 마당에 들어서면 조그만 연꽃 못이 있는데, 사람의 그림자가 어른거리기 무섭게 물고기들이 고개를 쳐들고 튀어나옵니다. 이는 먹을 걸 바라는 버릇 때문인데, 성긴 그물을 차일처럼 쳐 놓은 것은 새의 사나운 입부리를 막기 위함이라 합니다.

　물고기들을 잡는 그물이 도리어 물고기들의 삶을 보장하는 삶의 그물이 된 것은, 사람 죽이는 칼이 도리어 사람 살리는 칼이 되는 불가 본래의 가르침을 생각하면 기이할 것도 아닙니다. 다시 바위산 속 시내를 건너 들어갑니다. 화엄각이라고 하는 매우 깨끗하고 시원한 별당이 있는데 건물의 처마며 편액 등이 자못 속기를 떠났으니, 평범한 승려의 거처가 아니었음을 알겠습니다.

　물어보니, 이 집은 법문을 잘하기로 근대 제일이라던 대응당(大應堂) 스님의 수행처라 합니다. 대응이란 이는 도력이 어찌나 대단했던지, 원체 풍채도 좋고 말씨도 좋아서, 흐무러지게 게송을 읊고 구수하게 경전의 뜻을 새기면 듣는 사람들이 절로 기쁨의 눈물을 흘렸고, 신녀(信女)만 3천 명이나 귀의를 받았다고 합니다. 이미 궁

궐과의 인연으로 금강산의 법승이 다소의 비호를 받기도 하였지만 그 대신 금강산 불교를 온전히 시주가 이루어지고 법문이 이루어지는 곳을 위주로 바꾸어 산중에만 있는 진리를 아주 떠나게 한 기풍은 실로 이 대응에게서 비롯되었다고 합니다. 그러나 그가 입적한 지도 이미 20여 년이 되었고 산중 재상(宰相)이라던 당시의 호화스러움도 이제는 그 남은 향기가 케케묵은 티끌에 머물러 있을 뿐입니다.

암자의 뜰에 서서 둘러보면 관음봉으로, 세존봉으로, 채하봉으로, 집선봉으로 활처럼 구부러진 기묘한 경관이 달려드는 듯 물러나고 물러서는 듯 달려들어서, 사람의 정신을 날아다니게 합니다. 한참을 서 있노라면 황홀히 자기 자신을 잊어버리는 경지로 들어가서, 멀쩡히 살아 있는 내가 형호(荊浩)[1]나 거연(巨然)[2]의 큰 화폭 속 인물처럼 생각되는 게 이상합니다. 더욱이 그 등성이로 내려가면서 빳빳한 잣나무들이 한일자로 빽빽이 도열선 것은 마치 촘촘한 대숲을 보는 것처럼 일종의 특별한 경관을 이루었습니다.

암자의 덜미를 누르고 있는 관음봉의 아래턱으로는 괴이하게 생긴 입석이 하나 있는데 선연히 노승이 바랑을 짊어지고 이 안으로 들어오는 것 같습니다. 이것을 노장(늙은 스님) 바위라 하며 신계사 또는 보광암에서 양식을 제공받는 중이 떠나지 않는 징표라고 합니다. 가만히 보면 턱밑의 텁석나룻까지 분명하여 꼭 사람일지는 몰라도 그저 돌이라고만 하지 못할 것도 사실입니다.

돌아 나오다가 동자바위를 길 옆에서 어루만집니다. 다시 소나

---

1 중국 당나라 말에서 오대(五代) 후량(後梁)의 화가로 자는 호연(浩然), 호는 홍곡자(洪谷子)이다. 오대의 난세를 피하여 타이항 산(太行山)의 홍곡(洪谷)에 은거하여 그림에 전념하였다. 은거지의 산수를 실제로 사생하여 송나라 이후의 산수화풍의 기초를 닦아 놓았다.
2 중국 송나라 초기의 화가이다. 웅대한 산수화를 그렸으며, 스승인 동원(董源)과 함께 남종화의 길을 열었다.

무 바람소리, 시냇물 소리 등에 싸여서 배솟고개를 올라서면 발 아
래는 거석 밭으로 울어 예는 호기로운 계곡 물이 활개를 치고, 물
건너 절벽 간에는 작은 골짜기 둘이 생겨 각각 폭포 하나씩을 드
리웠습니다. 왼편 놈은 물이 꼭 뒤에서 쏟쳐서 중턱에 와 숨어 버
리고, 오른편 놈은 허리춤에서 비어져서 발등으로 떨어지는 것이
각별한 멋을 자아냅니다. 이것은 이름부터 그저 허름하게 쌍둥이
폭포라고 부릅니다. 이곳에 사는 사람도 그리 대단하게 여기지 않
으며 지나는 이들도 구룡연 폭포가 앞에서 기다리기 때문에 잘 거
들떠보지 않습니다. 하지만 폭포 자체로 말한다면 결코 우뚝 서서
'내가 누구노라' 할 자격이 모자라는 것이 아닙니다. 주지 있는 골
에서 범 노릇 못 하는 격으로 구룡동 어귀에 있게 된 것이 쌍둥이
폭포에게는 사나운 팔자였을 뿐입니다.

62. 군선협

고개를 넘어서면 까맣게 내려다보이는 비탈 아래에 신계천 물이 시퍼렇게 충충한 소(沼)를 이루니, 바닥의 모양을 따라서 배소[舟淵]라고 부릅니다. 이 배는 깨달음으로 인도하는 발원을 일으키는 배도 아니고, 불법의 바다를 건너는 보배로운 뗏목도 아닌 그저 신계사 승려들이 여름 한철 계곡 물놀이하는 유락선(遊樂船)입니다.

마음과 몸이 둘이 아니니, 몸의 때를 씻음이 그대로 마음의 무거움을 덜어내는 방법이겠지요. 수백 보를 들어가면 십여 명이나 앉을 만한 평평한 바위 하나가 길가에 놓였는데, 옛날 어느 때 인근 읍의 풍류 좋아하는 수령 다섯이 여기 와서 놀고 자기네끼리 신선 인증을 주고받으면서 봉래선(蓬萊仙)에 아무개, 홍애선(洪崖仙)에 또 다른 아무개, 라며 바위의 측면에 이름들을 새기고, 이것을 오선암(五仙庵)이라고 불렀다고 합니다.

계곡의 폭도 넓고 수량도 많고 그 바닥에 깔린 오랜 세월 물에 갈린 반들반들한 돌덩이들이 굵기도 하고 많기도 한데 이 사이로 세차게 흐르던 물이 가끔 비탈의 볼기를 바로 들입다 훔치기도 하여 신계천의 풍치는 아닌게 아니라 호장(豪壯)하고 쾌활합니다. 이제까지 보았던 계곡 물들이 연약한 처녀라면 여기 이것은 분명 늠

름한 장부이며, 이제까지를 쫀쫀한 샌님이라 한다면 이것은 과연 씩씩한 한량입니다. 첫째 시원합니다. 그리고 빼어난 배경과 구비 조건을 가졌습니다. 외금강의 남성적 기분은 신계천 하나에서도 푼푼히 쏘일 수 있습니다. 누그러질 대로 누그러진 마음으로 활개장단을 투드럭 툭툭 치다 보면 '청산(靑山)도 절로 절로'의 시조가 제 흥에 겨워 목구멍으로 튀어나옵니다. 오선암을 지나 조금 더 가면 비로소 신계천을 한번 가로탑니다. 이것을 '첫나들이'라고 합니다.

이렇게 좋은 계곡이지만 아직 특정한 이름이 없습니다. 군선협 (群仙峽)과 옥류동의 두 물이 합류하는 곳이요, 부근에 신선과 관련된 이름난 형상도 많고 하니, 우선 옥청계(玉淸溪)라 불러 볼까 합니다.

얼마를 가다 보면 군선협과의 갈림목이 가까워지는데, 그쯤에서 산기슭으로 올라서면 거대한 바위가 길가에 자빠져 있고, 그 위에 일청대(一聽臺)라고 새겨져 있습니다. 일청이란 필시 한 유람객의 호일 것입니다.

신계사에서 여기까지는 10리를 잡습니다. 일청대에서 서북 방면으로 일직선으로 곧게 뚫려 들어간 30리 긴 골짜기는 관음봉 능선과 사자봉 동쪽 기슭의 사이에서 맑고 아름다운 승경을 이룬 군선협이니, 그 막바지가 신계 길목입니다. 그 길목의 서쪽에는 삼성암이 있어 구성동으로 통하고, 길목 남쪽에는 신선대가 있어 옥녀봉을 지나 비로봉까지 이어집니다. 군선협도 물론 독특한 멋을 가진 바위와 연못들의 일대 장관이지만 원체 구룡동에 눌려서 탐승의 발길이 별로 이르지 않게 됨은 애달픈 일입니다.

풍경미뿐 아니라 식물들의 경관으로도 삼성암은 금강산에서 특수한 지위를 차지합니다. 소나무, 잣나무, 굴참나무, 서나무, 박달나무, 물푸레나무 등이 무더기무더기 한 해에 한 번 다시 피어날 때마다, 천하의 봄이 가진 색깔들을 혼자 차지한 듯 성대한 장관을 뽐냅니다. 이밖에도 조선산 백합의 진품으로 높이 감상되는 송엽백합(松葉百合)과 호미목필(虎尾木筆), 수선국(繡線菊) 등이 서로 섞여서 울긋불긋 어울린 숲은 무엇보다도 금강산 원시림의 상황을 잘 나타낸 것이며, 더욱 8백 미터 상부의 퍼다 부은 듯한 일종의 산철쭉, 양치류 등 신종에 속하는 식물은 다 이 골짜기에서만 나는 것입니다.

일청대에서 둘러보면 이 골짜기 저 골짜기의 물은 첩첩이 쌓인 바위에 부딪쳐 광분하고 이 멧부리 저 멧부리는 바로 층층이 쌓인 높은 하늘을 찌를 듯합니다. 양 골짜기에서 성내어 울부짖는 물 우레와 사방에 깎아지른 듯 우뚝우뚝 창을 세워 놓은 듯한 바위들이 조금도 거리낌 없이 금강산, 더욱이 외금강의 특징인 위협적 색채를 드러내었습니다. 장쾌한 중에도 신비롭고 위엄이 서린 뜻을 머금어 먼지투성이 나는 인간 세상의 때는 겁이 나서도 말끔하게 달아납니다. 속세의 때를 벗고 대자연과 호흡을 같이함이 신선이라 한다면, 여기서만 하여도 어느덧 평범한 골격들이 허물을 벗고 다 신선이 된 것 같습니다. 없던 날개가 겨드랑이에 돋친 듯 남으로 갈려 들어가면, 소리 없이 불어 나오는 골짜기 바람이 계속해서 기이한 꽃의 묘한 향기를 얼굴에 끼얹었습니다.

63. 금강문

조금 곱쳐 들어가다가 신계천의 상류를 옥류동의 하류로 건넙니다. 이로부터 길은 깎아지른 봉우리의 정강이를 안고 인색하다 할 만큼 좁다랗게 났는데 그윽한 수림이 소담소담하게 이것을 감싸서 나갔습니다. 바위 골격이 더욱 불뚝거리고 계곡의 방앗소리가 더욱 요란한 곳에 한 조각 석대 하나가 다리를 멈추게 하는데 앙지대(仰止臺), 즉 우러러 그리워하는 석대라고 새겨져 있습니다.

깊은 맛, 그윽한 맛, 험준한 맛, 신령한 맛이 걸음걸음 더해지는 가운데 우러르고 또 우러르고, 들어가고 또 들어갑니다. 마음의 의식이 어느덧 없어지고, 사방의 경관에 그만 몰입되고 동화된 채, 나도 어언간 미(美) 그것의 일부가 된 것만을 다행으로 여기면서 "천지에 이것이 있거늘 내 즐기지 않을까 보냐? 조선에 이것이 있거늘 내 자랑하지 않을까 보냐?"를 불렀습니다.

심술궂은 돌이 몸부림을 치다 못하여 집채 같은 바위 몇 놈이 입을 모아 가지고 별안간 골짜기를 콱 틀어막은 데에 이르니, 한 삼백 년 전까지도 여기서부터 안으로는 사람이 발을 들여놓지 못하였다고 합니다. 그러나 구룡동의 전경으로 말하면 여기까지는 불과 그 서막이요, 짬과 마루턱은 모두 이 속에 있는 것이니, 만일 이

막힘이 끝내 막힌 채로 있었다면 우리의 낭패가 비길 데 없이 컸을 것입니다. 그러나 하늘이 이만한 승경을 만들면서도 그 중에 특별히 솜씨를 드러내게 된 이런 곳을 만들어 놓은 이상, 좀이 쑤시고 손끝이 간지러워서 오래오래 감추어 두실 수 있었겠습니까. 그 어느 해인가 호우가 홍수를 데리고 와서 인정사정없이 내리 문지르라는 호령을 내리더니만, 단 한 번에 이 골짜기의 마개이던 큰 바위가 가슴에 ㄱ자 관통상을 입고 구멍이 하나 뚫렸습니다.

구멍이 나기가 무섭게 개미가 구곡주(九曲珠)를 뚫고 나가듯이, 그렇게 되기만을 기다렸던 사람들이 그 구멍으로 기어 들어가서 울퉁불퉁한 지대 같은 그 속을 더듬어 내려갔습니다. 그리하여 전에는 비로봉, 옥녀봉 방면으로 넘어와서 내리굽어보고 안타까워하던 것을 이제는 이 구멍으로 기어 나아가서 온갖 거드름을 다 부리면서 시원하게 쳐다볼 것은 쳐다보고, 끼고 놀 것은 끼고 놀게 되었습니다. 어찌나 좋든지 사람 아닌 것이나 드나들 이 구멍에 금강문(金剛門)이라는 멋진 이름을 바쳤습니다. 만폭동 못미처 있는 금강문보다는 이곳의 이름과 실제가 매우 근사하다고 할 것입니다.

비로봉과 구정봉(九井峰) 두 봉우리의 물이 합쳐서 흘러 구룡연(九龍淵)이 된다. 골짜기의 하늘은 그윽하고 길은 끊어졌다 이어졌다 하는데, 벼랑을 부여잡고 나무를 당기며 수십 리를 가면 절벽에 아홉 층의 돌절구가 있다. 폭포가 장엄한데 그 가운데 신물(神物)이 있어 능히 구름과 비를 만들 수 있으며, 사람은 가까이 할 수 없다. 그 아래는 신계동(新溪洞)으로, 수석(水石)이 절경이며 봉우리 또한 수려한데, 인귀(人鬼)와 금수 같은 모습이다. 아래에는 동석암(動石菴)과 신계사(新溪寺)가 있는데, 지금은 폐한 곳이다. 양 봉래(양사언)가 일찍이 띠집을 지었었는데, 그 터가 남아 있다. 물의 근원을 찾는 사람은 구룡연 하류에 이른다. 골짜기 입구에는 바위가 천 길을 깎아지른 듯이 서 있는데, 담으로 막힌 요새와 같다. 물은 돌을 따라 흐르다 바위 틈으로 흘러나온다. 그래서 이름을 '담막이'라 하는데 사람은 통과할 수 없다.

신익성(申翊聖)의 「유금강내외산제기(遊金剛內外山諸記)」에 보이는 이 대목은 금강문이 터지기 이전에 구경하던 상황이니, 금강문이란 것은 곧 당시의 '담막이' 또는 '막힌 담'이었던 것이 뚫어진 구멍입니다. 그때 신계동(곧 구룡동, 옥류동)은 막히고 신계사는 폐해져 이곳까지 가 보지 못하고 동석동의 일까지 잘못 적은 모양입니다.

금강문을 나서며 눈을 들다가 문득 "에쿠!" 소리를 질렀습니다. 돌구멍 하나를 지나 나온 것일 뿐이거늘 광경이 어찌 이다지도 다릅니까? 얼른 말하면 문밖까지의 그것은 겉꺼풀 금강산이요 문 안의 그것이 속살 금강산임을 깨닫고, 놀라는 줄도 모르게 놀란 것입니다. 순식간에 좋아져도 무척 더 좋아졌습니다. 저다지 아름다운 풍광이니 하느님께서 사람에게 보이기를 차마 금지한 것도 혹 괴이치 않다고도 하겠습니다. 아름다움이 한 치쯤 늘면 험난함도 한 자쯤 느는 법이건만, 아무 괴로움도 모르게 자빠질 듯한 길을 더듬고, 넘어져 박힐 듯한 시내를 건넜습니다.

64. 옥류동

　시내를 한 번 건너서 왼쪽 언덕의 숲속으로 한참 나아가다 보면, 지새는 달에 해가 마주 떠오르는 것처럼 밝고 아름다운 장면이 한 층 화창함을 더합니다. 이미 여러 번 겪어서 아는 바와 같이 또 무슨 비상한 국면이 전개되려는 조짐입니다. 옛날에 탐승하려 금강산에 왔던 어느 감사(監司)가 급하게 물이 불어 하룻밤을 묵었다고 해서 감사굴(監司窟)이 되었다는 바위틈을 지날 무렵부터 길은 거의 발붙일 틈이 없으니 이도 또한 절경이 생기려 하는 금강산의 예증입니다. 발만을 믿기 어려우리라 하여 바위 벼랑 밑으로 쇠줄을 건너 매어 붙잡고 나가게 한 데를 걷는 듯 기어 지나가면, 옳거니, 조물주의 큰 잔칫상이 거기도 한판 벌어졌으니, 이미 많이 들어서 친숙한 옥류동(玉流洞)이 여깁니다. 시원하게도 열린 풍광이요, 고루고루 갖추어 생긴 승경입니다.

　끼얹는 것은 냄새, 만져지는 것은 운김[1], 귀에는 소리 아닌 일종의 선율, 혀에는 씹히는 것 없는 일종의 미감, 원체 좋은 경치는 눈

---

1 남은 기운, 여럿이 한창 함께 일할 때에 우러나오는 힘, 사람들이 있는 곳의 따뜻한 기운 등을 뜻한다.

으로 보기만 하는 것, 마음으로 맛보기만 하는 것이 아닙니다. 둥글한 미, 함박송이의 미는 실로 오관과 온갖 구멍으로 골고루 침투하여 들어오는 것임을 여기서 알겠습니다. 하나만 빼어도 구석이 비고, 하나만 덧보태도 군더더기가 될 것 같은, 꼭 알맞고 꼭 좋은 '그 무엇'이 이 옥류동입니다.

산수면 산수고, 천석(泉石)이면 천석이지, '그 무엇'이란 것이 도대체 어떻다는 말이냐? 네, 산수요 천석이요, 숲과 바람의 피리소리이며, 하늘빛 구름 그림자이지만, 이 모든 것을 제곱하고 여러 번 곱하여, 할 수 있는 화합과 통계를 시도하여도, 거기에서 옥류동 저것의 총화가 생길 리 없습니다. 하물며 극히 미세하게 분류된 최소 성분이라 할 한두 건을 들추어서 무슨 형용과 표현이 되오리까?

그러면 옥류동은 그 무엇이겠느냐? 그런 대로 산수요, 천석이요, 이것이요 저것 아닐 것도 아니니, 이럭저럭 말하기 거북하기에 아직 나는 '그 무엇'이라 하여 두는 것입니다. 금강산을 미의 목록이라 할진대, 옥류동은 분명 금강산의 목록이라 할 것입니다.

기묘 · 웅장 · 밝음 · 화려 · 그윽 · 현묘 · 원만 · 빼어남 · 소리 · 색채 · 정신 · 기운 등 이 밖에 우리가 상상할 수 있는 일체의 미적 요소, 미적 조건, 미적 요구를 모조리 제출하십시오. 그리하여 이 모든 것의 완전한 조화 상태를 상상으로 갖추어 보십시오. 그런데 그것이 물적으로 또 경치상으로 성립된다 하면 그것이 어찌 되는지를 알려 하거든 나는 옥류동을 보시라 하겠습니다. 이리하고 저리하고 할 것 없이 온갖 미의 본질될 만한 것이 상즉상입(相卽相入)하여서 원만하고 충족한 화장계(華藏界) 하나를 산수의 위에 벌여 놓은 것이 옥류동이라 할 것입니다. 왼쪽에는 굵고도 잔재미스런 주름을 가진 암벽, 오른쪽에는 뾰족한 채 보드랍게 된 봉우리, 널브러진 채 오긋하고 희고 때끗한 대반석, 어지러우면서도 간잔지런한 뿌다귀 많은 큰 돌덩이, 이 중에 갖은 짓은 다 하는 맑은 계곡

물과 같은 멋다 다 가진 노목들이 아주 특별한 안배와 절대적인 조화를 이루었다 하면, 말이 좀 막연합니다만 그래도 그 실경과 실감의 만에 하나도 제대로 그리지 못한 것임은 물론입니다.

어지러운 바위를 헤치고 쏟아져 내리는 흰 비단 같은 수렴과 급한 여울이 기울었다가 바로 떨어졌다가 빨랐다가 느렸다가 하는 온갖 모양을 짓는 중에 원체 덩어리 돌인지라 거의 나무가 날 틈이 거의 없건마는 진실로 한 치의 틈과 한줌의 흙만 있는 곳에는 반드시 적송, 해송의 교목이 섰으며 이 전폭을 에둘러서 단풍나무와 물푸레 나무 등의 활엽수가 알맞게 늘어섰습니다. 이 경치를 관장하는 중심이 둘로 나뉘어 비류 바로 밑에 있는 반타(盤陀)를 천화대(天華臺)라 하는데, 앞으로 내다보이는 골짜기 바깥의 봉우리 무리들이 마치 하얀 연꽃을 공중에 뿌린 것 같다고 해서 붙인 이름입니다.

천화대의 정중앙에 네모 반듯하고 심히 묘하게 생긴 연못은 '배소'라 하는데, 소의 앞에는 부등변 삼각형 모양의 바위 하나가 완전히 키의 모양을 지었으니, 금강산에 있는 네 개의 배 모양 연못들 가운데서 가장 좋은 국면에 놓이고 가장 좋은 모양새를 이루었습니다. 천화대가 한 단 떨어져서 감사굴 앞에서 다시 한판 배치된 것을 백석담(白石潭)이라 하니, 금강산의 계곡 바닥 어느 곳이 하얀 돌 아닐까마는, 백석담이라 하는 이곳은 아닌게 아니라 흰 것들 중에서도 특히 흰 것입니다. 골짜기 내의 요소들 뿐만 아니라 골짜기 밖의 먼 봉우리까지 들어와서 아름다움을 완전하게 채운 것이 옥류동임을 알게 하는 곳은 천화대입니다. 천화대 사방에는 옛날이나 지금 사람들의 이름을 새겨 놓은 것이 심히 많은데, 그 중에는 최고운(최치원)의 이름도 있음이 기이합니다.

그런데 옥류동에서 다른 것을 다 제쳐놓고 특히 조화주의 주도 면밀하신 뜻에 못내 감격할 것은 이 전체 골짜기의 구성을 곱고 함치르르하게만 하려 들지 않은 점입니다. 또 기름 자른 머리나 속새

질한 널마루같이만 하려 들지 않았습니다. 모나고 둥글고 길고 짧은 무수한 돌덩이를 어지러이 헤뜨려서 기교를 부린 것 같으면서도 기교를 부리지 않았고 의도를 갖지 않은 듯하게 의도를 갖추었습니다. 만폭동과 옥류동이 각기 내외 금강의 대표적인 자연을 이루었지만 너무 반드러운 것이 암만해도 만폭동의 병이라면 이에 대하여 날 것 그대로의 맛, 수컷된 맛까지를 갖춰 가진 것이 옥류동의 빼어난 점입니다. 옥류동에서 없어서는 안 될 것은 무엇보다도 마치 채석장처럼 어지럽게 널려 있는 돌덩어리들임을 알아야 합니다. 일청대에서 옥류동까지 또 10리를 잡습니다.

65. 비봉폭

천화대를 건너가서 쇠줄을 붙들고 비탈로 올라서면 왼편 뒤로
내려다보이는 배소의 장관이 새롭게 안타까운 애착을 자아냅니다.
여기서부터 길은 더욱 까다로움을 더하여 붙들고 껴안을 것이라도
없으면, 거의 발을 내놓지 못할 지경이 됩니다. 이렇게 한 고개를
넘으면 이때까지 험준하다 했던 것을 다 삭쳐야 할 정도로 진짜 험
준한 길이 다시 앞에 나섭니다.

높고 까다로워 그런 것이 아니라, 민틋 비스듬한 큰 바위벼랑이
사람 다닐 사정을 조금도 돌보지 않고 쭉 뻐드러졌는데, 그 아래는
깊이를 알 수 없는 연못과 붙잡을 곳 없는 위험스런 바위가 한 번
더 사람의 쓸개를 서늘하게 합니다. 과거에는 필목 천을 나무에 걸
고 매달려서 나다니던 곳이지만 지금은 쇠말뚝을 박고 통나무로
층계도 만들었으며, 그래도 거북한 곳에는 철난간까지 쳐서, 심약
한 자라도 담대한 빛을 보일 만큼 해놓았습니다.

이렇게 위태롭건만 누구라도 돌아설 생각을 내지 않는 것은 아
래로 내려다보이는 연주담(連珠潭)과 진주담(眞珠潭), 두 못의 아름
다움이 사람을 홀리기 때문입니다. 옥류동은 도리어 번잡하다 하
여 거기서 어수선한 요소를 다 없애고, 다만 환히 트이고 다만 깔

끔하게 다시 한 의장(意匠)을 세운 것이 이 형제담(兄弟潭)의 풍광입니다. 옥류동을 문수보살이라 치면 연주와 진주 두 연못은 유마(維摩) 거사라 할 것이요, 옥류동이 부처의 진리를 설법하는 자리라면 두 연못은 진리를 추구하는 참선 수행하는 곳이라 할 것입니다. 더욱이 옥류동의 이웃이 바로 형제담인 것은 양자로 하여금 서로 그 아름다움을 더하도록 하기 위해 부득이한 것입니다. 남성적인 외금강, 또 그 옥류동에서 가장 남성적인 기상을 풍부히 부여받은 것이 이 형제담입니다.

비봉폭포(일제 시기)
필자는 비봉폭포의 형세를 "은하수가 하늘에서 쏟아지듯이"라고 표현하면서 감탄했다.

이로부터 썩은 나무 층계와 부스러진 돌비탈을 한참 동안 오르락내리락 하다가, 바윗돌 징검다리로 하여 '가운뎃방 물나들이'란 데를 건너면, 다시 쇠줄과 나무 사다리의 신세를 지고 너댓 길이나 되는 거대한 바위 비탈을 더위잡아 올라갑니다. 연주담에서 이곳까지의 경물(景物)은 매운 맛이 돌도록 씩씩하여 도저히 유흥적인 기분으로 대할 수 없습니다. 으리으리하다는 것이 이런 것을 두고 이름한 줄 알게 됩니다.

비탈에 올라서서 톡톡한 나무 숲쪽으로 눈을 잠깐 가렸다가 뜨면 구김살 많은 천 길 돌벽이 왼쪽에 가파르게 서있습니다. 피라미

드 같은 기이한 봉우리의 안부(鞍部)¹에서 한 줄기 비폭(飛瀑)이 바람에 날리는 성긴 깁처럼 홀홀 넘어오다가, 허리춤쯤에서 돌뿌다귀에 걸려 와폭(臥瀑)이 되고 평류(平流)가 되고, 정강이쯤에서 다시 수렴(水簾)이 되어 쏟아지는 장관이 사람의 정신을 내두릅니다. 이것이 비봉폭(飛鳳瀑)이란 것이니, 비류(飛流)란 문자가 이곳만큼 적절한 데도 드뭅니다. 폭포의 꼭대기 너머로는 산이고 나무이고 아무것도 보이는 것이 없으며, 오직 갓 같은 푸른 하늘에 끈 같은 흰 구름이 매였다 풀렸다 할 뿐이니, "은하수가 하늘에서 쏟아지는 듯하다."는 말은 이곳을 두고 한 말인 모양입니다.

폭포의 끝부분을 건너면 박달나무 많이 난 구성대(九成臺)가 사람을 막을 듯하다가, 어찌 생각을 바꾸었는지 통과시켜 주는데, 구성대로 하여금 일단의 정채(精彩)를 띠게 하는 것은 비봉폭과 거의 직각으로 우뚝한 봉우리의 험준하게 잘려진 낭떠러지와 거대한 도끼로 찍어낸 듯한 바위 면에 또 하나의 폭포가 쏟쳐 내려짐입니다. 이것을 전에는 운금폭(雲錦瀑)이라 했으며, 지금은 무봉폭(舞鳳瀑)이라 하니, 비봉폭보다 키는 작은 듯하나 물의 양은 훨씬 많고, 사방의 너름새가 한껏 넓고 웅장하고 화려한 맛을 보여서, 사람으로 하여금 숙연한 생각을 일으키게 합니다.

이쯤에서부터 깊고 높은 뜻이 다시 한층 더하여 거대하게 신령스러운 손이 마음속까지를 휘젓는 듯하고, 종교적 정조가 걸음걸음 농후하여집니다. 무봉폭 너머로 올려다보이는 깊고도 높은 신선대(神仙臺)가 꼭 신의 영험함을 드러내 보이고 있는 것 같아서, 그 앞에 무릎을 꿇고 참회와 기도를 바치지 않은 게 일생일대 죄가 되는 것처럼 마음을 아프게 합니다. "어허, 하늘님!"

---

1 산의 능선이 말안장 모양으로 움푹 들어간 부분을 말한다.

66. 구룡연

무봉폭 등에서 물을 한 번 건너서 돌층계를 밟고 오르면 멀리는 천화봉(天花峯), 가깝게는 봉황(鳳)바위가 '어서 들어가라'며 격려하는 것처럼 팔길을 이리로 내밀었습니다. 다시 잔도(棧道)에 의지해 바위벼랑을 지나려면 길의 오른편에 '장방호구(長房壺口)'라는 제각(題刻)을 보고, 이어서 아득한 석대(石臺) 하나를 끼고서 연담교(淵潭橋)라고 새긴 곳에서 암벽 틈 하나를 건넙니다. 거기서 꺾여서 조그만 수렴(水簾) 하나를 보고, 다시 쇠 난간과 나무 사다리를 더위잡아 신계사로부터 열 번만에 마지막 시내를 건너면, 거머무트름한 바위 봉우리·바위 벽·바위벼랑이 웅장하게 둘러선 기슭으로 하여, 이제야 30리 이 골짜기의 막바지를 들여다보게 됩니다. 후이하게 이마를 스쳐 가는 바람과 무시무시하게 귀청에 다닥뜨리는 물방아 찧는 소리가 문득 신비한 위협으로 사람을 핍박합니다.

소리를 뒤쫓아 몸뚱이가 나옵니다! 막다른 골이 다시 한 번 접어들면서 대붕(大鵬)이 두 날개를 벌린 듯한 큰 바위가 우긋하게 둘리고, 두 날갯죽지 사이가 잘록하게 홈이 졌는데 그 틈으로 굵게 할 수 있는 한 한껏 굵게 깎은 듯한 수정 방앗공이가 무서운 형세로 펑펑펑펑 내리찧습니다! 이 큰 산골짜기가 순전히 기다란 한 개 바

구룡폭포(일제 시기)
구룡폭포는 금강산 제일의 폭포일 뿐 아니라 조선 제일의 폭포로도 평가된다.

위인데, 이 큰 돌덩이가 들먹들먹하도록 방아확이 울립니다! 비로봉과 구정봉, 양대 봉우리의 물이 합류하여 이곳 벼랑으로 한꺼번에 쏟아 내리는 구룡연입니다. 구룡폭(九龍瀑)입니다. 귀는 터진 대로 먹어버리고, 눈은 뜬 대로 멀어 버리고, 얼은 말짱한 채로 빠져 버립니다. 어느 틈엔지 폭포가 그만 나에게 와서 들씌워지고 나는 그만 폭포 속으로 쑥 들어가 버립니다. 또 한 번 나도 모르게 "예, 하늘님!"하고 예배를 하였습니다. 재배(再拜), 사배(四拜), 구배(九拜)를 하여도 직성이 잘 풀리지 아니합니다.

이 폭포 하나를 만드느라고, 골짜기를 이만큼 깊숙하게 하고, 바위 봉우리를 이만큼 웅장하게 하고, 이 막바지에서 저 신령스런 힘으로 하여금 팔을 벌려서 긴 소매를 늘어뜨리게 하고, 거기다가 저 부푼 은색 실로 테를 걸어 놓기까지, 조물주의 노력이 결코 심상치 않으셨을 것이니, 이에 못내 감격하였습니다.

폭포 밑을 보려면 폭포와 직각으로 펼쳐진 미끄럽디미끄러운 일대 반석을 횡단하여야 합니다. '천 길의 흰 비단, 만 섬의 진주', '성난 폭포가 쏟아져 사람의 눈을 휘둥그렇게 하네', '우레 소리 온 골짜기에 울리고, 그 기운 푸른 바다를 삼키네' 등의 제각(題刻)을 발디딤 걸이로 하여, 이 두꺼운 바위를 살얼음판이나 디디는 것처럼 조심조심 건너가면, 마른하늘에 천둥이 들레고, 갠 날에 이슬비가 쏟아지면서 냉기는 뼈를 저리게 하고 들먹거리는 지반은 발바닥의 안전을 허락지 않습니다. 2백여 척 곧장 깎인 바위 도랑으로 아래위가 출무성하게 내리 드리운 큰 공이가 깊이와 둘레가 각각 40척이 충분한 구덩이를 발 앞에 파놓고, 늘 정진하는 것처럼 주야로 방아 찧고 있는 것이 무엇인지, 천지가 나뉜 이래로 그동안 쌓은 공부만 하여도 어떠한 금단(金丹)이라도 넉넉히 얻을 수 있지 않았겠습니까? 저 충충한 소 밑에는 아마도 적성의(翟成義)가 얻어 왔던 영단(靈丹) 이상의 신비한 약이 있으련만, 저 속에 들어가서 끄집어 낼 재주가 무엇이리까?

폭포도 좋고 소도 좋지만, 골짜기 전부가 하나의 돌덩이로 된 거석미(巨石美)와 이 경계 안에서는 돌 아니면 물이지 흙이라고는 한 고물도 붙이지 않은 순석미(純石美), 이쪽에서 폭포를 건너다보면 폭포 쏟아지는, 말의 귀 같은 두 틈 너머로 덜미의 봉우리가 갸웃이 넘겨다보이는 후옹미(後擁美), 폭포에서 건너 쪽을 내다보면 울집 같은 돌벼랑이 철옹(鐵甕)같이 돌아간 전위미(前衛美)가 세상에 비할 데 없는 절경입니다. 폭포 앞에 새삼스럽게 말 안장 모양의 웅덩이가 생겨서 매달아 놓고 보던 물을 펼쳐서 고쳐 놓고 구경하고, 다시 그것이 내려가서 둥근 거울도 이루고 푸른 물병도 만드는 등, 한 자리에서 여러가지 변화를 보이되, 낱낱이 극히 기이하고 신비하여 진실로 여기밖에 다시 있을 것 같지 않습니다.

구룡연(또는 폭포)은 금강산 제일의 폭포일 뿐 아니라, 조선 제일 내지 동양 제일의 폭포임을 우리는 서슴지 않고 단언합니다. 그야 조선에서만 하여도 우선 개성의 박연(朴淵) 폭포가 이보다 좀 더 긴 것도 사실이요, 일본인은 툭하면 화엄(華嚴) 폭포가 더 크다고 말하지만, 구룡연의 배경과 구조와 멋을 만에 하나라도 흉내낼 자가 그래 그 누구란 말입니까? 그래 구룡연만큼 두루 갖춘 조건과 신비와 정조가 박연에 있다는 말입니까, 화엄에 있다는 말입니까? 박연, 화엄은 고사하고 산이 높아야만 쓰는 것이 아니요, 물이 깊어야만 갸륵한 것이 아니요, 폭포가 커야만 장한 것이 아니라는 의미에서는, 우리 구룡연이 세계의 제일이라 하여도 지나치지 않을 것입니다.

구룡연의 이름에 관하여서는 유점사의 구룡소에 억지로 갖다 붙인 옛날 이야기가 있으니, 유점사 터에서 쫓겨난 구룡이 구룡소에 잠시 머물다가 다시 쫓겨나 이곳에 와서 살게 되어 구룡이란 호칭이 생겼다고 합니다. 물론 근거 있는 말은 아닙니다만 이 전설에 다소의 사실적인 면이 섞였다고 한다면, 그것은 첫째, 효운·신계 양 골짜기가 다 고대에 종교적으로 영험한 장소였다는 사실, 그리고 둘째, 불교가 예로부터 내려오던 국교(國敎)와 더불어 도처에서 갈등 관계를 가졌는데, 효운동에서는 이겼으나 구룡연에서는 그렇지 못하였다는 의미를 붙인 것입니다. 구룡(九龍)은 옛말에서 '하늘(天)'을 뜻하는 '굴룬'에 해당되는 말이니, 그렇다면 구룡소와 구룡연은 바로 천지(天池)와 천연(天淵)이 변형된 말의 하나일 따름입니다.

67. 상팔담

구룡동 구경은 구룡 폭포에서 끝나지 않습니다. 구정봉 막바지까지는 요즈음 길이 시원치 않으니까 그만둔다 할지라도, 상팔담(上八潭)까지는 부득불 보아야 합니다. 연담교(淵潭橋)까지 돌아 나와서 우측의 석대를 쳐다보고 다짜고짜로 올라갑니다. 사람의 발자국이 났다 해서 길이라 하는 것이지 발붙일 곳이 있어서가 아닙니다. 수없이 바위에 매달린다, 구멍으로 빠져 나간다, 자빠지며 미끄러지며, 드러난 나무 뿌리를 유일한 손걸이 발걸이로 하여 갖은 위험을 다 무릅쓰고 올라가다가, 기다란 암벽이 성가퀴 모양으로 생긴 곳에 가서야 비로소 걸어 나갈 만한 평지 길을 만납니다. 여기까지 이르는 약 5리는 이제까지의 모든 험했던 길들을 전부 평탄한 길로 여기라는 듯 험난한 길 중에서도 험난한 길이니, 구룡연까지 와서도 상팔담 구경을 그만두는 사람이 많은 것이 별로 괴이하지 않습니다.

이렇게 평평한 길이 나선 것이 실상은 잠시 사람을 꾀는 것일 줄이야 어찌 뜻하였으리까? 얼마 나가다가는 바위 틈서리로 하여 기어오르는데, 참으로 손에서 땀이 나는 아슬아슬한 곳을 한참 더위잡습니다. 이렇게 하고 올라서는 마루턱에 구룡대(九龍臺)라 하여,

아까 밑에서 쳐다보던 구룡연 왼편 날개의 덜미입니다. 들여다보면 깊고 으슥하고 그윽하게도 들여다보입니다. 구정봉으로 하여 비로봉까지의 수십 리 긴 골짜기가 골목으로는 다 보이지 않을 법하여도, 층층 첩첩의 봉우리들이 개의 이빨처럼 위아래가 서로 맞물린 틈으로 나사처럼 트레트레해 올라간 것이 모두 이 골짜기의 굽이들입니다. 거기에서부터 뻗쳐 나오는 흰 바위의 바닥이 연방 층을 지으면서 한 줄기 맑은 물을 활 모양으로 끌어 나옵니다. 감추다 못한 신비 그것이 한 오리만큼 빠진 것처럼.

우리가 서 있는 곳도 그렇지만, 들어가면서 좌우가 도무지 천 길 벼랑의 깎아지른 듯하지 않은 데가 없는데 수런수런 쿵쿵하는 물이 까마득한 저 속에서 까마득한 아래로 시급한 볼일이나 있는 것처럼 달음질하여 나옴은 과연 극도의 움직임과 고요함이 어깨를 겨루고 있는 기묘한 볼거리입니다. 장엄한 광경만도 아니요, 기묘한 광경만도 아니요, 아름답다거나 화려한 광경만도 아닌, 묘하게 불가사의한 하나의 특이한 장관입니다. 그것이 그대로 내려오는 물인가요? 돌바닥이 좀 기웃하는 듯하면 문득 와폭(臥瀑)이 지고, 그 밑에는 반드시 둥그런 소가 패어서 둥글고 푸르고 이상한 크고 작은 석담(石潭)이 고대고대 무릇 열 하나나 열 둘쯤 연쇄를 이루었는데, 저 둥그란 것, 저 새파란 것, 저 고인 것에서는 가만히만 있는 듯하고, 흐르는 듯하고, 흐르는 토막에서는 움직이기만 하는 듯한 것, 어쩌면 저러냐 말이야? 어쩌면 저렇게 생겼느냐 말이야? 골은 골, 물은 물, 소는 소대로 떼어 내면 각각 신비의 한 조각이요, 모여서는 온통 신비의 한 덩어리인 것이 저 광경입니다.

이렇게 생긴 소가 구룡대에서 내려다보이는 것만 하여도 열이 넘고, 저 깊은 속에는 또 몇이 더 있을지 모르지만, 그 중에서 여덟만을 들어서 팔담(八潭)이라 하고, 윗골에 있다고 하여 상팔담(上八潭)이라고 부릅니다. 또 만폭동의 그것을 내산팔담(內山八潭)이라고 함에 대하여 이것을 외산팔담(外山八潭)이라고 일컫기도 합니다. 이 상팔담 물이 구룡대 밑으로 내려와서, 떨어질 듯 맞붙은 형제담을 이루었다가, 금세 낭떠러지를 만나서 오른쪽으로 치우치면서 실오라기 같은 홈타기로 떨어져 내려가는 것이 아래에서 보던 구룡 폭포입니다. 여기서 보기에는 분명히 하나의 실오라기이거늘, 내리 떨어지는 데는 백 길의 비단이라니, 생각하면 신기합니다. 밑에 있는 구룡연과 상팔담을 합하여 이 아홉 개의 소에 유점사의 구룡(九龍)이 와서 있음을 말합니다. 용이 과연 무엇인지는 모르겠지만, 어쨌든 이 소들에는 어떻게든 신령스런 무엇이 있을 것이란 생각이 듭니다.

68. 옥녀 세두분

팔담(八潭) 구경이라고는 하여도 다른 데처럼 거기를 직접 가서 보는 것이 아니라, 구룡대에서 멀리 볼 뿐이니, 이렇게 멀리서 내려다보고 데미다 보게 생긴 것이 또 다른 맛입니다. 본디 팔담 그것만으로는 그다지 대단하다 할 것이 없을는지 모릅니다. 이렇게 깊이 들어오고 이렇게 높이 올라서고 이렇게 멀리 내다보는 중에 천 가지 경관, 만 가지 정취를 한꺼번에 거둘 수 있게 되는 것이 구룡대의 독특한 경계인 것입니다. 이렇게 깊이 들어와서 더 깊이 들여다볼 수 있다는 것도 이미 의외인데, 게다가 까마득하게, 가깝게는 골바닥을 내려다봄과 멀리는 허허바다를 내다봄을 겸한 것은 아닌게 아니라 구룡대만이 우리에게 제공하는 큰 구경거리입니다. 건너다, 쳐다, 들여다, 내려다, 돌아다, 내다 등 갖은 '보기'와 기타 등등 빼어난 것들을 다 갖다니, 이런 데가 이 밖에 또 있으리라고는 상상하기도 어렵습니다.

등성마루를 타고 한 꼭대기까지를 올라가면, 돌바닥에 절구 구멍처럼 동글오목한 웅덩이가 군데군데 패어 있음을 봅니다. 천상수(天上水)이겠지요. 그곳에 물이 잔뜩 고이고, 어디서 왔는지 파란 개구리가 드나드는 곳조차 있습니다. 선약(仙藥) 찧던 절구라 할 만

도 하고, 강우량 재던 측우기라 할 만도 하지만, 실상인즉 천녀(天
女)들이 머리를 감고 간다는 옥녀 세두분(玉女洗頭盆)이라는 곳입니
다. 이런 모양으로 생긴 것이 만폭동, 효운동, 만물초 등 금강산 내
곳곳에 있어 모두 같은 이름으로 부릅니다만, 그 중에 가장 신기한
것이 이곳 옥녀 세두분입니다. 그래서 이 세두분에는 아름다운 옛
날이야기가 담기게까지 되었습니다.

옛날에 사냥꾼 하나가 사슴 한 마리를 몰았더니, 사슴이 사냥꾼
더러 나를 살려 주면 선녀에게 장가를 들여 주겠다고 하였답니다.
그래서 사슴을 따라서 선녀 있는 데를 찾아갔는데, 그곳이 바로 이
팔담이었습니다. 여덟 선녀가 옷들을 벗어서 바위 위 나무에다 걸
고, 한 소에 하나씩 목욕을 하는데 사슴이 하라는 대로 그 중 한 선
녀의 옷을 몰래 떼어서 감추고 숲속에 가서 숨어 있었답니다. 선녀
들이 목욕을 다 감고 옷을 찾아 입고 하늘로 날아 올라갔는데, 한
선녀만 날개옷을 찾지 못하여 날지 못하고 울고 서 있었답니다. 사
냥꾼이 나가서 이 선녀를 붙들고 이왕 하늘로 돌어가지 못할 양이
면 나와 내외가 되어 살자고 하여, 집으로 데리고 와서 아들딸을
낳고 재미있게 살았답니다.

당초에 사슴이 신신당부하기를, 아무리 오래 살아서 정이 깊이
들어도, 그 날개옷을 내어 주어서는 안 된다고 하였지만, 사냥꾼은
자녀가 이렇게 수북하니 이제는 어떠랴 하고 그 옷을 내보였답니
다. 그런데 뜻밖에 선녀가 옷을 보기가 무섭게 빼앗아서 뒤집어쓰
더니, 걷잡을 새 없이 획 날아 하늘로 올라갔답니다. 사냥꾼이 낙담
하여 애통해하며 지내다가, 그 사슴을 만나서 서러운 사정을 하니,
사슴이 이르기를, 선녀들이 그때 혼들이 난 뒤로는 내려오지를 않
고 두레박을 내려 물을 길어 올려서 쓰는 터이니, 이른 새벽에 기
다리고 있다가 두레박이 내려오거든 타고 올라가면 만날 것이라
하더랍니다. 이에 사냥군이 그대로 하여 과연 하늘로 올라가서 인

간의 사냥꾼이 단번에 천상의 귀동사위가 되었답니다.

이 이야기는 설화학 차원에서 보면 우의 설화(羽衣說話)라는 하나의 유형을 이루는 것입니다. 선녀가 인간 세상에 내려와 목욕하다가 옷을 빼앗기고 사람의 아내 노릇 하게 된 이야기는 중국에도 있고 일본에도 있고, 그 연원을 찾으면 인도에까지 거슬러갈 수 있는 것이며, 그 유형으로 말하면 거의 전세계에 광범위하게 퍼져 있는 것입니다. 그러나 어떤 곳에 있는 우의 설화보다도 무대와 사실이 가장 잘 들어맞는 것이 팔담의 그것입니다. 또 조선 안에서는 우의 설화의 무대가 팔담뿐이 아니지만, 어느 곳보다도 톡톡히 잘 어울려서, 만약 이 이야기가 없었더라면 낭패일 뻔 했으리란 생각까지 드는 곳이 여기입니다. 말하자면 이 신비한 경계와 환상적이고 궤이한 설화가 서로 기대어 빛을 더한다고 할 만합니다. 아닌게 아니라 골짜기 자체가 그대로 한 편의 신화적이고 기괴한 이야기처럼 생긴 것이 이 팔담의 모양새입니다.

69. 온정리

　신계사에서 구룡연까지의 30리가 원체 거리상으로는 가까운 거리이고, 또 돌아오는 길은 내려오는 길이라 쉽기도 하여 20리 정도밖에는 안 됩니다. 신계사에 와서 하룻밤을 쉬어도 좋고, 바로 온정리로 나가도 무방합니다. 신계사에서 온정리(溫井里)까지를 10리라 하여도 극락재라는 고개 하나를 넘는 것일 뿐이므로 그리 멀지 않은 길입니다. 극락재란 것은 관음·문필, 양 봉우리가 만나는 고갯길을 가리키는 것인데 험하지는 않으나 꽤 가팔라서 저편에서 들어오는 이에게는 첫밧에 다리 힘을 시험해 보는 곳이 된다고 합니다. 그러나 산진수진(山陣水陳)을 다 겪고 이 편에서 나가는 이에게는 비스듬히 올라가는 평지에 불과할 것입니다. 문필봉 아래는 유마암(維摩庵)이라는 작은 암자가 있습니다.

　극락재의 마루턱에 올라서면 저쪽에서 오는 이들에게는 집선봉으로부터 채하봉과 비로봉을 지나 신선봉·옥녀봉 등에 이르는 동안 빽빽하고 기이한 봉우리들이 우쩍 둘러섰는데, 뒤에는 비로의 고봉이 덜미를 누르고, 안으로는 관음봉·세존봉 등이 무릎을 받치고 있는 그림 같은 한 폭의 광경이 극락 세계를 들여다보는 듯한 생각이 들게 합니다. 이쪽에서 나가는 이들은 원체 험난한 길하고 악전고투하던 끝이라, 이 정도만 하여도 극락 가는 길인가 보다 하는 생각이 날 것이니, 여하간 극락이라는 고개 이름이 그다지 맹랑하지 않습니다. 마루턱에서 밖으로 내다보이는 발연봉(鉢淵峯)의 둥글너부데데한 모습과 수정봉(水晶峯)의 쫑긋버스름한 모습이 또한 다 사람의 눈을 끄는 점이 있습니다.

재를 다 내려가서 산기슭 하나를 끼고 돌면, 돌로 울타리를 친 샘을 만납니다. 이름도 좋아서 감로수(甘露水)이기 때문에, 지나는 길손이 다 한 모금씩 먹게 됩니다. 철도국에서 설치한 호텔을 왼편으로 보고 온정리로 들어서면, 첫째 금강산 하나로 인하여 이미 이만한 큰 시가지가 생긴 것에 놀라게 되며, 다음으론 아무리 금강산 하나를 파는 곳이지만, 시가지의 대부분이 여관집뿐임을 보고 놀라게 됩니다. 마을 곳곳에 염류(鹽類) 온천이 솟아나서 온천장으로도 약간 손님을 끌지만, 금강산 탐승객으로 부지하는 것이 주입니다.

온정(溫井)은 예로부터 위장병 · 신경통 · 피부병 등에 특효가 있기로 유명하여, 세조 대왕의 동유(東遊)도 그 목적의 반은 여기에 와서 목욕하는 것이었다고 합니다. 하지만 신익성의 「유금강내외산제기」에 "이 끓는 샘에서 목욕을 하다. 샘은 금강산 외면에 있는 것으로, 세조께서 목욕하셨던 행궁(行宮)의 옛터가 아직도 남아 있다."라고 한 곳도 지금은 어디인지 알 수가 없습니다.

온정리에서는 온정리만의 탁 트인 정취도 있고, 다른 한편 위협적이던 여정에서 벗어나 금강산을 조용히 관상하는 다른 재미도 있지만, 온정리가 온정리 되는 까닭은 사실 바닷길을 통해 동쪽에서 들어오는 금강산 탐승객들에게 외금강의 여러 방면을 구경할 수 있게 하는 구심점이 되는 데 있습니다. 첫째, 외금강의 대표적 승경인 구룡연까지가 35리, 둘째, 삼일포(三日浦)를 지나서 해금강까지가 40리, 셋째, 바로 옆의 한하계(寒霞溪)를 지나서 만물초까지가 20리, 넷째, 만물초에서 온정령(溫井嶺)을 넘어 내금강의 장안사로 들어가는 여정, 다섯째, 온정교(溫井橋)·화우리(花雨里), 양고(椋庫)·백천리(百川里)로 하여 유점사 방면으로 들어가는 여정 등, 원산에서 장전을 거쳐 금강산에 들어오는 이에게는 물론이요, 내금강에서 나온 이라도 외금강의 외부를 밟는 데는 반드시 경유하는 요지입니다. 여비를 절약하기 위해서 흔히 원산에서 바닷길로 왔다가 바닷길로 돌아가는 길을 택하기 때문에, 온정리의 발전은 금강산 열기와 마찬가지로 해마다 괄목할 만합니다.

　온정리에서 서쪽으로 온정령까지 관음봉과 오봉(五峯) 간 이어진 봉우리 능선 사이로 뚫린 30리 긴 골짜기를 근래에는 한하계(寒霞溪)라 부릅니다. 왼쪽의 관음봉은 극히 웅장하고 험하고, 오른쪽의 오봉은 아름답고 기이함을 보이는 중에, 비스듬하게 낮아지는 바닥으로 온정천(溫井川)의 맑은 시내가 넓고 깊게 흘러내려서, 유람객으로 하여금 금강산의 웅대하고 광활한 일면을 흠씬 맛보게 하는 곳입니다.

　마을이 끝나는 곳에서 하교(霞橋)라고 이름한 긴 다리로 온정천 하류를 건너면, 수정봉 밑에서 민틋하게 올라가는 길이 시작됩니다. 고성 이쪽에서 회양 저쪽으로 통하는 큰길인지라, 길이 넓고 편하여 걷는 수고가 도무지 없고 또 해산물을 싣고 들어가는 자, 산에서 생산된 것을 싣고 나오는 자, 상인·여행객·소와 수레 등이 끊이지 않고 이어져 오래간만에 신선들의 세상에서 인간들의 세상으로 돌아온 듯한 생각을 가지게 합니다. 발감개를 무릎까지 하고 채찍을 어깨에 멘 마부가 목련꽃 향기가 몰려오는 온정령을 내다보면서 '적벽강(赤壁江) 나린 물이'와 '삼일포 밝은 달에'를 콧소리 버무려서 부르는 것을 들을 때에는 못 들을 줄 여겼던 애인의 기침

소리를 뜻밖에 접한 듯하여, 그립던 인간미가 거의 사람을 취하게 합니다.

그러나 눈을 들어 살펴보면, 앞의 좌우로 펼쳐진 광경이 의연히 범상함을 뛰어넘고 탁월하게 절묘한 조물주의 비밀 정원입니다. 의연히 인간 세상인 그대로 선경입니다. 백옥을 쪼아 놓은 듯한 기이한 봉우리와 벽유리를 풀어 놓은 듯한 맑은 시내는 다른 데와 같다면 같되, 전자는 구불첩첩한 채, 후자는 기이한 채 평평하고 곧고 아득하며, 산기운 그대로 들판의 정취를 띠어, 이때까지 보지 못하던 새 국면입니다. 수직적 본질을 지닌 채 수평적인 새로운 맛을 겸한 것이 한하계 골짜기의 특색입니다.

한마디로 말하면 두메의 금강산을 들판의 금강산으로 구경하게 하는 곳이 한하계입니다. 서서 구경하고 더위잡으면서 구경하던 금강산을 앉아서 구경하고 드러누워서라도 구경하게 하는 곳입니다. 무엇이든지 하나라도 빼놓지 않으리라고 작정하신 조물주는 이처럼 새로운 배치로써 기어이 금강산을 완성하시려 하신 것입니다. 두루마리같이 돌돌 말고, 빗접같이 착착 접었던 금강산을 장판지같이 펴서 보는 한하계에서 너그럽게 펼쳐지고 평화롭게 조화를 이룬 새 금강 하나를 발견하게 됩니다.

이때까지 집약되어 둘러싸이고, 압박하듯 위협적이던 아름다움에 헐떡이다가, 이렇게 퍼트려지고 어루만져주는 새 맛에 겨우 숨 돌리기를 시작하여, 관음봉 뒤쯤 되는 곳에 꽤 웅장한 폭포를 남쪽으로 보면서, 10리 거리의 '삼거리'와 20리 거리의 '칡덩히[葛田]'에 다다르면 속이 아주 시원해서 광풍제월(光風霽月)이니 천공해활(天空海闊)이니 하는 심경을 잘 짐작할 듯하여집니다. 가다가 계곡 주변의 바위에 궁둥이를 붙여보는 족족 가슴이 후련하여 반평생의 체기(滯氣)가 새로새로 사라지는 걸 깨닫습니다.

칡덩히 주막 건너에 복숭아 나무 두세 그루에 싸인 넓고 기다란 바위 하나가 있는데, 자세히 보면 '육화암(六花岩)' 석 자가 새겨져 있습니다. 요즘 행인들은 대개 그 바위를 모르기도 하고 알아도 건성으로 보고 지나가지만, 옛날에는 이것이 금강산 중의 금강산이라던 천불동(千佛洞) 입구의 표석(標石)인 것입니다.

주막 뒤로 으늑한 골짜기 하나가 깊게 뚫리고, 맑은 계곡 한 줄기가 수놓은 듯한 소나무 숲 속에서 쏟쳐 나옴이 천불동의 숨은 소식을 전하는 것이니, 옛날에는 유람객이 반드시 감상하던 승지(勝地)였으나, 간략하고 빠른 여정을 좋아하는 근래에는 금강산 구경에서도 좀 은폐되어 있는 이런 곳은 차차 돌아보지 않게 되고 그 실지(實地)를 모르므로 천불(千佛)이란 이름만으로 상상하여, 천불동에는 제불여래(諸佛如來)의 전생의 조각상이 있는데, 아주 신비하여 평범한 사람들이 함부로 보는 것을 허락지 않는다는 식의 황당한 전설로 사람의 입에 오르내립니다. 실상은 천불동도 백탑동이나 만물초와 한가지로 천연의 기이한 바위 숲에 불과한 것입니다.

근대에 대표적인 산악 행자라 할 양사언(梁士彦)은 천불동에도 깊은 애착을 가졌었는데, 우선 여기 육화암이라고 새긴 것도 그의 짓이라 합니다. 이제 양사언의 「천불동기(千佛洞記)」를 초(抄)해 두겠습니다.

백정봉(百鼎峰)에 올라 북쪽으로 거대한 붉은 바위벽을 바라보니, 지세가 높아 이내가 일고 구름이 넘친다. 산허리를 따라 쉬지 않고 20리를 가서 절벽의 위에 도착하여 허공의 다리를 만났는데, 실제 다리가 아니다. 의지할 만한 사다리도 없다. 다만 절벽 가에 구멍이 있는데, 바깥으로 통하는 하늘빛에 눈길을 모으니 구멍 끝에 희미하게 석대(石帶)가 있다.

기어서 손걸음으로 백여 걸음을 가니 놀랍게도 문이 있다. 문밖에는 길이 끊겼다. 수십 리를 바라보니, 하얀 눈이 밝아서 옥을 잘라 병풍을 만든 듯, 옥을 펼쳐 세상을 연 듯하다. 덤불숲이 화려하고 이별의 회포 나누는 정자가 우뚝하다. 배를 끌고 머리를 펴니, 무릎에 구분이 없이 돌주름이 희미하게 생긴다. 반신(半身)을 절벽에 기대어 중간 부분에 들어가니, 먼저 옥루(玉樓)와 요대(瑤臺)가 있다. 혹은 관대(冠帶)를 갖춘 거인(鉅人)이 예에 따라 읍하고, 혹은 갑옷과 투구를 쓴 원수(元帥)가 문을 잡고 위세를 떨친다. 나환(螺鬟)[1]에 하피(霞帔)[2]를 두르니 부처가 나타나고 신선이 날고, 기묘한 모습으로 서로 속이니 귀신이 노하여 실컷 웃는다. 이미 배태(胚胎)를 벗어난 만물은 무어라 형언할 수 없다.

절벽의 둘레는 20리인데, 둥글고 반듯하고 길쭉하지 않으며, 땅이 평평하고 넓어 밭 수천 경(頃)을 둘 수 있다. 정중앙에는 백옥(白玉)의 원대(圓臺)가 있는데, 높이가 10여 장(丈)으로, 한 번 돌면 전경(全景)을 거둘 수 있다. 곳곳에 있는 돌샘은 매우 달고 차서 굶주린 자가 굶주림을 잊게 한다. 날이 저물면 천불동의 하늘은 새벽처럼 밝아지고, 밤이 깊으면 쌍쌍의 학이 배회하다 내려온다. 달빛이 학이 모여 있는 원대 위를 비추면 그때마다 날아다니며 한번 맑게 울지만, 또한 놀라지 않는다. 조금 지나 새벽빛으로 색을 분간하게 되면 학은 날아가 버렸다.

백정봉(百鼎峯)은 천연적으로 만들어진 솥 모양의 바위가 무수히 늘어서 있다고 하여 부르는 이름입니다. 금강산의 동쪽 주변에 백정(百鼎)이라 일컫는 봉우리가 둘인데, 양사언이 기문(記文)에서 말한 백정봉은 남쪽에 있는 것으로, 금강산에 직접 속하는 것입니다. 또 다른 하나는 여기서 다시 북쪽으로 50~60리나 올라가서 통천(通川)의 옹천(甕遷 : 독벼루) 뒤에 있습니다.

---

1 부처의 머리카락이 소라처럼 되었으므로 그 머리를 나환이라 하고, 또 산 모양을 이르기도 한다.
2 부인의 예복 장식의 하나로, 목을 둘러 앞가슴에 걸었다.

71. 만물초

칡덤히에서부터 오르는 맛이 좀 늘어서, 한 10리를 더 나가면 오봉산이 거의 이마에 닿고, 온정령이 빤하게 쳐다보이는 곳에, 우람한 바위 문 하나가 허공을 헤치고 서 있습니다. 그 속으로, 얼른 보기에도 심상치 않은 골짜기 하나가 열렸습니다. 인간에 대한 대지의 성난 불길이 종류마다 각각의 경관으로 한꺼번에 폭발한 것처럼, 걷잡을 수 없이 무량하고 무수하며 기이하고 수려하고 환상적이고 응축된 무엇이 그 속에 그득히 들어 쟁여 있음을 보고는 '에쿠머니!' 하는 소리가 문득 목구멍에서 튀어나옵니다. 만물초(萬物草)밖에는 이럴 데가 어디랴, 하는 생각이 바로 납니다.

골짜기 옆으로 험한 바위들을 의지하여 작은 정자 하나를 얽어서 다과(茶菓)를 파는 곳을 만상정(萬相亭)이라 합니다. 만물초 탐승객들이 숨도 돌리고 점심도 먹고 신들메를 고쳐 매는 곳입니다. 그 깊이를 알 수 없는 으늑으늑한 계곡 속으로부터 나오는 바람이 시원하다 못해 조금만 더 하면 사람의 가슴속까지 얼리려 듭니다. 이것이 선관(仙官)의 옥패(玉佩)를 울리고, 신녀(神女)의 눈 같은 피부를 스쳐 나오는 천상의 맑은 바람이거니 하고 여기면, 쌀쌀한 채로 홋홋한 맛이 있어, 형체가 있으면 껴안고라도 싶습니다.

만상정으로부터 오른쪽 어깨 방면으로 돌아가면, 날카로운 용의 예리한 뿔처럼, 날카로운 신령의 예리한 칼처럼, 한 쌍의 바위 봉우리가 촉기 있게 하늘을 찌릅니다. 그 사이로 낙타의 안장같이 잘록해진 곳이 있으니, 이것이 '사자(獅子)목'이라 하여 만물초를 관상하는 지점입니다. 갈라진 바위 틈을 타고 바드러운 길이 났는데, 비스듬한 철제 난간을 붙들고 꺾임꺾임 올라가면 어느 순간 말안장처럼 푹 꺼진 부분을 만납니다. 여기서 오봉산·세지봉(勢至峯)이 이어져 뻗친 모습을 멀리 들여다보는 것은, 마치 헐성루에서 내금강 여러 봉우리들을 바라보는 것처럼 느껴지기도 하고 혹은 백운대에서 중향성을 건너다보는 것과도 비슷합니다. 이것이 만물초(옛 만물초이니 바로 외만물초)란 것입니다.

'히히!' 하는 소리가 먼저 나옵니다. 이것은 조화주가 다심스럽기도 하고 공교롭기도 하고 또 장난스럽기도 하고 좀 상스럽기도 하다는 뜻을 포함한 최대한의 기이함과 최대한의 경탄함을 표현하는 소리입니다. 깊고 울창하기도 하거니와, 굽이굽이 척척 꺾여 있기도 하고, 또 겹겹이 쌓이고 층층이 구획되었으니, 기기묘묘하고 환상적입니다. 히히! 저렇게까지 하실 것이 무엇이리! 조화주께서 기이함을 좋아하는 정도가 지나치다는 생각이 듭니다.

줄잡고 줄잡아도 금강산 일만이천 봉을 한눈에 모두 볼 수 있도록 한 장에 온통 조각해 놓은 것이 만물초입니다. 글쎄, 만물초는 첫째 금강산의 목록이라고 하겠습니다.

사자목의 오른쪽 날갯죽지는 닿으면 베일 듯한 날카로운 첨봉(尖峰) 세 개인데 비밀스런 궁전의 청정함을 지키는 항마검(降魔劍) 같아서 과연 서슬이 푸릅니다. 이것을 요새 사람들은 삼선암(三仙岩)이라고 하지만 적절치 못한 이름입니다. 여기와는 반대로 왼쪽 날갯죽지에 해당하는 둔중한 봉우리 하나는 머리 부분이 사람 모양과 흡사하고, 게다가 험상궂게까지 생겼기에 보면 볼수록 귀면암(鬼面岩)이란 이름이 제대로 된 이름이라 감탄할 수밖에 없습니다. 멀리 보나 가까이 보나 영락없는 귀신의 얼굴이니, 이것은 필시 신성한 지역을 수호하는 임무를 맡은 천연의 장승일 것입니다.

귀면암 뒤로 벌여 있는 겹겹의 봉우리 집단이 만물초란 것이니, 가만히 들여다보면 어느 돌 하나, 어느 모 하나고 각종의 형상이 아닌 게 없고, 하나도 같은 것이 없으며, 없는 형상이 없다고 할 만합니다. 그러나 그뿐인가, 하나를 가지고도 아까 볼 때는 이렇던 것이 이따가는 저렇고, 이리 보면 이렇다가 저리 보면 저렇게 달라져서 한순간도 고정된 모습이 있지 않아서, 그 기괴한 변환(變幻)을 이루 이를 길이 없습니다. 물론 아침에 보던 것이 저녁의 그것이 아닐 것이며, 맑은 햇살에 보던 것이 흐려서의 그것이 아닐 것이니, 이 모든 조건을 제곱하고 또 제곱한 대변화는 거의 사람의 상상 밖이라 할 것입니다.

아무리 단출함을 좋아하는 이라도 만물초를 이야기하자면 말이 저절로 번잡스러워질 수밖에 없습니다. 이것은 무엇 같고 저것은 무엇 비슷하다는 것을 엮자고 하면 저절로 만물을 죄다 들추어내게 되니, 한번 입을 떼기만 하면 유마힐(維摩詰)이라도 잔말쟁이 노릇을 할 수밖에 없는 것입니다. 옛날 물건으로 이름 있다는 것들은 옛사람들이 이미 몇 번씩 우려먹었거니와 요즘 말을 가지고 말할지라도 우선 뾰족뾰족하기는 봉마다 방송 안테나 같다고도 할 것이요, 그것들이 모여서 한 폭의 살아 있는 그림을 이루는 것은 모두가 활동사진의 영사막과 같다고 할 것입니다. 그런데 쉴 새 없이 그것으로 방송되는 것은 우주의 신령스런 활기를 보여주는 거룩한 멜로디며, 거기 상영되는 것은 세상의 진짜 아름다움의 아찔아찔한 빛깔과 모습들입니다.

만물초는 그 아는 물품의 종목이 많을수록 비유되는 범위도 점점 어수선해짐이 자연스런 일입니다. 어디 무엇에고 끌어다 대어지지 못할 것이 없을 만하기 때문입니다. 희랍 신화 한판도 거기서 구경할 것이며, 유대의 묵시록 한판도 거기서 구경할 것이며, 인도의 제천기(諸天記)와 중국의 『열선전(列仙傳)』같은 것은 그 속에서도 작은 한 부분을 이루었다고 할 것입니다. 단테가 구경한 천상과 지하의 모든 광경과 『수호지』에 나오는 미인 협객의 모든 인물과 『춘향전』, 『홍길동전』, 『전우치전』, 『삼설기』의 모든 장면이 어느 것 하나도 빠질 것이 없습니다. 한마디로 잘라 말하면, 무릇 천지간 사물의 모든 형상과 또 그것으로 구성할 수 있는 모든 미적 관점은 만물초 속에 모조리 들어 있다고 할 것입니다.

오죽했으면 과장할 줄 모르는 옛사람들뿐 아니라 상징적인 확대와는 담을 쌓았다고 할 조선인도, 원체 엄청난 경계를 당했는지라 기껏 형언하여 만물초라는 소리를 하게 되었습니다. 조물주가 천지만물을 배포하실 적에 설계서와 모형으로 초안을 잡으신 것이 만물초라 합니다. 요즘 말로 하면 물형미(物形美)의 전량(全量)이요 총람(總覽)이라는 뜻일 것입니다. 대저 만물초는 진실로 금강산의 목록인 동시에, 산악미의 총목록이며 아울러 물체적 변화의 총목록입니다.

만물초를 근래 일본인들이 음이 서로 같다는 이유로 만물상(萬物相)이라 하는데, 이는 옛사람들 중에 혹 만물초(萬物肖)라고 쓴 이가 있었던 것과 마찬가지로 본래의 뜻을 해치는 일입니다. 상(相)이 불교적으로는 우아한 이름이 될 법도 하지만, 만물의 초(草)라고 하는 분명하고 적절한 맛이 없음을 생각할 것입니다.

72. 신만물초

　금강산의 특색을 가장 단적으로 말하면 조각미의 총집합이라고 할 것입니다. 금강산의 이러한 특색을 가장 단적으로 표현한 곳이 어디냐 하면 곧 만물초라 할 것입니다. 만물초의 이러한 특색을 아주 극도로 발휘한 곳이 어느 쪽이냐 하면, 그것은 신만물초(新萬物草)입니다.

　사자목에서 데미다 보는 만물초는 실상 만물초의 외곽이요 현관이요 포장이요 상표 같은 것입니다. 만물초의 참모습과 참가치를 알려면 모름지기 그 안뜰을 보아야 할 것이며 그 집안을 보아야 할 것이며 또 그 내용을 살피고 실질을 더듬어야 할 것입니다. 구만물초, 즉 외만물초가 좋기는 하지만, 문간에서만 어정거리다가 그만 둘 것이 아니라, 안뜰로 우쩍 들어와서 신만물초의 비밀스런 안쪽을 더듬어 본 뒤가 아니면 만물초의 참맛을 말할 수 없을 것입니다. 잣을 송이째 핥고서야 고소한 참맛을 누가 알 수 있겠습니까?

　구경하는 이가 흔히 사자목에서 건너다보이는 것만을 보고 만물초 구경을 다 하였다 하며, 혹 이것만으로 만물초도 별것 아니라는 말을 하는 이도 있지만, 겉으로 드러난 구만물초는 요컨대 진짜 만물초가 아니며, 아무리 너그럽게 말하여도 구만물초란 것은 거대

234
금강예찬

한 만물초 중의 비교적 변변치 않은 작은 일부분일 따름입니다. 구만물초로부터 신만물초까지의 10리 동안이 길은 좀 까다롭지만, 만물초 구경을 왔다가는 신만물초를 반드시 보아야 할 것이, 금강산 구경을 왔다가는 만물초를 구경하지 않을 수 없는 것 이상으로 필요 당연한 일입니다. 구만물초에 놀란 이는 참으로 한번 놀라 보기 위하여, 또 구만물초에 재미 들이지 못한 이는 기어이 만물초 맛을 알기 위하여, 누구나 기어이 신만물초까지의 걸음을 아끼지 말 것입니다.

사자목을 넘어 귀면암 밑으로 하여 실개천 졸졸 흐르는 돌 시내 바닥을 밟고서 건너다보던 만물초의 영사막을, 달려들어 옆구리에 쥐어 끼고 왼편으로 뚫린 좁다란 바위 골짜기로 하여 우중충한 밖으로 까마득한 미지의 세계를 찾아 들어갑니다. 격지격지 층층 계단을 이룬 돌바닥과 반듯반듯 모서리진 바위 비냥이 한 조각으로나 온 폭으로나 다 솜씨 있는 대조각인데, 다만 한 가지 부족하다고 생각되는 것은 빈약한 물입니다. 생선탕을 온전히 맛보자면 쇠고기 꾸미를 넣지 말고 끓여야 한다더니, 아마도 만물초는 조물주가 바위로 된 자연의 맛과 멋을 오지게 맛보이시려 한 곳이기 때문에, 물은 아무쪼록 조금만 쓰신 듯합니다.

안돌고 지돌고 치받고 들이받아 길은 과연 평순하다 할 수 없습니다. 그러나 탁 걷히는 것은 도무지 범상한 물건이 아니고, 사람으로 치면 서시(西施)나 양귀비(楊貴妃)요, 꽃으로 말하면 모란이나 해당화 같으니, 괴로운 그것이 도리어 다 즐거움입니다. 무더기무더기 아름다움의 무리들이요, 또 이것이 고리나 끈처럼 줄 닿아 있으니, 눈을 깜짝할 때마다의 새로운 경관이 숨가쁨을 잊게 하기에 모자랄 것 없습니다. 돌이요 자연미이기에 망정이지, 이것이 참으로 저만한 미인이었다면, 우리네가 치맛자락인들 건드려 보기나 하였을까 생각하면, 이렇게 무릎을 스친다, 허리통을 껴안는다 함에 다시 한번 유감한 생각이 납니다.

　얼마 가다가 길이 둘로 나뉘어 이른바 오만물초(奧萬物草)로 가는 길은 오른쪽으로 비키고, 왼쪽 좁은 길을 취하여 의연히 만화곡(萬化谷)이나 걷는 듯한 생각으로 6~7리쯤 뚫고 들어가고 뚫고 올라가면, 또 하나의 사자목이 나옵니다. 사자목이란 금강산에서 우뚝주춤한 석봉의 움푹한 곳에 흔히 쓰는 이름이지만, 여기야말로 하늘을 우러르고 크게 울음을 토하는 천연의 사나운 사자가 고갯목을 누르고 서 있으니 이름과 실상이 빈틈없이 들어맞음을 봅니다. 만물초에도 사자목이 이미 둘이니까 여기를 안사자목이라고 부르는 것도 좋습니다. 이 사자목에 올라서 보면 비탈도 여기저기 지고 골짜기도 좀 매끈하여져서, 마치 빡빡한 사람의 싹싹한 구석만한 너그러운 맛이 돕니다.

　사자목을 넘어서면 길이 좀 평탄해져서, 손과 무릎이 비로소 발의 보조 노릇을 면하고, 바로 서서 걸을 수 있게 됩니다. 조금 나가다가 오만물초로 가는 두 번째 갈림길이 나서는데, '여기서 5리'라는 푯말이 서 있음을 봅니다. 사자목으로부터 활 두 바탕쯤 들어가면, 별안간 석벽이 하늘의 성처럼 앞을 가리는데, 까맣게 올려다보이는 곳에 사람 하나 나갈 만한 구멍이 있어 그 밖으로도 하늘이 있고 세계가 있음을 엿보여 줍니다. 이것이 없었던들 기가 막혔을 일을 생각하면, 그 구멍이 곧 내 콧구멍이란 생각을 하게 만듭니다. 이때까지 우리를 은총을 통해 더듬어 들어오게 하셨건만, 새삼스레 이 안까지는 보일 수 없다 하시는 듯 여기 칸을 막으신 것을 생각하면, 그 속에 엄청난 무엇이 들어 있는 것이 분명하여 궁금증이 더럭 납니다만, 하늘을 나는 새가 아니니 한참 멍하니 있지 않을 수 없습니다. 어떻게 하면 저 밖으로 나갈 수 있을까 하여 휘휘 둘러볼 때에, 살뜰한 길 하나가 문득 눈에 들어옵니다.

73. 옥녀봉

가만히 보니 바위틈이 줄줄이 지고 뿌다귀가 드문드문 내밀었는데 어느 구세주의 걱정으로부터 나온 것인지, 한 줄기 쇠줄이 드리워져 있습니다. 옳다구나 하고 한번에 뛰어올라 손으로는 붙잡고 발로는 더듬으면서 반은 공중걸이로 한참 만에 글자 그대로 하늘의 문, 천문(天門)에 올라섰습니다.

올라온 것만도 다행이어서, 땀나고 힘들고 바르르 떨리는 것이 도무지 생각나지 않다가, 천문에서 나오는 하늘 바람이 이마의 땀을 훔쳐 줄 때에야 아래를 내려다보고 참 위태로운 데를 더위잡아 올랐구나 하는 생각을 하였습니다. 옳지, 이제는 나도 신선의 반열에 참여하는구나 하고 이 문을 쑥 나서면, 홱 끼얹어 오는 끝없는 광경이 언뜻 '인간 세상이 아닌 별천지'란 생각을 전기처럼 유발해 냅니다. 문을 나서서 북쪽 암벽에 '금강제일문(金剛第一門)'이라는 각자(刻字)가 있는데, 도리어 천상제일문(天上第一門)이라 함이 더 적절하지 않을까 하는 생각이 납니다.

문밖은 그대로 허공입니다. 비로봉으로부터 오봉산으로 내려온 동안의 휑한 구렁이 내려다보일 뿐이요, 오직 왼쪽으로 꺾이는 한 줄기 봉우리 능선들이 우리를 이리 오라고 잡아끕니다. 눈을 돌리니, 모래 한 알 없는 순백의 바위 봉우리들이 이미 뾰쪽뾰쪽한 머리마다 기이함을 드러내고 교묘함을 드리워서, 황홀히 눈동자를 고정하기 어렵습니다. 더욱 가지져서 뻐드러진 놈은 하릴없는 큰 사슴의 뿔 같은데, 이 틈바구니를 새겨서 가로타고 세로타며 나가는 것이, 어찌 보면 하늘 궁전으로 조회하러 나가는 것이라, 흰 사슴의 등에 올라앉은 격이라고도 하겠습니다. 가다가 천으로 만으로 벌어진 틈을 뛰기도 하고, 금세 무너질 건물 처마 같은 곳 밑으로 나가기도 하고, 또 암벽이 굽이지면서 새들의 하늘길조차 끊겼는데, 통나무 몇 주를 건너질러서 겨우 발을 붙이게 한 곳도 있는 등, 길은 과연 아슬아슬하기 짝이 없습니다. 다 가면 무슨 구경을 시켜 주시려고 이렇게 선불을 받으시나 하는 생각을 모퉁이 모퉁이에서 하다가도, 눈만 들면 입이 딱딱 벌어지는 신묘한 경관에, 괴로워하다가도 금세금세 뉘우쳐집니다.

다른 것은 다 그만두고, 바람에 날려가지 않은 것만을 또한 다행으로 알면서, 오를 대로 오르고 나갈 대로 나가니, 드디어 더위잡고 오를 절정이요, 조망의 초점인 곳에 천선대(天仙臺)라고 새긴 돌이 눈에 뜨입니다. 그렇지요, 하늘의 신선이나 되어야 이런 곳에 와서 놀 것이요, 설사 화식(火食)하는 인간이라도 이런 좋은 곳에 오면 잠시라도 신선이 된 셈이라 할 것이요, 또 여기까지 오던 공부를 생각하면 육신으로부터 우화(羽化)를 한다 해도 그다지 공허한 일이라고는 못 하리니, 어느 누구 어떤 이라도 여기 와서 서면 다 하늘나라 신선이라고 하는 것이 가능할까 합니다.

좁은 데로 들어왔더니 시야도 한번 잘 터졌습니다. 험한 데도 지나왔더니 기이하고 장엄한 구경도 하게 되었습니다. 참 거룩하외다. 그래 거룩하외다. 이렇다 할 수도, 저렇다 할 수도, 아무렇다 할 수도 없으니, 두루뭉수리 같은 말일지 모르나, 가장 포괄적인 뜻을 취하여 다만 거룩하다고나 할 수밖에 없습니다.

천선대는 해발 3천 5백 척이니까 그리 높은 곳은 아닙니다만, 발을 한번 여기 붙일 때의 떨쳐 오르는 정신, 신비와 황홀과 장쾌와 공포의 한 덩어리 된 심리 상태는 물론 금강산에서도 처음 경험하는 경계요, 또 다른 아무 데서고 얻어 보지 못할 감각입니다. 사업 경영으로 말하면 일곱 번 넘어지도 여덟 번 거꾸러진 끝에 마침내 성공을 거둔 것이요, 전쟁으로 말하면 악전고투한 뒤에 최후의 승리를 얻은 셈이니, 옥녀봉(玉女峰) 정상인 천선대에 기어이 올라왔다 함이 일대 쾌사임은 물론이지만, 눈앞에 전개된 특별히 빼어나고 매우 기괴한 경계의 형용할 수 없는 장관에는, 처음 당하는 조화주(조물주)의 신비한 위력에 무서운 생각이 더럭더럭 납니다. 더구나 이쪽저쪽이 다 낭떠러지요, 몸이 허공에 오똑하게 선 듯하여, 이런 이유 저런 까닭으로 소름이 쭉쭉 끼치기도 합니다.

옥녀봉은 진실로 왕자입니다. 동해의 큰 파도가 멀리로부터 호위하고, 비로봉이 갑옷을 갖춰 입은 대장군처럼 덜미를 진압하며 수호하였는데, 그 한 줄기가 완연히 동북 방면으로 달아나서, 서남쪽으로는 상등봉(上等峯)에, 북쪽으로는 오봉산에, 동쪽으로는 세지봉(勢至峰)과 문수봉(文殊峰) 두 봉우리가 둥그렇게 병풍 둘린 가운데에, 만물초라는 옥경(玉京)이 배포되고, 옥녀봉이라는 옥황(玉皇)이 높이 앉으셨는데, 수억 수천의 선관(仙官)과 수백 수만의 천녀(天女)들 및 구류백가(九流百家), 사이팔만(四夷八蠻), 삼도육취(三道六趣), 사생조품(四生粗品) 등이 다 각기 한 자리 한 소임씩을 가지고 삼가 조회하고는 옹위하며 둘러서 있습니다. 물론 인간의 제왕에는 이러한 영화로움이 있을 리 없습니다. 카이사르의 궁전에도, 당 태종의 조정에도, 이러한 조회(朝會)의 큰 반열(班列)은 있었을 리 없으며, 오직 하나 신들과 인간, 양쪽 대중(大衆)들이 귀의하여 함께 모여든 태백산(太白山) 신시(神市)에서 있었던 환웅왕(桓雄王)의 조회 광경이 거의 이만하였을까 하는 생각이 날 뿐입니다.

어떤 쪽은 천하의 인간들이 삼재(三災)의 도탄에 빠진 것을 비탄하게 여겨, 천제의 아들 환웅이 세상 구제하려는 소원을 천제인 아버지께 지성으로 아뢰는 모양임이 분명합니다. 또 어떤 쪽은 지상천국의 대설계를 세우신 천제(天帝)와 천자(天子)가 인간 세상을 굽어보시면서 어느 지점에 이 영광의 표목을 박을까 하시다가, 대조선 태백산을 특별히 간택하는 모양이 분명합니다. 또 어떤 쪽은 이미 각본이 마련되고 무대가 설비되어 '홍익인간(弘益人間)'이라는 대희곡을 실제 연출하시는 환웅 천왕(桓雄天王)이 천부삼인(天符三印)과 풍백·우사·운사 등 3천 신도를 데리고, 태백산 신단수(神檀樹) 아래에 강림하여, 360여가지 신국(神國)의 정치를 차례로 펼치시는 모양이 분명합니다.

그런가 하면 또 어떤 쪽은 천제의 아들이 보여준 신령한 감화가 태양처럼 밝게 비치고 큰 빛처럼 두루 퍼져서, 오랫동안 어둠 속에서 발호하던 천만 가지 사악한 무리들은 낭패하여 자빠지며 숨을 구멍들을 찾고, 심한 고통에 신음하던 수많은 군생들은 죽어 가던 숨을 돌려서 손을 흔들며 환호하는 모양이 분명합니다. 또한 어떤 쪽은 웅녀(熊女)가 지극한 정진으로 인간 세계에서 오래도록 왕중 왕이 될 단군 천왕(檀君天王)을 온갖 꽃이 만발한 '불그내' 동산에서 낳고 양육되시는 모양이 분명합니다. 이쪽에는 이 광경, 저쪽에는 저 광경, 신화 시대 이래의 1만 년 조선의 전개상이 그 속에 역력히 다 들어 있음을 봅니다.

물론 그 속에는 황금 시대 대조선의 조회 한판도 환히 드러나 있습니다. 물고기 가죽을 입은 에스키모인, 사슴뿔을 찬 죽지인, 곰발바닥을 받든 아이누인, 고래수염을 짊어진 코리악인, 돌쇠뇌와 싸리 화살을 찬 숙신 말갈, 여름에는 말을 겨울에는 돼지를 치는 실위 거란, 음산(陰山)에서 크게 사냥하는 남북 흉노, 적산(赤山)에서 신을 전송하는 동호 선비, 보불(黼黻) 문양 예복을 입은 중국의 역대 왕조, 풀을 걸치고 이빨에 칠을 한 남도(南島)의 여러 오랑캐 등이 각기 공납(貢納)을 짐짐이, 임임이, 바리바리, 수레수레 가지고 모여드는 광경이 조각체의 영화(시네마)로 생생하게 드러났습니다. 험악한 인도의 여러 신상(神像)들, 단정하고 아름다운 희랍의 여러 신들, 붉은 머리칼 푸른 눈동자의 서양인, 검은 피부 벌거벗은 남양 군도인들, 없는 종족, 없는 계급, 없는 모양새가 물론 없는데, 이 모든 가깝고 먼 인물들이 모두 한가지로 천국 신들의 감화를 입어, 희고 깨끗하고 신령스런 빛을 정수리로부터 뒤집어썼음이 더욱 갸륵갸륵합니다.

저기 무엇이 있다, 저기 누가 어쩐다 하기를 시작하면 한정도 없고, 또 만물을 차례로 헤아린다 하여도 잔말만 되었지, 그 모양을 다 비유할 수 없습니다. 그뿐 아니라 이런 잘고 좀스러운 비유는 많이 인용할수록 신비하고 질박한 원래의 모습과 본래의 맛을 손상하여, 이른바 일부러 살을 도려내다가 부스럼만 나는 꼴이 될 것이니, 다만 일컬을 수 없고, 말할 수 없고, 형용할 수 없는 온갖 형상의 전부요, 온갖 기이함의 집대성이니라 하는 한마디 말이나 하고 말겠습니다. 이것이 조물주가 만물을 만든 초본(草本)이라고 하지만, 우리 생각에는 지금까지 만드신 것뿐만 아니라, 우선 초본만 만드시고 실물은 아직 만들지 않은, 아직 착수하지 않은 초본도 그중에 많이 있는 것 같습니다.

금강산이 원체 한 덩어리의 바위가 풍화 작용으로 이루어진 것이지만, 더욱이 만물초는 금강산 전체 바위의 작은 모퉁이가 거의 끔찍하다고 할 만큼 풍식력(風蝕力)의 극치를 보인 일대 기형적 산물입니다. 미국 애리조나주 여러 산 중에 엄청난 나무들이 빽빽이 자라고 있는 어마어마한 광경을 그림으로라도 보셨으려니와, 마치 그것처럼 기괴하고 환상적인 온갖 모양의 바위 봉우리들이 다발로, 떨기로, 무더기로 퍼부어 있는 신만물초는 거의 위압적이고 고압적으로 백겁(百劫)의 장애가 되어 버린 아름다움을 향한 사람들의 안목을 단번에 찢어 버리려 드는 것입니다.

달관하는 체하는 이는 혹시 신만물초가 구만물초와 같은 것이지 별난 것이 무엇이랴 할는지 모르고, 똑똑한 체하는 이는 혹시 표면으로 보던 구만물초를 이면으로 돌아와 보는 것이 신만물초가 아니냐 하고 말는지 모르겠지만, 같은 만물초라고 해도 신만물초의 앞에서 구만물초가 얼굴을 쳐들 수 없으리라고 할 만큼 아주 딴판이요, 동떨어진 것이 신만물초입니다. 말하자면 구만물초는 가짜 만물초요, 신만물초는 진짜 만물초라고 할 것입니다. 사자목에서 구만물초 어귀만 보고 마는 이는 말할 것도 없고, 기껏 속까지 본다고 오다가 중도에 금강제일문까지 와서는 "에그! 더 못 가겠다." 하고 물러나 돌아가는 이들은, 요컨대 참으로 만물초를 보았다 못할 것이요, 또 신만물초를 바로 보지 못한 이는 금강산을 잘 보았다고 못 할 것입니다. 사람이 세상에 났거든 모름지기 신만물초에 와서 눈꺼풀을 벗기라 하고 싶습니다.

만물초를 읊은 시가 예로부터 적지 않습니다만, 물론 수미산에 모깃소리만한 울림도 주지 못했습니다. 이상수(李象秀)의 "봉우리는 놀라 지축을 울리며 노려보고, 바위는 성을 내어 허공을 밀치며 날려 하네."라는 시구가 사람들 사이에 회자되는 명구입니다만, 혼연한 일대 돌덩어리를 바늘 끝으로 살짝 따짝했다고나 할 정도가 될까 말까 한 표현입니다. 금강산 전체가 시인이든 미술가든 웅변가든 그 누구든 그 무엇으로도 사람의 손과 입으로 어쩔 수 없게 생긴 것이지만, 그 중에서도 더욱 손톱 반 만큼한 자국도 낼 수 없게 된 곳이 이 만물초요, 특히 옥녀봉 위에서 보는 신만물초입니다. 이것을 만에 하나라도 시늉해 낼 만한 예술가는 앞으로도 언제까지든 나오지 못할 것입니다.

신만물초의 구성과 형태는 진실로 위엄 있고 통쾌한 남성적인 것입니다. 그런데 그중에 두 가지 여성적인 요소가 섞여 있습니다. 하나는, 7할의 순백 빛과 3할의 황색으로 된 이끼 옷이 험상스러운 바위 면들을 좇아다니면서 곱다랗게 곱다랗게 단장시키고 옷을 입힌 점입니다. 또 하나는 상봉(上峯) 바로 밑에 옥녀 세두분(玉女洗頭盆)이라는 농염한 자취를 셋씩이나 머물러 가진 것입니다. 꼭대기의 바위를 안고 서쪽을 향하여 내려다보면 1백 척쯤 내리 뻗은 편편한 바위면에 동그랗게 깊이 판 바위 병 셋이 나란히 놓였습니다. 큰 것은 직경 3척, 작은 것은 1척쯤 되며 아무리 가뭄이 크게 들어도 마르지 않고 물이 고이는데, 전하는 말에 따르면 이 옥녀봉에 사는 천녀(天女)들이 아래로 내려와 거기에서 머리를 감고 간다고 하여 옥녀 세두분이라 이름하였다 합니다. 원래 옥녀 세두분이라 하는 것은 중국에 출처를 두고 있는 것이요, 조선에도 명산 곳곳에 이것이 있으며, 또 금강산의 만폭동·상팔담 및 기타 여러 군데에 이름도 같고 생김새도 비슷한 것이 있으니, 지금 그 확실한 본래의 의미를 말하기는 어려우나, 우리 생각으로는 대개 고대 제전(祭典)의 유적인 듯합니다. 그것을 가서 보려면 금강문까지 내려와서 바위를 끼고 돌아가야 합니다.

골짜기 입구로부터 옥녀봉 정상까지 10리를 잡습니다만, 실상은 그 반쯤 되는 거리입니다. 길이 험해서 올라가기에는 두 시간이나 걸리지만, 내려오는 데는 30분이면 충분합니다. 금강문에서 조금 내려오다가 왼편으로 꺾어서 우의봉(羽衣峯)의 안부(鞍部)를 넘어서 가면 이른바 오만물초(奧萬物草)로 가게 되는데, 근래에는 이 방면의 탐승도 점점 성행하고 있습니다. 오만물초는 신구(新舊) 양 만물초에서 보던 오봉산과 세지봉을 연결하는 산줄기인데, 좌우의 산봉우리가 마름질한 듯 깎고 새기며 기이하고 장엄한 경관이 거의 맞이하기에도 바쁠 지경으로 이어지며, 그 정상은 물론 신만물초보다도 높고 동해의 물이 거의 발 끝에 챌 만큼 임박해 있습니다.

길은 좀 험하지만 이쪽으로 들어와 만물초 전체 골짜기를 두루 보고, 장전항(長箭港)으로 빠져 나가야 비로소 만물초 구경을 온전히 했다 할 것입니다.

덧붙여 기록해 둘 것은, 만물초 앞을 통해 외금강에서 내금강으로 들어가는 또 다른 길입니다. 만물초 앞에서 바로 올라가는 큰길은 오봉산의 안부(鞍部)인 온정령(2,600척)을 넘어서 신풍리(新豊里)와 세동(細洞)을 지나 금강천(金剛川)을 끼고서 말휘리(북창) 탑거리를 거쳐 장안사까지 통하는 길입니다. 밀림의 그윽한 길과 기이한 꽃들, 그리고 이색적인 향기를 겸하면서 나무 틈으로 동해가 갸웃 갸웃하는 것을 보는 길입니다. 무한히 자연 친화적인 기분으로 온정령을 넘는 이 길은 금강산 중에서도 가장 정취 있는 통로의 하나라고 알려져 있습니다. 또 세동을 지나 '쑥밭'이란 데서 남쪽으로 꺾여 들어가면 영랑봉과 능허봉 양대 봉우리 사이로 떨어져 내려오는 김부(金傅) 골짜기가 있습니다. 골짜기 속에 신라 김부 대왕(金傅大王)의 능이라 전하는 것이 있고, 또 그 위에는 구성동(九成洞)이라 하여 예로부터 만성(萬聲) 폭포 같은 이름난 승경들이 있으나, 교통의 어려움 때문에 이 방면은 보통의 탐승객에게는 자주 찾아지지 않습니다. 금강산 전차가 이쪽으로 개통된 뒤에는 응당 명성이 우쩍 저명해질 것입니다.

해금강

74. 삼일포

　금강산 일만이천 봉을 두루 유람하고 나면, 마치 미(美)의 창고에서 뒹굴다 나온 것 같아서, 눈과 마음이 느긋함을 지나서 흐뭇실쭉할 지경이 됩니다. 하지만 따로 어느 구석엔지 좀 마땅찮은 듯한 생각이 들어서, 왜일까 생각해 보아도 얼른 떠오르지 않습니다. 그러다가 급기야 삼일포(三日浦)에 가 보고서야, 잊어버렸던 것이 금세 생각나는 듯, "옳지, 금강산이 모든 것을 갖추었지만 딱 한 가지 산간의 호수를 가지지 못한 것이 부족한 점이로구나."하는 생각이 나고, 이로 인하여 비록 산의 바깥 둘레일망정 이 삼일포 있는 것이 금강산을 완전하게 하는 데 얼마나 중대한 의의가 있는지 깨닫습니다.

　온정리에서 숫돌 바닥 같은 큰길로, 조롱에서 놓인 새처럼 시원한 하늘과 넓은 들을 향하여 30리를 활개치면, 산수가 아름답기로 유명한 고성읍(高城邑)입니다. 읍에서 6~7리 못미처 동쪽으로 길 하나가 아늑히 뚫려 들어갔으니, 길가의 푯말에 '삼일포(三日浦)'라고 쓰여진 것이 보입니다. 길을 따라 잠깐 들어가다가 작은 바위들이 점점이 있는 나지막한 등성이를 올라서면 뜻하지 않은 광경이 눈앞에 벌어지면서 '이히!' 소리가 입에서 튀어나옵니다. 한껏 은근하고 한껏 아름다운 무수한 언덕들과 봉우리들이 둘러싸인 가운데 천녀(天女)가 떨어뜨린 거울 같은 맑은 호수 하나가 곱다랗게, 아니 얌전하게, 아니 도리어 자는 듯하다고 형용할 만하게 가만히 놓여 있습니다. 물을 것도 없이 관동팔경(關東八景)의 하나로 꼽히는 삼일포입니다.

삼일포는 둘레가 10리(면적 380정보)인 작은 호수입니다. 그러나 수려한 봉우리들과 기이하고 예스런 암석이 사방으로 둘러싸고, 호수 중심엔 작은 섬이 있어서 맑은 물결이 만상(萬象)을 희롱합니다. 호수 위쪽엔 오래된 절이 있어 그윽한 종소리가 진리의 운율을 헤뜨리며, 멀리는 금강산의 첩첩한 봉우리에 아련한 구름과 안개가 덜미를 짚어 오고, 가까이는 동해 일대의 망망한 구름 파도가 가슴을 헤치고 들며, 이 사이로 먼 포구의 돛대 그림자, 인근 마을의 밥짓는 연기, 물 위에 굼실 떠 있는 백조들과 파닥거리는 물고기들의 비늘, 넓은 호수를 그득 채우는 달빛, 울창한 나무의 단풍 같은 것들이 계절에 따라 인연에 따라 갖가지 정취를 더합니다. 호수가 귀한 반도에서는 삼일포가 실로 한 지역을 대표하는 절경으로서 부끄러울 것이 없습니다. 금강산과 더불어 서로 붙어 있어 더욱 그러합니다.

호수의 기슭을 이룬 봉우리가 무릇 36이라 하여, 예로부터 시구에 자주 인용됨이 무산(巫山)의 12봉보다 더합니다.

김구용(고려)

서른 여섯 봉우리에 가을비 개니
일구(一區)의 선경(仙境)이 매우 선명하네
해는 비끼니 가벼운 노 쓰지 않고
단풍 든 절벽, 소나무 물가는 달이 밝기를 기다리네

채련(고려)

사선정(四仙亭) 아래 물은 넘실넘실

한 조각 가벼운 노 저물녘 서늘함을 희롱하네

서른 여섯 연만(煙鬘) 매우 아름다우니

풍류는 홍장(紅粧)을 실을 필요 없다네

전우치(조선 중종)

늦가을 요담(瑤潭)에 서릿기운 맑고

선풍(仙風)은 자소(紫簫) 소리 불어 보내네

푸른 난새 바다와 하늘 트인 곳에 이르지 않고

서른 여섯 봉우리 밝은 달이 밝히네

양사언(조선 명종)

거울 속 서른 여섯 부용(芙蓉)

하늘가 일만 이천 봉우리

그 가운데 한 조각 푸른 바위섬에

함께 온 바다 유람객과 더불어 잠드네

금강산 전체가 그러하고 관동팔경 전부가 그러하지만, 삼일포는 특히 신선에 관한 전설적 배경을 가졌습니다. 호수란 원래 신비한 전설이 부착되기 쉬운 것인데, 삼일포로 말하면 고성 성읍 어디에서도 다시 보지 못할 첩첩 봉우리에 둘러싸인 하나의 맑은 거울인 까닭에, 예로부터 민중 시인(곧 전설 작가)의 좋은 주제가 되어서, 그들의 입과 붓으로 하여 무수한 신선들이 이리로 왕래하며 놀게 되었습니다. 조선에서는 신선이라 하면 이른바 사선(四仙) 즉 영랑(永郎), 술랑(述郎), 남석행(南石行), 안상(安詳)이 대표적이고, 그들이 내려와 놀던 유적은 특히 영동의 도처에 퍼져 있음을 보거니와, 이 삼일포는 실로 사선 전설지 가운데 가장 유명한 것이요, 삼일포란 명칭이 이미 '옛날에 사선이 이곳에 와서 놀다가 3일 동안 돌아가지 않았다. 이런 까닭에 이와 같은 이름을 얻었다.'라고 『여지승람』에 기록되어 있습니다.

그러나 역사적 사실로 말하면, 사선이란 것은 실상 삼청(三淸) 하늘에서 구름을 타고 노니는 신선들과 같은 무리가 아닙니다. 신라 시대 내지 고려 시대에 고유한 고도(古道) 곧 풍류도(風流徒)를 선도(仙道) 혹은 국선도(國仙徒)라 하고, 그 교단을 선가(仙家)라 하며, 그 중심 인물을 선랑(仙郞) 혹은 국선(國仙)이라 하며, 교인(敎人)은 낭도(郞徒) 혹은 향도(香徒)라고 하였던 것입니다. 영랑·술랑이라는 선인(仙人)들은 요컨대 신라 시대 국교 단체의 한때 법주(法主)이던 선랑(仙郞) 중의 한 사람들입니다. 조선의 옛 가르침에서는 실천적 방면으로 국토 순례, 성산(聖山) 근참(覲參), 신령한 산악에서의 수련을 위주로 하였으며, 단체 혹은 개인이 사방을 구름처럼 유람하였습니다. 영동 지방은 승경도 빼어날 뿐더러 큰 산과 호수가 다 종교적 인연을 가지고 있으며, 당시의 북방 나라와의 경계이므로, 여러 가지로 이 방면의 관념과 실제 지식을 국가의 인재들에게 익혀줄 필요가 있어서, 금강산 방면의 유람이 성행하였습니다. 그 중에서도 영랑과 술랑 그 무리들이 가장 활발했던 시기를 대표하던 자들인 듯하여, 그 유적으로 전하는 것이 가장 많습니다.

산수 자연을 신성한 무엇으로 알고 성전(聖典)으로도 여기던 국선(國仙)의 무리들은 저절로 풍경의 아름다움에 대하여 탁월한 안목과 남보다 더한 애착을 가졌었으리니, 삼일포 같은 청정 구역에 와서는 아무리 바쁜 일정이라도 지체하는 줄도 모르게 여러 날을 머물렀을지도 모를 일이지만, 삼일포란 이름이 이에서 나왔다 함은 좀 억지로 끌어다 붙인 말임이 분명합니다. 여기서 번거로운 고증을 할 것은 아니지만, 삼일포의 옛이름은 필시 고어(古語)로 종교적 수행을 의미하는 '술'이요, '술'은 '사흘〔三日〕'과 통하기 때문에 삼일포란 이름이 생겼고, 뒤에 그 원래의 뜻은 잊어버리고 사선이 삼일을 머물렀다는 설화가 생겼을 것입니다. 신라의 국선이란 것은 한 시기에 한 사람만을 뽑아서 추대하는 것이므로, 사선이 동시에 와서 놀았다는 것은 실제로 있을 수 없는 일입니다.

『여지승람』에 적은 것처럼 "호수 남쪽에 작은 봉우리가 있는데, 봉 위에 석감(石龕)이 있다. 봉의 북쪽 벼랑의 바위 면에 붉은 글씨로 '영랑도남석행(永郎徒南石行)'이라고 새겨져 있다."라고 하였으니, 이것이 사선 전설이 유래한 동기일는지도 모릅니다. 그러나 이 글의 뜻은 사실 '영랑의 무리[徒]인 남석행(南石行)'이라는 말이니 영랑과는 직접 관계가 없는 것이요, 더구나 다른 사람과는 전혀 무관합니다. 호수 가운데의 작은 섬에는 고려 시대부터 정자를 지어 사선정(四仙亭)이라 이름하였으니, 또한 옛 전설에 따른 것입니다.

사선정은 고성 군수와 강원 감사, 또 관동에 유람 가는 호객(豪客)들이 냄새나고 더러운 모습 그대로 신선임을 자처하면서 주육(酒肉)과 기악(妓樂)으로 한바탕 질탕하게 놀던 곳이니, 전라도의 동복(同福), 경상도의 안의(安義)와 한가지로 강원도의 고성이 다소 연하벽(煙霞癖) 있는 환유객(宦遊客)들이 부임하고 싶어하던 땅이 된 것은, 첫째 이 삼일포의 사선정에서 놀아 보고자 해서였습니다. 그러나 시방은 신선들이 머물렀던 소식과 한가지로 벼슬아치들이 놀던 자취도 아득히 사라졌고, 무심한 비오리가 오락가락하는 것만이 예전과 같습니다.

생각하면 이런 것은 실상 한가로운 시비입니다. 호수와 소(沼)는 적적하고 깊어서 예로부터 민중의 종교적 및 주술적인 숭배의 대상으로 저주(咀呪)·신의(神意)·원령(怨靈) 등과 관계를 가져서, 신화 및 전설의 가장 뜻을 얻기 좋은 무대가 되어 온 것입니다. 그러므로 호수와 소는 당초부터 시(詩)의 눈으로 대할 것이요, 설화의 눈으로 대할 것입니다. 괴이하고 기이한 눈으로 대할 것이지, 역사적 사실 같은 것은 도외시해야 할 것입니다.

거기서 신비(神妃)의 성관(星冠)을 보면 그만이며, 거기서 님프의 날개옷을 보면 그만이며, 거기서 청조(靑鳥)의 기쁜 소식을 받을 것이며, 거기서 붉은 난새의 묘한 울음소리를 들을 뿐이며, 거기서 청하 선녀(淸河仙女)와 해모수(解慕漱)의 운우(雲雨)를 방불할 것이며, 거기서 요지(瑤池) 서왕모(西王母)와 주 목왕(周穆王)의 연락(宴樂)을 상상해 볼 따름입니다. 보이지는 않을망정, 우리 시인 조상들의 얼마나 많은 주옥 같은 노래와 시가 저 물 속에 가라앉았을까를 생각하고, 메마른 영혼을 흠씬 축이기나 할 것입니다. 그리하기에 어느 곳보다도 합당하게 생긴 곳이 이 삼일포임은 두 번 말할 것까지 없으며, 옛사람도 그렇다고 하여 영탄한 시축(詩軸)이 한우충동(汗牛充棟)이라고도 할 만큼 많습니다.

산수가 좋기로는 강원 영동(嶺東)이 제일이다. 고성(高城)의 삼일포는 맑고 오묘한 가운데 아름답고, 그윽하고 한가로운 가운데 탁 트여 환하여, 단장한 숙녀와 같이 아끼고 공경할 만하다. 강릉(江陵)의 경포대(鏡浦臺)는 한 고조(漢高祖)의 기상과 같아서 활달한 가운데 웅혼(雄渾)하고, 요원한 가운데 평안하여 무어라 형언할 수 없다. 흡곡(歙谷)의 시중대(侍中臺)는 밝은 가운데 삼엄하고, 평이한 가운데 깊고 깊어, 이름난 재상(宰相)이 관아에 의지한 것과 같이 친히할 수 있지만 업신여길 수 없다. 이 세 호수는 호산(湖山)의 제일경(第一景)이다. 다음으로, 간성(杆城)의 화담(花潭)은 달이 맑은 샘에 떨어지는 것과 같고, 영랑호(永郞湖)는 구슬을 품은 큰 못과 같으며, 양양(襄陽)의 청초호(靑草湖)는 거울 함이 열린 것과 같다. 이 세 호수는 뛰어난 경치로 위의 세 호수에 버금간다. 우리나라의 팔도에는 모두 호수가 없는데, 오직 영동의 여섯 호수가 거의 인간 세상에 있는 바가 아니다. 삼일포는 호수 중심에 사선정(四仙亭)이 있는데, 바로 신라의 영랑(永郎)·술랑(述郎)·안상(安詳)·남랑(南郎)이 노닌 곳이다. 네 사람은 벗을 맺고 벼슬하지 않고 산수 사이를 노닐었는데, 세상에는 득도하여 신선이 되어 갔다고 전한다. 호수의 남쪽 석벽(石壁)에는 붉은 글씨가 있는데, 바로 사선(四仙)의 제명(題名)이다. 붉은 흔적은 벽에 스며들고 비바람에 마멸되지 않은 지 천 여 년이 되었으니, 또한 의아한 일이로다(이중환, 『택리지』).

밥을 먹은 후에 가서 삼일포를 보았다. 둘레가 10여 리가 되고, 바깥에는 36개의 봉우리가 둘러 있으며, 가운데는 작은 섬이 우뚝하고 그 위에 붉은 용마루가 나와 있는데 사선정이라고 하였다. 사선(四仙)에 대해 세상에 전하기로는, 신라 시대 사람으로 일찍이 관동(關東)의 여러 명승지를 두루 유람하다가 이곳에 이르러 삼일 동안 돌아가길 잊었다고 한다. 포(浦)와 정자가 모두 이것으로 이름을 얻은 것이라고 한다. 포구에는 띄울 수 있는 작은 배가 있었다. …… 배를 저어 물 가운데로 들어가니 넘실거리는 물결이 깊고 아득하여 물가가 보이지 않는 것 같았다. 아래로 마름풀 사이를 굽어보니 헤엄치는 물고기를 똑똑히 셀 수 있었다. 그 맑기가 이와 같았다. 호수 북쪽 물가에는 사자 바위가 있는데, 머리를 처들고 꼬리를 내린 모습이 웅크린 사자 모습을 닮은 듯했으나 가까이 가서 보니 닮지 않았다. 배를 옮겨 정자 남쪽의 작은 석봉(石峯)으로 올라갔다. 석봉에는 작은 갈석(碣石)이 있었는데, 벗겨져서 글자는 남아 있지 않았다. 세상에는 미륵의 매향비(埋香碑)[1]라고 전한다. 돌아서 서쪽의 바위 벼랑으로 가니, '술낭도남석행(述郎徒南石行)'이란 여섯 글자가 붉은 글씨로 새겨져 있는데, 세상에는 네 신선이 쓴 것이라 전한다. 자획이 아직 마멸되지 않고 다만 '도(徒)'와 '행(行)' 두 자가 조금 흐릿하였으나 자세히 보니, 또한 알아볼 수 있었다. 기이하였다.

---

1 내세에 미륵불의 세계에 태어날 것을 염원하면서 향을 묻고 세우는 비이다.

다 보고 나서 붓에 먹을 먹여 그 아래에 이름을 썼다. 과연 천 년 뒤에 보는 자도 오늘의 나와 같이 시대를 함께 하지 못한 한탄이 있을지 모르겠다. 돌아와 사선정 아래에 배를 정박하니, 섬 둘레가 모두 기이하고, 바위 위에 고송(古松) 몇 그루가 있는데, 모두 야위고 작달막하여 구불구불하고 기세 있는 모양이 되지는 못했으나 바람이 불면 맑은 소리가 나니, 또한 즐길 만하였다. 술잔을 잡고 그 아래 앉으니, 기분이 상쾌하여 도무지 떠나고 싶지 않았다. 그러나 갈 길이 촉박하여 끝내 삼일 동안 노닐지 못하였으니, 어찌 네 신선의 웃음거리가 되지 않을 수 있겠는가(김창협, 『동유기』).

사선정이 지금은 헐렸습니다. 또 삼일포의 신비한 빛을 짙게 해 주던 호수 북쪽의 몽천암(夢泉庵)도 지금은 피폐해졌습니다. 그러나 호수의 어여쁘고 신통스러움은 천년 세월이 하루 같습니다. 그나 그뿐인가, 지금은 한편으로 수리 조합의 저수지 노릇을 하여, 이덕에 밭으로도 힘겨웠던 고성 일대가 기름지고 비옥한 논으로 변하여, 이곳 주민들로 하여금 전에 없던 부유한 기운에 젖어 지내게 하는 은인이 되었습니다. 아마 삼일포가 주민들에게 새로운 의미로 신성하고 영험하게 대우받을 날이 멀지 않을 것입니다.

75. 해금강

삼일포로부터 동서 귀암(龜岩)의 기이한 경관을 배경으로 한 고성읍을 향해 들어가노라면, 동쪽의 산등성이 위에 날개를 펼쳐 놓은 것처럼 공중에 떠 보이는 집이 송시열의 시구로 유명한 해산정(海山亭)입니다. "풍악산의 아득한 기운 천년토록 쌓였고, 동해의 푸른 물결이 만 길이나 깊구나." 그런가 하면 이중환의 『택리지』에는 이런 말도 있습니다. "서쪽으로는 금강산 봉우리들이 천 겹으로 쌓여 섰고, 동쪽을 바라보면 푸른 바다가 만리에 펼쳐졌으며, 남쪽으로는 긴 강줄기 일대에 임하니, 광활하고 멀고 웅장하고 장쾌하여 크고 작고 깊고 넓은 풍치를 겸하고 있다." 진실로 흔치 않은 명승 구역입니다.

강은 발연(鉢淵)의 하류입니다. 이름을 남강(南江) 또는 적벽강(赤壁江)이라 하는데, 험악한 절벽, 긴 물가, 오래된 강나루와 새로 들어선 마을이 푸른 단풍과 붉은 여뀌 사이로 숨었다 나왔다를 반복하니, 실로 금강 신령한 산악과 창해의 신택(神宅)을 연결해 놓은 끈으로, 일종의 신비한 임무를 가진 것입니다.

고성읍만 나서면 이미 호연하고 아득한 기운이 눈 주위, 발 밑, 몸 밖의 일체에 가득 차서, 그만 바다 기운, 바다 빛깔만의 세계가 됩니다. 읍에서 해변까지가 발로는 7~8리이지만, 눈으로는 바로 코 닿을 거리입니다. 길을 따라 나가면 눈이 천지사방 바깥으로 나간 듯이 아주 허전허전해지면서, 만경창파(萬頃蒼波)가 일체를 집어삼키는 것은, 바로 벽해(碧海)라, 창해(滄海)라, 동해(東海)라 하여, 반도의 역사상 가장 먼저 출현한 수왕(水王)입니다.

문어, 자가사리 등 갓 잡아낸 생선을 널따란 사다리에 층층이 말리는 수십 호의 어촌을 지나면, 허연 모래 언덕 한 줄기가 푸른 소나무를 법당에 놓인 꽃다발 삼아 쓰고 동해로 달려 들어간 것이 있고, 그것의 끝머리 되는 곳에 성미 급한 한 부분이 따로 떨어져서 우뚝한 입석(立石)으로 해중(海中)에 들어선 것이 있습니다. 이것을 입석이라 하고, 이로 인하여 마을 이름도 입석리(立石里)라고 합니다. 이 입석을 비롯하여 앞으로 내다보이는 약간의 섬들과, 왼쪽으로 올라가면서 바닷가에 퍼트려져 있는 수많은 암초를 합하여 해금강이라고 부릅니다.

첫째는 금강산의 여세가 해중으로 들어간 것이니까 해금강(海金剛)이라고 하려니와, 둘째는 뭇 섬들과 바위 무리들이 각각 기괴한 형상으로 생겼습니다. 성글고 빽빽하고 집약되고 흐뜨러지고, 우뚝 솟아 흐르고 움푹 패여 드러나는 등, 전체의 배치가 또한 탁월한 뜻을 나타내어서, 금강 전체가 바다에 다시 펼쳐졌으니, 해금강이란 이름이 있을 만한 것입니다.

무릇 해금강이란 것은 금강산의 허물어진 기슭이 오랫동안 파도에 핥이고 씹혀서, 우선 모래가 씻겨 가고, 다음 돌이 석비레가 되고, 다시 석비레가 요모조모 깎이고 패어진 결과로 생긴 자연의 기형아입니다. 산의 희곡을 바다의 무대에 연출하신 곳에, 사람의 의표를 벗어나신 조화주의 의도가 보인다 할 것입니다.

해금강을 좀더 아우러지게 구경하려 하면, 고성읍에서 남강으로 나가서, 대호정(帶湖亭) 남은 터 부근에서 배를 타고, 적벽(赤壁)의 승경을 실컷 더듬은 뒤에, 고성포(高城浦)로 빠져 대봉도(大峯島) 기슭으로 나섭니다. 먼 바다와 가까운 포구를 차례로 찾아 살피는 것이 가장 절묘하지만, 편리한 길로는 입석포(立石浦)에서 배 하나를 얻어 타고 앞바다로 바로 나가서 별처럼 바둑알처럼 펼쳐진 해금강의 뭇 섬들을 요리조리 찾아다니면서 '바다를 보는 것이 곧 산을 유람하는 듯한' 기이한 정취를 마음껏 누리는 것입니다.

입석포에서는 우선 앞을 내다봅니다. 저기 저 교룡이 숨어 있는 곳, 저기 저 바다표범이 뛰노는 곳, 아침이면 굼틀거리는 온갖 귀신이 불을 뿜고 황도(黃道)에 금륜(金輪)을 토해 내는 곳, 저녁이면 창해(蒼海)의 백옥 봉우리에 아득한 파도가 차가운 밤바람을 일으키는 곳, 그림 같다고 하자니 한창 큰 파도가 지축을 흔들고, 꿈 같다고 하자니 자라의 머리가 하늘 가에 뚜렷한 저기, 창해 역사 여도량(黎道良)이 용을 잡으러 드나들던 저기, 다파나국(多婆那國) 왕자인 석탈해(昔脫解)가 궤(櫃)에 들어 떠내려가던 저기, 아른아른히 널려서 그지없고 굼실굼실 쌓여서 까마득한 천지 밖의 거물(巨物)이요, 고금의 큰 골짜기인 저기, 바다는 신비한 것이요 웅대한 것이요 과연 대단히 신령한 대궐인 것입니다.

배를 바다 밖으로 띄우면 먼저 사공암(沙工岩)을 봅니다. 이르기를 유점사의 오삼불(五三佛)을 모시고 오던 사공이 현종암(懸鍾岩) 앞에서 배를 엎었다는 이유로 이 섬으로 귀양을 보내 두었다고 하는 곳입니다. 사공바위와 근처에 있는 육도(六島)를 합하여, 옛날에는 칠성봉(七星峯)이라 하였으니, 『고성읍지(高城邑誌)』에는 "칠성봉은 고성군 동쪽 10리 큰 바다에 있다. 옛이름은 입석(立石)이다. 바위섬 일곱 개가 마치 칠성(七星)같이 생겼다고 해서 칠성봉이라고 이름하였다."라고 되어 있습니다. 근래 일본인들은 풍경의 아름다움이 그들의 송도(松島)와 같다고 하여 송도란 이름으로 지도에 싣기도 하였습니다.

월굴(月窟)은 어디인가, 성하(星河)를 찾을거나 하고 섬 하나 둘을 두루 탐승해 본 뒤에, 오삼불의 피난지였다는 불암(佛岩)을 거쳐서 해변을 끼고 가볍게 키를 북으로 놓으면, 석벽에 큰 글씨로 '해금강(海金剛)'이라고 새겨 놓은 것을 봅니다. 여기서부터 수원단(水源端)이란 데까지 가는 동안에 바닷물에 깎여서 괴이한 모양을 한 바위 숲을 이룬 것이 이른바 해금강 일만이천봉이란 것입니다.

금세 뜰 듯한 이어암(鯉魚岩)을 지나면, 달려들 듯 떨어져 있는 자마석(自磨岩)을 구경합니다. 자마암은 일명 부부암(夫婦岩)이라고도 합니다. 옛날에 어느 금슬 좋은 부부가 경치 좋은 곳에 가서 영원히 헤어지지 말자고 약속을 하고, 여기 와서 이 바위들이 되었는데, 밤이면 윗돌이 아

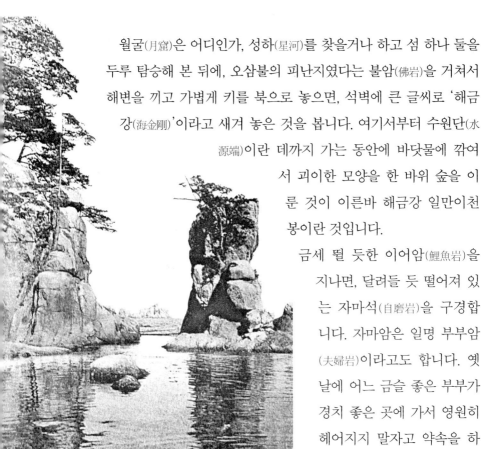

해금강 입석(일제 시기)

랫돌로 내려와 누른다고 전해 옵니다. 옆에 있는 좀 갈쭉한 바위 하나를 구인암이라 하는데, 부부의 적적한 회포를 위로해 줄 양으로 곁에 있으면서 밤이면 아름다운 노랫가락을 읊어 드린다고 합니다. 천왕암이란 것, 나한암이란 것, 노승암에 상좌암, 향로봉에 촉대봉, 저마다 이름이 있고 이름마다 출처가 있는 것이 산(山)금강에서와 같습니다.

기우뚱 우두커니 좌우로 대립한 촉대·향로 두 큰 바위틈으로 작은 배가 겨우 통해 나가게 된 것을 금강문이라 하니, 그리로 빠져 나가면 성기던 것은 빽빽하게, 엷던 것은 짙게, 모든 경관이 별

안간 구심적(求心的)으로 응집하여, 기괴함을 뛰어넘을 만큼 크게 기괴한 바위들이 못자리처럼 퍼부었음을 봅니다. 이것을 또한 만물초라고 하는데, 만물초의 초본이라고 할 만큼, 또 만물초의 작은 모형이라고 할 만큼, 있을 수 있는 모든 형상이 과연 거기 다 들어 있습니다. 소담하고 오밀조밀하게 한꺼번에 볼 수 있는 만큼, 잔재미 고소한 맛으로 말하면 산금강의 만물초보다 더 나은 요소도 없지 않습니다.

금강문 안을 들어서서 얼마 안 되는 곳에 누룩바위란 것이 있고, 그 옆에 괴바위·쥐바위란 것이 있는데, 이르기를 쥐가 누룩을 먹으려다가 괴에게 질려서 꼼짝 못하고 있는 모양이라 합니다. 이 하나하나의 실물에 부착되어 있는 닮은 형상 설화를 모으면 아마도 쌀만이나 이솝 이상의 일대 동물 설화집, 비유 문학집을 만들 수 있을 것입니다.

해금강 구경은 배를 타고 얼키설키한 물길을 좇아 다니면서 샅샅이 더듬어 보아야 비로소 참모습과 참맛을 압니다. 만일 육지에서 어름어름 먼곳을 바라보고 말거나, 발로 걸을 수 있는 한 부분, 한 구석만을 보고 말면, 해금강이란 별 볼 일 없는 곳이란 생각을 하게도 될 것입니다. 조각배를 흘려 저어 여기 가서 한참, 저기 가서 한참을 돌아다니면, 큰 섬에서는 삼도(三島) 십주(十洲)의 생각이 나고, 작은 바위에서는 금대봉호(金臺蓬壺)[1]의 뜻을 얻어서, 눈은 황홀히 「봉선서(封禪書)」 안의 광경에 어리둥절하고, 몸은 어렴풋이 「열선전(列仙傳)」 중의 반열(班列)에 들어 있습니다. 더구나 저기를 가면 옥비(玉妃) 양귀비의 태진원(太眞院)에서 춤추는 소매가 보일 듯하고, 이리로 돌면 금모(金母)가 자미대(紫微臺) 금모(金母)에서 노래하는 소리가 들릴 듯 하니, 허다한 기대가 앞으로 앞으로 환상적

1 훌륭하고 멋진 태와 산. 황금으로 된 대와 신선이 사는 곳이다.

이고 기이한 욕심을 충동하여 가므로, 뼈가 여러 번 녹으려다가 마는 것을 깨닫습니다. 바다에서 신선처럼 노니는 이 독특한 맛은 산 금강의 어디서든지 상상해 얻을 수 있는 것이 아닙니다.

해금강의 기이함이 어떠하더냐 함은 산금강의 그것과 조금도 틀릴 것 없이, 이름할 수도, 형용할 수도, 생각할 수도 없는 것입니다. 실제 경지를 볼지라도 그 느낌의 깊고 얕음은 오로지 보는 이의 능력 여하에 달렸습니다. 그러나 여래의 한 말씀이 수많은 사람들을 기쁘게 하고, 법운(法雲)의 한 줄기 비가 백 가지 약초를 두루 적시는 것처럼, 크든 작든, 반이든 가득하든, 방편이든 실질이든, 갑작스럽든 점차적이든, 어떠한 사람에게든지 다 분수에 알맞은 심미적(審美的) 이익을 가득하게 하는 곳에 금강의 금강 된 까닭이 있는 것처럼 해금강의 해금강 된 까닭도 있는 것입니다.

해금강은 산금강에 비하여 미상불 형체는 사마귀 하나 정도의 작은 것이지만, 그 질과 그 존재의 가치로 말하면 온 금강의 어느 부분에 비하여서도 전혀 비켜설 필요를 느끼지 않을 것입니다. 우주의 미적 기교가 온통 몰려서 금강이라는 하나의 용을 만들었다고 하면, 세차게 날아 기린을 뛰게 하고 구름을 몰아 비를 내리게 하는 온갖 조화를 다 부리다가, 마지막으로 꼬리를 흔드는 일대 신비한 조화를 보인 것이 이 해금강이라 할 것입니다. 금강산을 보지 않고는 천하의 기이함을 말하지 말 것이요, 해금강을 보지 않고는 금강의 기이함을 말하지 말 것이라 하여도, 큰 과장은 아닙니다.

그러니 해금강을 읊은 시 중에서도 용한 것이 있을 수 없습니다. 왜 그런가하면 금강 세계에서는 사람으로 하여금 아무 것도 주둥이 놀리지 못하게 하려 하시는 조화주의 작정이, 여기라고 다르지는 않기 때문입니다. 저 근래의 대시인 매천(梅泉) 황현(黃玹)의 시구 역시 퍽 힘들여 지은 것이라 일컬을 것입니다.

바다에 들어간 금강산 더욱 가련하고

깊은 산 봉우리와 골짜기 갑절로 의연하네

불두[2]와 선장[3] 같은 봉우리는 삼천 겹이요

이무기의 비와 자라의 서리 맞기를 일만 년이네

물거품이 돌이 될 수 있다고 말하기는 어려우나

기운을 형상한 것이 엉긴 안개임을 억지로 구하네

푸른 바다 밑바닥은 두루 비춰 볼 길 없지만

다만 바다가 오랜 세월 뒤 뽕밭이 되는 것만 헤아리네

한편 호고와(好古窩) 유휘문(柳徽文)의 다음과 같은 시도 있습니다. 이 시는 이 지방 전설에 천지가 한 번 개벽할 때마다 산과 바다의 양 금강이 돌아가면서 수륙(水陸)을 차지한다고 내용을 읊은 것입니다.

따로 있는 신산(神山), 바다 밖에 열리니

선천인(先天人)이 말하는 봉래(蓬萊)라네

희미하게 보이는 서로 따르는 곳이

만 이천 봉의 한 줄기가 온 것임을 누가 알리오

그런가 하면 농려(農廬) 강헌규(姜獻奎)의 다음과 같은 시도 있습니다. 강헌규는 이 지방 전설에서, 천지간에 금강산이 모두 여덟 개가 있는데, 그 중에 하나가 완전히 모습을 드러낸 것이 시방의 금

2 불두(佛頭)는 석가모니의 두발이 청색이었다는 전설에 의해 푸른 산 빛을 '불두청(佛頭靑)'이라 칭하는 데서 온 말로, 푸른 산봉우리를 가리키기도 한다.
3 선장(仙掌)은 한 무제가 신선을 사모하여 건장궁(建章宮)에 동(銅)으로 선장을 만들어 세워서 승로반(承露盤)을 받쳐 들고 이슬을 받게 하여, 그 이슬을 옥가루에 타서 마셨던 데서 온 말인데, 우뚝 솟은 산봉우리를 비유한다.

강산 일만이천 봉이요, 그중에 또 하나가 살짝 드러난 것이 곧 끝만 생긴 해금강이요, 나머지 여섯 개는 동해의 깊고 깊은 곳에 들어 있으면서 때를 기다린다고 하는 이야기를 읊은 것입니다.

> 소라뿔 그대로인 만이천 봉
> 선천(先天)은 응당 큰 바다 가운데 있네
> 쌓인 물 뒤집혀 육지가 되는 것과 같이
> 이후로 일곱 금강이 모습을 다 드러내리

그리고 『고성읍지』에는 해금강에 대해 다음과 같이 전합니다.

해금강은 고성군 동쪽 10리에 있는데, 산록이 육지에 이어 있으면서 바다로 들어가고, 기암절벽이 바닷가에 둘러 서 있으며, 사이에 푸른 소나무가 있어 완연히 금강산이다. 해금강은 옛날에는 없던 이름인데, 무인(戊寅) 3년에 고성 군수 남택하(南宅夏)의 아들 도벌(道撥)이 산수(山水)에 병적인 취미가 있어 경내의 좋다는 산과 바다는 찾아가지 않은 곳이 없었다. 칠성봉(七星峰)의 북쪽 산록에 이르러서 얻었는데 금강산의 모습과 같아서 해금강이라 이름 지었다. 이 땅은 이로부터 이름을 드날리게 되어 크고 작은 유람객은 모두 옷을 걷고 달려온다. 명승지가 세상에 알려지고 알려지지 않는 것 또한 때가 있어서 그러한 것이리라.

남 씨는 영조 때 사람인데, 그 전에도 이미 숙종 때의 희암(希庵) 채팽윤(蔡彭胤), 도암(陶庵) 이재(李縡) 등의 시가 있으니, 남 씨가 해금강을 세상에 드러내는 데 공이 있었는지는 몰라도, 반드시 발견자는 아닐 것입니다.

해금강의 직접적인 영역권 내에서도 수렴동(水簾洞)·군옥대(群玉臺) 등은 예로부터 이름난 곳이지만, 이 밖에도 해금강의 외곽을 이루는 것 중에도 명승지가 한둘에 그치지 않습니다. 우선 간성 가는 길로 해서 남쪽으로 10리쯤 내려가면 영랑호(永郎湖)가 있습니다. 그 서남쪽에 구선봉(九仙峯)이 있고, 봉우리 위에는 기반(碁盤)과 단정(丹井) 등의 고적이 있습니다. 북쪽 기슭으로 영랑호, 남쪽 기슭으로 감호(鑑湖), 서쪽으로 금강연봉(金剛連峰), 동쪽으로 동해창파(東海滄波) 등은 그 조망이 지극히 아름다우며, 영랑호에서 1리쯤 내려가다 동쪽으로 여섯 글자로 이름을 새긴 모퉁이를 통과해 해변으로 나가면, 월지국에서 오십삼불이 석선(石船)을 타고 건너오실 때에, 여기서 상륙하여 종을 내어 걸고 도착하였음을 기별하였다는 현종암(懸鍾岩)이 있습니다. 그 앞 해상에는 석선을 엎어놓았다는 뱃바위가 있습니다. 이 밖에 진선대(眞仙臺)·단암(丹岩)·단혈(丹穴)·옥교암(玉橋岩)·부암(釜岩) 등 전설의 지역들이 옹기종기 모여 있으며, 구선봉(九仙峯) 아래, 감호 위로는 봉래 양사언의 신필(神筆) 전설로 유명한 비래정(飛來亭) 터가 있습니다.

해금강은 고성 동쪽 10리에 있다. 바다 가운데 수만 개의 석봉(石峯)이 파도가 위아래로 출몰하는 곳에 있는데, 매우 변화무쌍하다. 혹은 빼어난 옥과 받들고 있는 연꽃과 같이 우뚝 서고, 혹은 오랫동안 배를 저은 것처럼 환하다. 또 수렴동(水簾洞)은, 군옥대(群玉臺)를 보고자 하는 사람이 물을 따라 4, 5리를 가면 그 전체를 볼 수 있다. 가벼운 노로 만석(萬石)의 사이에 흔들리며 먼저 고래기름을 수면에 뿌리면 물은 완전히 맑아서 돌의 그림자가 물 가운데로 떨어진다. 아래위가 비고 맑으니 이에 배 위의 사람은 모두 하늘 위에 앉아 있음을 깨닫는다. 무릇 돌은 물을 얻으면 시를 읊고 물은 돌을 만나면 글을 짓는다. 한 주먹의 괴석이 작은 못에 쌓여도 그 흥취가 늘어나는데, 하물며 하늘이 만든 기이한 봉우리가 바다 위에 눈부심에 있어서랴. 돌의 몸체는 모두 오색(五色)을 갖추어 단청[丹臒]으로 꾸민 것과 같다. 진흙 가루로 거짓으로 만들었다고 해서 오랑캐가 생각할 바가 아니니, 또한 천하의 기이함이다 (조성하,『금강산기』).

괘종암(掛鍾巖)은 고성군 남쪽 13리에 있다. 천 길의 외로운 봉우리가 동해를 베고 있는데, 봉우리 꼭대기에는 집과 같은 바위가 있다. 안쪽 면은 벌레 먹은 과일처럼 어지러운데, 그 가운데는 수 십 인이 앉을 만하다. 고려의 민지(閔漬)가 기록한 바로는, 오삼불(五三佛)이 월지국에서 바다에 배를 띄워 봉우리 아래에 와서 정박하여 한꺼번에 바위 아래 앉았다고 한다. 바위 북쪽에는 또 기둥과 같은 바위가 있는데, 너럭바위를 이고 있다. 세속에서는 종을 매단 곳이라고 한다(『여지승람』).

감호(鑑湖)는 고성군 남쪽 15리 구선봉(九仙峰) 아래에 있는데, 넓이가 4, 5리이다. 둥글고 단정하며 맑은 물결이 비단을 펼친 것과 같다. 그 깊이는 겨우 무릎이 잠길 정도로 바지를 걷고 건널 수 있다. 서쪽으로 선봉(仙峰)을 당기고 동쪽으로 큰 바다를 이웃하고 있으며, 흰 모래에 푸른 소나무를 둘러서 아름다움이 세 호수와 겨룰 만하다. 호수 위에는 비래정(飛來亭)의 옛 터가 있는데, 바로 양 봉래(楊蓬萊)의 옛 집이다. 봉래는 관동의 여러 명승지를 두루 유람하여 족적이 이르지 않은 곳이 없는데 이 호수에 이르러 집을 지었다. 호수가 유명해진 것이 이것에서 비롯되었다. 마침내 그 정자를 비래라고 이름 짓고, 고래수염을 묶어 붓을 만들어 그 편액을 손수 썼다. '비(飛)'자를 먼저 완성하였고, '래정(來亭)' 두 글자는 여러 번 쓰고도 이루지 못해서 '비'자로 족자를 만들어 정재(亭齋)의 벽에 걸었다. 얼마 지나지 않아 봉래가 황해도로 귀양 가서 있을 때, 홀연히 하루 종일 큰 바람이 불어 정재가 저절로 열리고 벽에 걸린 '비'자가 바람에 날려 공중으로 올라서 가 버렸는데 간 곳을 몰랐다. 다시 그날을 생각해보면, 바로 봉래가 귀양지에서 죽은 날이다. 사람들은 봉래의 일생 동안의 정력(精力)이 이 한 글자에 있어서 함

께 간 것이라고 한다. 정자 위에는 천서암(天書巖)이 있고, 천서암 위에
는 올챙이 모양 같은 것이 있는데, 봉래가 이것을 보고 서법(書法)을 깨
달았다고 한다(홍경모 기록).

76. 동해

해금강까지를 보면 금강산 구경은 결론에 이른 셈입니다. 온정리로 돌아와서 금강산의 마지막 따뜻한 맛을 욕조 속에서 배불리보고, 날이 새는 아침에 하릴없이 금강산을 등지고 다시 인간 세상으로 지팡이를 돌릴 때에는, 천하 절경과의 인연이 너무 엷다는 생각에 스스로 한탄하지 않을 수 없습니다.

온정교(溫井橋)를 다시 건너 양진역(養珍驛) 못미처서 길은 응암(鷹岩) 밑을 지나 북쪽으로 꺾여 10리 만에 북쪽 경계 마을을 지납니다. 괴불주머니 같은 장전만(長箭灣)이 남단(南端)의 성직(城直)으로부터 시작하여 보기 좋게 전개되고, 오긋한 부리 밖으로 푸르고 아득한 동해가 갸웃갸웃함이 몹시 사람의 마음을 잡아당깁니다. 다시 5리쯤에서 만리성(萬里城) 고개를 넘으면서 백암(白岩)의 기이한경관을 바다 위로 바라보며 한숨을 내뿜다 보면 장전항에 도착합니다. 온정리에서 장전항까지 20리라 하지만 가깝고, 자동차로는단시간에 다다릅니다.

장전은 강원도 연안에서 유일하다고 할 정도로 좋은 항구이지만, 고종 기해년(1899년)에 러시아인에게 포경(捕鯨) 근거지를 베풀어 허락하기 전까지는 변변치 않은 어촌에 불과했던 곳입니다. 러일 전쟁 이후 러시아인의 포경 사업이 일본 사람들의 동양포경회사(東洋捕鯨會社)로 넘어가면서, 일본 어민의 이주가 부쩍 늘기 시작하여, 지금은 동해안 최대의 어업지가 되었고, 더욱이 금강산 탐승의 해상 관문이 되면서부터는 시가지가 날로 번성하였습니다.

시가지 뒤에는 장전포(長箭浦)라는 꽤 큰 늪이 있어, 한참 동안 명상하며 걸을 만합니다. 서남쪽으로는 천불산(千佛山)을 거쳐 오만물초로 통하는 길이 보이니, 오만물초를 제대로 구경하려면 험하기는 해도 이 길을 취하는 것이 좋습니다. 장전에서 원산까지는 금강산 탐승객을 위하여 6월 1일부터 10월 31일까지 조선우선회사(朝鮮郵船會社)의 정기선이 매일 1회 왕복합니다. 오후 두시쯤에 도착하여 세시쯤 출발하며, 운항 시간은 약 일곱 시간입니다. 도중에 총석정, 금란굴 등 연안의 승경을 자세히 보려면 온정리에서 원산까지는 자동차로 가는 것이 좋습니다.

여러 날을 산비탈과 씨름하던 몸을 기선(汽船)에 얹고서, 장전항을 동으로 끼고 봉수대(烽燧臺) 밑으로 잠깐 도는 듯하더니, 어느덧 대우주를 반이나 삼킨 듯 파르라니 아득한 동해상으로 나섭니다. 그 시원함을 어찌 말로 그릴 수 있겠습니까. 천하의 모든 시간, 인간 세상의 온갖 가지 시름과 갖은 먼지와 갖은 때가 다 한꺼번에 씻은 듯이 없어지고, 고개를 들고 눈을 쳐드는 족족, 바늘구멍 같던 속이 남대문만큼 터지면서 성인(聖人)·신인(神人)·위인(偉人)·철인(哲人) 등의 신령한 정기가 무장무장 그 속에서 자라나는 걸 깨닫습니다.

세상 밖에 난다느니 물 밖에서 논다 하는 말이 무슨 의미인 줄 몰랐더니, 그것이 바다 위에 떠가는 것임을 알겠습니다. 공자 같은 성인도 동해에만 나서면 도가 행해지지 않아 생긴 화도 풀어지리라 하였고, 노중련(魯仲連)·호전(胡銓) 같은 열사(烈士)도 동해만 밟으면, 마음껏 황제가 된다거나 작은 조정에 처해 활기를 구한다는 식의 끝없는 한스러움도 잊어버려질 것이라 한 것이 다 까닭 있는 말인 줄 알겠습니다. 세상이 크다고 생각했는데 바다를 보니 작은 것임을 알겠습니다. 천지가 작다고 생각했는데 바다를 보니 큰 것임을 알겠습니다. 뱃머리에 걸터앉아 둘러보고 또 둘러보면, 호연한 기운이 그득그득 넘쳐 와서 나중에는 이 몸을 어디다 주체해야 할까 걱정하게 합니다. 금강산에서 신선 되었던 몸이 동해에 떠서는 다시 성인·위인이 됩니다.

먼바다로 나서니 뱃전 밖으로 붙잡힐 듯한 쌍둥이 섬은 형제도(兄弟島)라고 하는 것입니다. 해변에는 갯바닥의 지꺼분한 것이 없고, 바다 밖으로는 섬들이 시야를 가리는 것이 없는 푸르고 망망한 동해상에서 북으로 북으로 키를 잡는 동안에도 천불산(千佛山)·창하산(蒼霞山) 등 금강산의 바깥에 딸린 식구들은 의연히 지평선에 병풍을 드리우며, 행여라도 우리가 금강 분위기를 놓칠까봐 당기고 붙잡는 듯합니다.

백정봉(百鼎峯)이며 옹천(瓮遷)이며 송도(松島) 등을 멀리 보고 지나면서 약 세 시간쯤 가면, 통천읍의 해구(海口)인 고저(庫底) 항구를 지납니다. 보통은 배를 대지 않지만 멀리서 보아도 그 부근이 색다른 기운이 돌아서 평범한 지역이 아님을 직감하게 합니다. 고저항의 동쪽 방면에 돌출해 있는 반도의 두 언덕은 하늘이 신령스럽게 깎아 만든 뾰족뾰족 각진 거대한 기둥을 묶어 세운 듯한 현무암으로 이루어져 있습니다.

수 리에 걸쳐 높고 낮고, 길고 짧고, 성글고 빽빽하고, 드러났다 숨겼다 하고, 신비롭게 변화하고, 괴이하고, 불가사의한 일대 장벽을 짓습니다. 위로는 푸른 소나무로 신령한 깃발을 삼고 아래로는 큰 파도가 천상의 음악을 아뢰니, 이것이 관동팔경의 하나인 총석정(叢石亭)입니다. 경관을 감상할 중심이 되는 곳에는 예로부터 총석정이 있어 대대로 흥하기도 하고 폐하기도 하였습니다.

총석정은 통주(通州) 북쪽 20여 리에 있는데, 가로지른 봉우리가 바다에 불쑥 나온 것이 이것이다. 봉우리의 낭떠러지에는 조석(條石)이 네모난 기둥처럼 늘어서 있다. 돌의 둘레는 각각 한 자 정도 되고 높이가 5, 6장(丈)이 된다. 곧고 평평하여 먹줄로 깎아 세운 것과 같이 크고 작은 차이가 없다. 또 언덕에서 10여 자 떨어져서 네 그루의 돌이 물 가운데 떨어져서 서 있는데, 사선봉(四仙峰)이라 칭한다. 모두 조석으로 몸을 삼아 수십 조(條)를 합하여 하나의 봉우리가 된다. 봉우리 위에는 작은 소나무 한 그루가 있는데, 뿌리와 줄기가 늙어서 쪼그라들고 나이를 알지 못한다. 사선봉에서 조금 북쪽으로는 바위 모양이 또 변하는데, 혹은 길고 혹은 짧으며, 혹은 기울고 혹은 가로지르며, 모여 있기도 하고 흩어져 있기도 한데, 실로 모두 기괴하고 이상하다. 이는 재주 있는 장인이 조각한 것이 아니라 천지가 개벽되기 시작할 때 원기(元氣)가 모인 것이다. 그 지어진 모양의 공교로움이 이와 같이 이채롭다. 아, 기묘하도다! 그것이 '총석'이라는 이름을 얻은 까닭이다. 옛적의 신라 시대의 네 선인이 늘 이 총석정에 노닐었는데, 다만 갈석(碣石)을 세워 기록하였다. 돌은 아직 남아 있지만, 글자는 닳아서 알 수 없다(안축, 「관동와주(關東瓦注)」).

고저항 일대는 제3기의 사암(砂岩)과 만암(蠻岩)을 현무암이 덮고 있습니다. 그 북쪽에 있는 어수산(漁水山)과 만(灣)의 북쪽에 돌출한 이름 모를 산 하나와 남쪽 방면 금란굴(金幱窟)의 동남쪽으로 솟아있는 연대봉(燕臺峯), 그리고 서쪽으로 10리쯤에 위치한 미산(媚山) 등에는 지금도 옛 분화구들의 유적이 있습니다. 부근 일대는 산과 바다, 숲과 바위의 풍경을 겸비하여, 서고 앉고 움직이고 머무는 어디서든 자연의 절대적 총애를 받지 않은 곳이 없으며, 특히 남쪽으로 10리쯤 내려가서 연대봉의 동쪽 금란산(金蘭山) 기슭의 바다가 굽어보이는 곳에 있는 현무암 동굴 금란굴과, 동쪽으로 해상 30

리쯤 밖에 있는 난도(卵島)라는 현무암 섬은 모두 총석(叢石)의 영향 안에 있는 것들입니다. 고저만(庫底灣)의 동쪽에도 현무암 절벽으로 된 삼도(三島)라는 작은 섬 세 개가 있습니다.

통천 남쪽 교외에 독봉(禿峰)이 있는데, 우뚝 솟아 동쪽으로 큰 바다를 만난다. 봉우리의 낭떠러지에는 굴이 있는데, 너비가 7, 8척(尺)은 되고 깊이는 10여 보(步)가 된다. 우러러보면 두 벽이 서로 합하고 굽어보면 수심을 헤아릴 수 없다. 굴이 깊은데다 물기에 담겨 있으므로 늘 그윽한 어둠이 넘쳤고, 바람이 불면 놀란 파도가 세차게 일어도 닿을 수 없었다. 대대로 전하는 말에 '굴은 관음진신(觀音眞身)이 머물던 곳으로, 사람이 지성을 다해 귀의하면 진신이 바위에 나타나고 청조(靑鳥)가 날아와서, 이것으로 영험(靈驗)한다'고 하였다. …… 굴에 들어가서 그 모습을 자세히 살펴보니, 굴의 굽이에 돌벽의 높이 3척 정도에는 돌무늬가 누렇고 화려한데, 부처의 금란(金襴)[1]으로 된 가사(袈裟)와 같았다. 얼굴과 눈, 어깨와 팔, 몸의 형상으로, 이것을 본 사람은 관음진신이 바위에 나타난 것이라 여기게 된다. 아래로는 높고 험준하면서 옅은 푸른색의 바위가 있는데, 사람들은 이것을 연대(蓮臺)[2]라 한다(안축, 서문)

난도(卵島)는 통천군의 동해 가운데 있는데, 수로로 50리이며, 사면에 석벽(石壁)이 가파르게 서있다. 오직 서쪽에 길 하나가 있는데, 물가로 통한다. 그 물가에는 겨우 고깃배 하나를 댈 수 있다. 해마다 3, 4월이면 바다 가운데 날짐승들이 모여 알을 낳고 키우므로 이 이름이 되었다(『여지승람』).

---

1 상하의가 하나로 이어진 금색 옷을 말한다.
2 연꽃 모양으로 만든 불상(佛像)의 자리를 말한다.

고저를 지나면 얼마 안 가서 영동의 아홉 마을 중 가장 북쪽 끝인 옛 흡곡군이 경계인데, 흡곡군의 북쪽 고대에 시중호(侍中湖)가 있고, 또 그 북쪽에는 금조호(金鵰湖)가 있습니다. 이 밖에도 명소와 승지가 곳곳에 이어졌건만, 고저 이후로는 햇발이 대개 저물어서 황혼빛이 모호한 가운데 그 형상을 가늠해 볼 따름입니다.

비운령(飛雲嶺)의 야트막한 기슭에서 함경도와 강원도의 분기점을 넘고, 오른쪽 뱃머리 밖으로 여도(麗島)가 보일 때에는, 뱃머리가 서쪽으로 굴러서 그만 서조선만(西朝鮮灣)으로 흡입되고, 매의 부리 같은 갈마 반도(葛麻半島)에 끌어당기어서 어느덧 원산항 입구에서 숨쉬는 기적 소리를 듣게 됩니다. 잔교(棧橋)에 내려서서 봉악(蓬岳)·영주(瀛洲)의 지나온 길을 생각하면, 기억이 바닷빛과 뒤섞여 껌껌한 꿈 밖에서 아른아른할 따름이요, 원산역에서 기다리는 기차에게 덜미를 잡힌 듯 끌려갑니다.

귀로(歸路)

정암(貞庵) 민우수(閔遇洙)

큰 바다의 이름난 산 한 쪽 눈으로 바라보며

쓸쓸히 홀로 낙양(洛陽)을 향해 돌아가네

먼지 속에 묻혀버렸다고 해도

마음 속에는 여전히 바다와 산이 남아있네

해제

1920년대 중반 이후부터 육당 최남선은 순례자의 심정으로 백두산·금강산 등 영산(靈山)을 답사하고 이에 관한 기록을 남겼다. 굵직한 여행기인 『심춘순례』·『백두산근참기』·『풍악기유』·『금강예찬』 등이 모두 이 시기의 작품들이다. 한편 이러한 사실은 1900년대 후반 '신문관' 활동과 함께 시작되어 1950년대 후반 생의 마지막에 이를 때까지 쉬지 않고 이어진 그의 글쓰기 여정 중 가장 왕성했던 시기에 해당한다. 사회적으로는 1919년 3·1운동 이후 표면적으로 문화 정책이 표방되긴 했지만 여전히 식민지 시기였고, 최남선 개인으로선 단군론을 위시한 민족 사학의 정초가 마련되는 시기였다. 요컨대 『금강예찬』은 최남선이 자주 강조하던 바와 같이 '조선적인 것'의 어떤 실체와 대면하는 순례자의 의식(儀式) 같은 것이었다.

1924년부터 1927년까지 3년여에 걸쳐 집필된 『금강예찬』은 최남선의 또 다른 금강산 기행문인 『풍악기유』와 여러 면에서 비교해볼 수 있는 작품이다. 『풍악기유』는 기행문으로 시작되었지만 막상 여행이 진행되면서부터는 고신도(古神道)와 '붉' 사상에 대한 실증을 위한 답사기가 된 작품이었다. 『풍악기유』가 영원동(靈源洞)

등 종교적 설화가 특히 많은 지역에서 집중적으로 그 이력과 의미 등을 설파하고 있는 것도, 금강산 여행이라고 보기엔 다소 소략한 여정에 그친 채 원고가 중단된 것도 어찌 보면 우연이 아니다. 이에 반해 『금강예찬』은 상대적으로 기본기에 충실한 답사기의 형식을 갖추고 있다. 서두에서 밝히고 있듯 금강산에 관한 한 편의 좋은 여행 가이드를 제공하겠다는 의지가 최남선 특유의 필력과 어울렸기 때문일 것이다.

『금강예찬』은 금강산이 전 세계 산들 가운데 최고의 산이라는 사실을 희곡 형식의 서사(序詞)로 구성하면서 시작된다. 세계 산들의 왕을 뽑는 자리에서 히말라야와 곤륜산이 금강산에 기가 죽고, 당연히 금강산이 세계 산왕(山王)이 되어 축하를 받는다는 이야기다. 또한 조선인으로서 조선의 제일이 무엇인지 모르는 것은 큰 수치이며, 금강산은 인류 공통의 미적 자산이므로 조선인은 이러한 선택된 임무를 성실히 수행할 의무가 있다는 식이다. 작품 곳곳에서 금강산은 구경할 무엇이 아니라 참배할 존재라거나 우러러 숭앙해야 할 대상이라는 식의 언급을 만나게 되는 것은 이러한 이유 때문이다. 요컨대 금강산 여행 그 자체가 조선 역사의 순례라는 것.

하지만 『금강예찬』을 통해 무엇보다도 놀라게 되는 것은 최남선의 지적 방대함과 풍부한 언어적 상상력, 그리고 민족적 감수성 등이다. 여기에는 근대 계몽기 지식인 특유의 미분화된 혹은 정제되지 않은 다양한 감각이 있고, 최남선 개인의 거침없는 언변이 날것처럼 생동감 있게 숨 쉬고 있다. 아마도 이는 금강산이라는 천변만화하는 신산(神山)과 어울린 특별한 사건일 것이다. 시시각각 다른 감동과 감각을 요구하는 금강산이었던 것이다. 『금강예찬』이 금강산을 노정에 따라 70여개의 세부 단락으로 구분하고, 이를 탐승의 여정에 따라 유람의 방향을 세 가지로 나누고 있으며, 또한 각각의 승경지마다 명칭 및 역사적 내력 등을 자세히 밝히고 있음에도 불구하고 지루한 답사기에 그치지 않을 수 있었던 것은 이런 이유 때문일 것이다.

최남선의 글쓰기는 오늘날의 관점에서 볼 때 때론 문학이라고 때론 역사라고 불린다. 하지만 반세기에 걸쳐 일관된 그의 글쓰기를 그가 통과한 시대와의 관계 위에서 조망해 보자면 그것을 그저 오늘날의 감각으로 투사해도 되는지 의문이 든다. 단적으로 그에게 금강산은 여행의 대상이 아니었을 터이고, 『금강예찬』은 단지 여행의 기록이 아니었을 터이기 때문이다. 여기에는 근대 국민 국의 상상력이 요구되는 자리에서 식민지 지식인에게 네이션(nation)이 어떻게 작동했는가의 문제가 있다. 아울러 여기에는 근대 글쓰기의 다양한 용법과 실험이 있다. 문학이냐 역사냐 하는 학제적 분류 이전에 지금 당장 이 글쓰기를 어떻게 작동시킬 것인가의 문제가 있다. 이에 관해서는 이번에 소개되는 최남선의 저작들을 계기로 백 년 전 지식인들의 작품이 좀 더 쉽고 다양한 방식으로 읽힐 수 있는 기회가 마련되기를 기대해본다.

『금강예찬』은 역대의 여러 금강산 답사기들 사이에서도 특별한 작품이고 의미 있는 저작이다. 하여 실제 윤문 작업에서는 부담이 컸다. 이미 단행본으로도 출간된 사례가 있어 많은 도움도 받기도 했다. 무엇보다 어려웠던 점은 백 년 전 근대 계몽기의 언어를 어느 정도까지 현대어로 풀어낼 것인가 하는 문제와, 문장가로 평가받는 최남선 특유의 문체를 어떻게 요령 있게 전달할 것인가의 문제였다. 아마도 이 문제는 이번 '최남선 한국학 총서'에 참여한 모든 연구자들이 공통적으로 고민한 문제가 아니었나 싶다.

그렇게 해서 최종적으로 도달하게 되는 선택지는 사실 많지 않다. 원칙은 간단했다. 될 수 있는 한 문장의 맛을 살리되, 최대한 읽기 쉽게 고칠 것. 원칙과 실제 작업과 결과는 물론 일치하지 않았다. 그러니 부족한 점은 전적으로 윤문자의 능력 때문이다. 굳이 변

명하자면 윤문 작업의 특성상 원고를 들여다 볼 때마다 자꾸 다시
손대고 싶은 유혹이 들었다는 것, 어차피 끝이 있을 수 없는 작업
이었겠다는 것, 이런 생각이 든 것도 막상 작업이 막바지에 다다를
즈음이었다는 것. 하여 엉뚱한 오류가 없기만을 바랄 뿐이다. 만일
그렇다면 진심으로 훗날의 인연을 기대하고 싶다.

최남선 한국학 총서를 내기까지

현대 한국학의 기틀을 마련한 육당 최남선의 방대한 저술은 우리의 소중한 자산이다. 그러나 세월이 상당히 흐른 지금은 최남선의 글을 찾아보는 것도 읽어내는 것도 어려워졌다. 난해한 국한문 혼용체로 쓰여진 그의 글을 현대문으로 다듬어 널리 읽히게 한다면 묻혀 있던 근대 한국학의 콘텐츠를 되살려 현대 한국학의 발전에 기여할 것이었다.

이러한 취지에 공감하는 연구자들이 2011년 5월부터 총서 출간을 기획했고, 7월에는 출간 자료 선별을 위한 기초 작업을 하고 해당 분야 전공자들로 폭넓게 작업자를 구성했다. 본 총서에 실린 저작물은 최남선 학문과 사상에서의 의의와 그 영향을 기준으로 선별되었고 그의 전체 저작물 중 5분의 1 정도로 추산된다.

2011년 9월부터 윤문 작업을 시작했고, 각 작업자의 윤문 샘플을 모아 여러 차례 회의를 통해 윤문 수위를 조율했다. 본격적인 작업이 시작된 지 1년 후인 2012년 9월부터 윤문 초고들이 들어오기 시작했고 이를 모아 다시 조율 과정을 거쳤다. 2013년 9월에 2년여에 걸친 총 23책의 윤문을 마무리했다.

처음부터 쉽지 않은 작업이리라 예상했지만 실제로 많은 고충을 겪어야 했다. 무엇보다 동서고금을 넘나드는 그의 박학함을 따라가는 것이 쉽지 않았다. 현대 학문 분과에 익숙한 우리는 모든 인문학을 망라한 그 지식의 방대함과 깊이, 특히 수도 없이 쏟아지는 인용 사료들에 숨이 턱턱 막히곤 했다.

최남선의 글을 현대문으로 바꾸는 것도 쉽지 않았다. 국한문 혼용체 특유의 만연체는 단문에 익숙한 오늘날 독자들에게는 익숙하지 않았다. 그렇다고 문장을 인위적으로 끊게 되면 저자 본래의 논지를 흐릴 가능성이 있었다. 원문을 충분히 숙지하고 기술상 난해한 부분에 대해서는 수차의 토의를 거쳐 저자의 논지를 쉽게 풀어내기 위해 고심했다.

많은 난관에 부딪쳤고 한계도 절감했지만, 그래도 몇 가지 점에서는 이 총서의 의의를 자신할 수 있다. 무엇보다 전문 연구자의 손을 거쳐 전문성을 확보했다는 것이다. 특히 최남선의 논설들을 현대 학문의 주제로 분류 구성한 것은 그의 학문을 재조명하는 데 도움이 될 것으로 본다. 또한 이 총서는 개별 단행본으로 구성되었다는 것이다. 총서 형태의 시리즈물이어도 단행본으로서의 독립성을 유지하여 보급이 용이하도록 했다. 우리들의 노력이 결실을 맺어 이 총서가 널리 읽히고 새로운 독자층을 형성하게 된다면 더 바랄 나위가 없겠다.

2013년 10월
옮긴이 일동

문성환

인천대학교 국어국문학과 졸업
인천대학교 대학원 국어국문학과 졸업(문학박사)
현 남산강학원 연구원

• 주요 논저
『최남선의 에크리튀르와 근대 · 언어 · 민족』(2008)
『전습록, 앓은 삶이다』(2012)
『고전톡톡』(공저, 2011)
『인물톡톡』(공저, 2012)
『〈소년〉과 〈청춘〉의 창』(공저, 2007)

최남선 한국학 총서 4

금강예찬

초판 인쇄 : 2013년 11월 25일
초판 발행 : 2013년 11월 30일

지은이 : 최남선
옮긴이 : 문성환
펴낸이 : 한정희
펴낸곳 : 경인문화사
주　소 : 서울특별시 마포구 마포동 324-3
전　화 : 02-718-4831~2
팩　스 : 02-703-9711
이메일 : kyunginp@chol.com
홈페이지 : http://kyungin.mkstudy.com

값 17,000원
ISBN 978-89-499-0971-4 93810
© 2013, Kyung-in Publishing Co, Printed in Korea

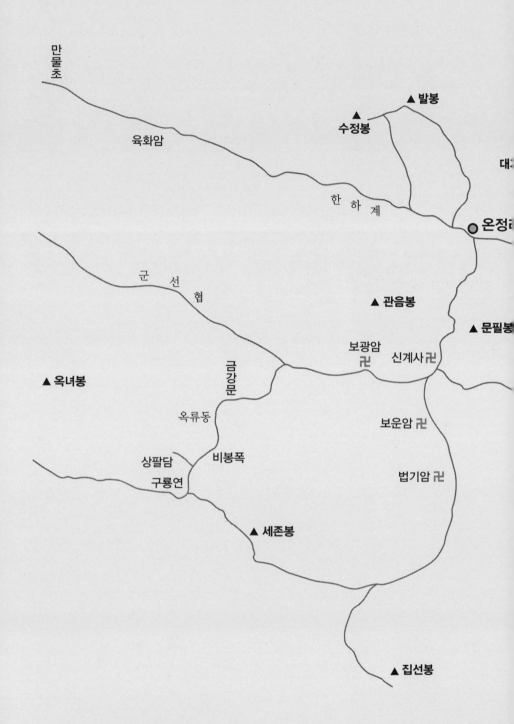

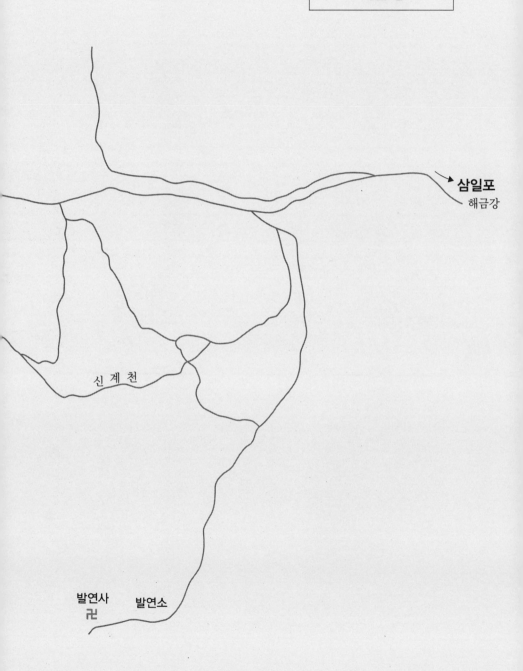

외금강